IRIS JOHANSEN

Weiter als die Sehnsucht

Buch

Casey Michaels war einst ein gefragter Stuntman – doch dann setzte ein tragischer Unfall seiner Karriere abrupt ein Ende. Die Rechnungen seiner Ärzte belaufen sich auf astronomische Summen, und er weiß nicht mehr, wie er sie jemals bezahlen soll. Seine Schwester Kendra ist ebenfalls Stunt-Double, und sie ist fest entschlossen, den riskantesten Job ihres Lebens anzunehmen, um die Schulden ihres Bruders endlich begleichen zu können. Aber sie spielt mit ihrem Leben.

Der Regisseur Joel Damon ist es gewohnt, immer das zu bekommen, was er will. Und er will Kendra. Das weiß er seit einer unvergesslichen, leidenschaftlichen Nacht, die ihm nicht mehr aus dem Kopf geht. Noch nie hat er sich von einer Frau so angezogen gefühlt, ein völlig neues Gefühl für ihn. Als er entdeckt, dass Kendra keineswegs das gedankenlose Starlet ist, das für die Karriere alles tun würde, ist er entschlossen, dieser einen Nacht noch viele weitere folgen zu lassen. Aber dafür muss Kendra natürlich am Leben bleiben. Wird es ihm gelingen, sie von ihrem Vorhaben abzubringen, um sie endgültig für sich zu gewinnen? Doch Kendra ist empört, dass der Mann ihrer geheimen Träume so offensichtlich an ihren Fähigkeiten zweifelt …

Autorin

Iris Johansen gehört zu den erfolgreichsten Autorinnen der USA. Mit ihren Liebesromanen und Thrillern hat sie schon zahlreiche Preise gewonnen. Ihre Gesamtauflage weltweit liegt bei über acht Millionen. Sie lebt in der Nähe von Atlanta, Georgia.

Weitere Informationen finden Sie unter www.irisjohansen.com

Iris Johansen

Weiter als die Sehnsucht

Roman

Aus dem Amerikanischen
von Beate Darius

blanvalet

Die Originalausgabe erschien 1984/2008
unter dem Titel »Capture the Rainbow« bei Bantam Dell,
a division of Random House Inc., New York

1. Auflage
Deutsche Erstausgabe Oktober 2010 bei Blanvalet Verlag,
einem Unternehmen der
Verlagsgruppe Random House GmbH, München

This translation is published by arrangement with The Bantam Dell
Publishing Group, a division of Random House, Inc.
Umschlaggestaltung: © HildenDesign, München,
unter Verwendung von Motiven von Hugh Whitaker/Corbis
und Eric Gevaert/Shutterstock
TKL/LH · Herstellung: sam
Satz: Buch-Werkstatt GmbH, Bad Aibling
Druck und Bindung: GGP Media GmbH, Pößneck
Redaktion: Thomas Paffen
Printed in Germany
ISBN: 978-3-442-37351-2

www.blanvalet.de

Liebe Leserinnen und Leser,

Hollywood und die Filmindustrie üben seit jeher eine magische Faszination auf mich aus. Warum auch nicht? In dieser Traumfabrik werden wunderschöne, moderne Märchen geschaffen, mit Akteuren, die mich immer wieder aufs Neue faszinieren.

Stuntmen und Stuntfrauen entführen uns aus der Monotonie des Alltags in spannende Welten, garantieren Abenteuer, Action, Nervenkitzel. Ich habe mit Begeisterung in diesem actionreichen Business recherchiert, dabei ist diese Liebesgeschichte über Stuntfrau Kendra Michaels und Joel Damon entstanden. Eine Geschichte um Leidenschaft und tiefe Emotionen, um waghalsige und gefährliche Stunts, um Menschen, die bei jedem Film ihr Leben riskieren. Der Stoff ließ mich einfach nicht mehr los.

Ich hoffe, Sie finden Kendras Geschichte genauso fesselnd und mitreißend wie ich.

Viel Spaß beim Lesen!

Iris Johansen

1

Der zynische Gesichtsausdruck verlieh Joel Damon die tückische Faszination eines gefallenen Engels, fand Kendra, die seinen Blick in dem überfüllten Saal auffing. Seine stechenden, katzenhaft grünen Augen hatten etwas von einem Zauberer, der weiße *und* schwarze Magie beherrscht.

Sie hielt etwas geschockt die Luft an, umklammerte den Stiel ihres Cocktailglases unwillkürlich fester. Seine dunkel schimmernden Tiefen hingen mit einer verstörenden Intensität an ihren, und Kendra wähnte sich geradezu hypnotisiert. Sie fühlte sich mit einem Mal schwach und hilflos, wie gebannt von einer energetisch aufgeladenen Aura, die er zu verströmen schien. Dann trat ein Mann zu ihm, sprach ihn an, und Damon löste den Blickkontakt, erlöste sie.

Erlösung? Du lieber Himmel, war sie noch ganz bei Trost? Sie lockerte den Griff um ihr Glas.

Ich bin müde, seufzte sie. Tierisch müde und geschlaucht. Joel Damon mochte ein begnadeter Filmregisseur sein, aber er hatte bestimmt keine übersinnlichen Fähigkeiten. Sein Ruf bei Frauen war denkbar schlecht, selbst für das skandalumwitterte Hollywood, wo Affären fast dazugehörten. Bei dem Schwerenöterblick, den er eben draufgehabt hatte, war er vermutlich mal wieder auf Beutejagd, tippte Kendra. Den Blick kannte sie inzwischen zur Genüge.

Sie rieb sich mit dem Handrücken abwesend die schmerzende Stelle im Kreuz. Und riss blitzartig die Hand weg. Bist du eigentlich nur blöd?, fauchte sie sich mental an, hier vor allen Leuten Schwäche zu zeigen? Sie brauchte doch bloß darauf zu warten, dass die Schmerztablette wirkte, die sie vor einer Viertelstunde eingeworfen hatte, dann würde sie sich bestimmt wieder topfit fühlen. Der heutige Dreh war verdammt anstrengend gewesen, und sie fühlte sich mächtig geschafft – im Moment hätte sie vor Schmerzen die Wände hochgehen können.

»Wow, du siehst fantastisch aus, Ken«, meinte Dave Balding ehrlich bewundernd. Er trat neben sie.

Er strahlte über alle vier Backen. O Gott, noch ein kryptisches Lächeln. Sie strahlte zurück. »Hey, du aber auch, Dave«, sagte sie locker. »Ich glaub, ich hab dich noch nie im Smoking gesehen. Steht dir echt umwerfend gut, so ein Teil.«

Er schnitt ihr ein Gesicht. »Hör auf mit dem Scheiß, Ken. Keine falschen Komplimente, ja? Dafür kennen wir uns lange genug, oder?« Seine blauen Augen zwinkerten, während er sich über seinen Bauchansatz strich. »Sheila meint, ich sehe aus wie ein hoch schwangerer Pinguin. Sie muss es schließlich wissen, sie ist nächsten Monat fällig.«

»Ist Sheila auch hier?« Kendras Blick schweifte suchend durch den Saal, woraufhin Dave den Kopf schüttelte.

»Nein.« Er hob sein Glas an die Lippen. »Ihr war heute Abend nicht nach Party. Du weißt, wie sie ist, wenn sie schwanger ist. Sie hält es mit so vielen Menschen nicht lange aus. Meint, sie kriegt dann Klaustrophobie und so.« Er runzelte die Stirn. »Ich hab sie zwar ungern allein gelassen, aber man darf den großen Meister schließlich nicht brüskieren.« Er nickte spöttisch grinsend zu Joel Damon, der auf der anderen Seite des Saals stand. »Als sein Assistent hab ich halt zu spuren, wenn Damon pfeift. Außerdem hab ich Order von Michael Donovan, dass ich mich eigenverantwortlich um das Projekt *Desert Venture* kümmern soll.«

Kendra hob verblüfft die Brauen. Michael Donovan von Donovan Ltd. Productions war Executive Producer und produzierte einen Blockbuster nach dem anderen. Er war für gewöhnlich nicht der Typ, der auch nur ein Fitzelchen Macht aus der Hand gab. Obwohl er seinen Regisseuren jede künstlerische Freiheit ließ, regierte er hinter den Kulissen mit eiserner Hand. »Das ist ungewöhnlich für ihn, oder?«

Dave nickte. »Kann man wohl sagen.« Er trank einen Schluck. »Joel Damon ist ähnlich gestrickt. Er kann sich mittlerweile aussuchen, für welches Studio er seinen nächsten Film dreht. Letztes Jahr hat er immerhin seinen zweiten Oscar eingesackt, das will schon was heißen.«

»Wem sagst du das?« Widerwillig folgte sie Daves Blick auf die gegenüberliegende Seite des Raums. Joel Damon, lässig-elegant im klassischen Smoking, der seine schlanke Silhouette unterstrich, dominierte den kleinen Zirkel, der sich um ihn geschart hatte, mit einer Aura der Macht. Um seine zynisch herabgezogenen Mundwinkel spielte ein milde laszives Lächeln, als er zu der Frau hinunterblickte, die neben ihm stand. Sie begann, auf ihn einzuplappern und schamlos mit ihm zu flirten, mächtig bemüht, sein Interesse zu wecken. Die grünen Magieraugen verengten sich zu Schlitzen, ließen nur noch ein schmales Glitzern durch die dunklen Wimpern funkeln. Blitzschnell klappte er die Lider wieder auf, sein Blick traf ihren, aufwühlend wie ein Elektroschock. Elektrizität. Ja, so konnte man es nennen. Er war elektrisierend, und Kendra fühlte sich schlagartig wieder in den Klauen des Beutejägers gefangen.

Diesmal blieb sein seltsam hungriger Blick nicht auf ihrem Gesicht haften, sondern tastete sich von ihrem goldschimmernden Teint über die Schultern zu der aufreizenden Wölbung ihres Busens. Seine Augen klebten für einen langen Augenblick auf dem Ausschnitt ihres zimtfarbenen Chiffonkleids, und Kendra beschlich das eigenartige Gefühl, dass ihre Brüste so intensiv auf seinen heißen Blick reagierten, als hätte er sie tatsächlich berührt. Dann glitt er von ihrer schlanken Taille über die gut proportionierten Hüften zu ihren olympisch langen Beinen.

Dave Balding pfiff leise anerkennend. »Mensch,

woher kennst du denn Joel Damon, Ken? Ich hab das dunkle Gefühl, dass der ganz heiß darauf ist, dich zu engagieren.«

»Was?« Sie schüttelte leicht benommen den Kopf. Was war heute Abend plötzlich los mit ihr? »Ich kenne ihn gar nicht«, sagte sie betont beiläufig. »Ich vermute, dass ich zufällig auf irgendeiner Besetzungsliste mit draufstand und seine Sekretärin mich deshalb eingeladen hat.« Ihr Blick irrte durch den Saal, dessen Dekoration in dramatischem Schwarz und minimalistischem Weiß gehalten war. »So aufregend ist die Party nun auch wieder nicht. Wenn ich mich hier umsehe, dann wurde wohl so ziemlich jeder eingeladen, von der Garderobiere bis zum Hausmeister.« Ihr Blick fixierte die Blondine, die neben Damon stand. »Und die Starlets aus halb Hollywood.«

»Joel fährt morgen nach Sedikhan und gibt vorher die übliche Abschiedsparty für seine Crew«, erklärte Dave. »Ich glaub aber ehrlich gesagt nicht, dass er sich sonderlich amüsiert. Mich beschleicht eher der Verdacht, dass er den ganzen Schickeria-Society-Scheiß herzlich satthat.« Er rollte unbehaglich die Schultern. »Und du bist dir ganz sicher, dass du noch nie mit ihm zu tun hattest? Der Blick, den unser Herr und Meister da gerade draufhat, ist nämlich ganz schön heftig.«

»Quatsch, das bildest du dir bloß ein«, wiegelte sie ab und drehte Damon kurz entschlossen den Rücken zu. Trotzdem fühlte sie beinahe, wie sein Blick auf ihrem tiefen Rückenausschnitt und den nackten Schultern ruhte. »Frauen mit Blicken zu vernaschen ist typisch Joel Damon. Da lässt er wohl nichts aus. Das pfeifen die Spatzen von den Dächern.« Sie trank hastig ein paar Schlückchen Champagner, bevor sie weitersprach. »Vielleicht langweilt ihn die vollbusige kleine Blondine, die an seinen Lippen hängt wie ein Alki an der Flasche.«

»Möglich.« Ein Grinsen erhellte Daves großflächiges Gesicht. »Es wäre nicht das erste Mal, dass du die Konkurrenz mühelos abhängst.« Sein Blick glitt bewundernd über ihre langen kastanienbraunen Haare, die sich wie ein seidener Vorhang um ihre Schultern bauschten. Die schummrig weiche Beleuchtung zauberte kupferrote Reflexe auf ihre Wahnsinnsmähne. »Weißt du, die meisten Männer brauchen dich bloß zu sehen und haben spontan erotische Fantasien. Ist mir echt ein Rätsel, wie ich es geschafft hab, die ganzen Jahre standhaft zu bleiben.«

»Mir nicht.« Kendras schokoladenbraune Augen blitzten auf. »Es hatte vermutlich damit zu tun, dass ich von klein auf wie eine Klette an dir und Casey hing. Wir drei waren fast so was wie ein eingeschworenes Team, oder?«

Er wurde ernst. »Ich glaube, ich respektiere dich mehr als alle, die ich kenne, Kendra.« Er streichelte ihr sanft über die Wange. »Wie geht es Casey?«, schob er zögernd nach.

»Besser«, antwortete sie. »Es geht ihm schon viel besser.« Ihre Miene umwölkte sich. »Anfangs war er ziemlich verbittert, aber das ginge in seiner Situation vermutlich jedem so. Wenn ich halbseitig gelähmt wäre, würde ich wahrscheinlich halb verrückt werden. Versetz dich mal in seine Lage! Für Casey bedeutete es das Ende seiner Karriere als Stuntman!« Sie nötigte sich ein Lächeln ab. »Er hat mit dem Jurastudium begonnen. Casey ist ein brillanter Redner. Für mich hat er das Zeug zum Staranwalt oder meinetwegen auch zum Verfassungsrichter oder so was.«

»Da geh ich jede Wette ein«, sagte Dave weich. »Casey ist der Typ Mann, der bekommt, was er will. Ist er noch im Valley, in dieser renommierten Rehaklinik?«

Sie nickte. »Dr. Dystron geht davon aus, dass er die nächsten sechs Monate noch physikalische Therapie braucht, eventuell sogar länger. Casey strengt sich jedenfalls wahnsinnig an, um wieder halbwegs normal leben zu können.« Sie presste energisch die Lippen aufeinander. »Und ich sorge dafür, dass er da erst rauskommt, wenn er ohne Stock gehen kann. Wird auch so schon heftig genug für ihn werden, wenn er seine alten Freunde aus dem Business wieder trifft. Ich kenn ihn doch. Sobald er aus dem Krankenhaus entlassen ist, wird er seine ambulante Therapie verschlabbern, und er braucht wirklich jede unterstützende Maßnahme, die er bekommen kann.«

Dave musterte sie nachdenklich. »Weißt du, als wir noch Kids waren, warst du stets die Ruhige und Besonnene in unserem Trio. Casey und ich haben bestimmt häufiger ungeniert auf deinen Nerven rumgetrampelt. Kaum zu glauben, dass ihr Geschwister seid.« Er drückte zärtlich ihre Schulter. »Und heute bist du eine Wahnsinnsfrau, Ken.«

»Ich bin einfach erwachsen geworden«, gab sie milde grinsend zurück. »Nach Caseys Unfall blieb mir gar nichts anderes übrig: Ich musste stark sein, für uns beide. Casey brauchte eine Bezugsperson, auf die er sich bedingungslos verlassen konnte, und kein kleines Mädchen.«

»Du warst erst neunzehn, als Casey sich die Rückenwirbel brach.« Daves Miene verdunkelte sich. »Warum hast du keine Hilfe angenommen? Du hast eine Menge durchmachen müssen, drei schwierige Operationen, mal ganz abgesehen davon, dass Casey dauernd von einem Krankenhaus ins nächste verlegt wurde.« Zwischen seine Brauen schob sich eine steile Falte. »Wir hätten dir so gern geholfen, Ken. Warum hast du uns nicht gelassen?«

»Was hättet ihr denn großartig machen können?«, gab sie unsicher zurück. Unwillkürlich rieb sie sich ihr schmerzendes Steißbein. »Was ihr tun konntet, habt ihr getan. Seine Freunde haben während der schweren Zeit zu ihm gehalten. In seinem Krankenzimmer ging es häufig zu wie in einem Taubenschlag. Es war echt super von euch allen, wie ihr ihn unterstützt und ihm Mut gemacht habt. Für den Rest war ich zuständig.« Sie lächelte zu ihm hoch. »Außerdem habt ihr mir wahnsinnig geholfen, indem ihr mir die Stunts besorgt habt. Mit den Jobs hab ich die Kohle für seine hohen Arzt- und Krankenhausrechnungen verdient.« Sie schnitt eine Grimasse. »Besser gesagt einen großen Teil. Die Operationen sind inzwischen bezahlt, bleibt noch die Rehaklinik, die mir Sorgen macht.«

»Ich bezweifle, dass wir dir damit letztlich einen Gefallen getan haben.« Sein Blick verharrte betroffen auf der Hand in ihrem Kreuz. »Du hast es maßlos übertrieben, Ken. Das weiß ich von den anderen Stuntmen. Du nimmst jeden Job an, der dir angeboten wird, und bestehst nicht mal auf Einhaltung der entsprechenden Sicherheitsvorkehrungen. Vor ein paar Monaten hast du dir das Kreuzband angerissen, warst aber nach knapp sechs Wochen wieder am Set. Hast du etwa wieder Probleme mit dem Rücken?«

Sie ließ hastig die Hand sinken. »Nein, das ist völliger Blödsinn«, schwindelte sie. »Ich bin bloß ein bisschen lädiert, weil ich heute Nachmittag vom Pferd fallen sollte. Der Stuntkoordinator hat den Punkt, wo ich stürzen sollte, nicht richtig eingeschätzt und den Boden an der falschen Stelle präparieren lassen. Ich also holterdipolter volle Breitseite von meinem treuen Hengst auf den brettharten Beton.«

»Du kannst von Glück sagen, dass du dir nichts gebrochen hast«, grummelte er. »Ich hab dir schon mal gesagt, dass du nicht sorgfältig genug bei der Wahl deiner Jobs bist. Glaub mir, ein Stuntkoordinator, der stümperhaft arbeitet, kann einen Menschen umbringen. Ich wette, ihr habt die Szene vor dem Dreh nicht mal durchgesprochen?«

»Der Regisseur hatte es eilig, er wollte unbedingt fertig werden. So viel Zeit war angeblich nicht drin.« Sie lächelte bitter. »Zeit ist Geld, da erzähl ich dir sicher nichts Neues. Casey wäre bestimmt nicht mit dem Auto gegen eine Steinmauer geprallt, wenn sie die Szene vorher in allen Einzelheiten durchgegangen wären.«

»Eigentlich hättest du aus dieser Geschichte lernen müssen«, betonte Dave. »Wenn du nicht aufpasst, landest du irgendwann noch selbst im Krankenhaus. Hast du dir schon mal überlegt, wer sich dann um Casey kümmert?«

»Wenn du in diesem Business erfolgreich arbeiten willst, darfst du es dir mit dem Regisseur nicht verscherzen«, meinte sie leise. »Das weißt du genauso gut wie ich, Dave. Wenn du als Stuntfrau den Ruf weghast, dass du nicht ›kooperativ‹ bist, landest du auf der schwarzen Liste und kriegst keinen Job mehr. Und da draußen laufen genug Amateure rum, die bereit sind, sofort einzuspringen, und kein Risiko scheuen für die Chance, in dem Business groß rauszukommen.«

»Ich finde es grob fahrlässig, dass du dafür dein Leben aufs Spiel setzt«, meinte Dave ungnädig. »Himmel, der Job als Action-Double macht dir ja nicht mal richtig Spaß. Du hattest nie den Kick, den Casey dabei empfand.«

»Trotzdem bin ich verdammt gut.« Kendra lächelte milde. »Und das ist momentan alles, was zählt. Du hättest mich bestimmt nicht für *Venture* engagiert, wenn ich nicht professionell arbeiten würde. Im Übrigen brauchst du bei diesem Film keine Bedenken zu haben. Skip Lowden ist der beste Stuntkoordinator, den ich kenne. Ich hab schon früher mit ihm zusammengearbeitet.«

»Das muss er auch sein«, gab Dave zurück. »*Venture* wird nämlich mehr Stunts haben als jeder James-Bond-Thriller. Joel bestand darauf, dass ich ausschließlich Topleute engagiere.« Er spähte zu ihrem Glas. »Soll ich dir noch was zu trinken holen?«

»Ja, gern.« Sie beobachtete, wie Dave sich durch die Menge in Richtung Bar schob, die sich an einer Wand des weitläufigen Raums erstreckte. Sie trank selten mehr als ein Glas, aber sie hatte das dunkle Gefühl, dass sie den Abend sonst nicht durchstehen würde. Wieso wirkten diese verdammten Pillen nicht? Eisige Panik durchflutete sie. Grundgütiger, hoffentlich blieb ihr heutiger Sturz ohne böse Folgen! Nicht dass sie wieder ernste Probleme mit dem Kreuzband bekäme und dann wochenlang ausfallen müsste! Oh, lieber Gott, bitte nicht jetzt! Sie brauchte diesen Job ganz dringend. Zumal sie gegenüber Dave nicht ganz ehrlich gewesen war. Dave war ein echter Freund, er riss sich förmlich ein Bein aus, bloß um ihr zu helfen. Da mochte sie ihn nicht auch noch damit belasten, dass die Rechnung für Caseys dritte Operation noch offen war: zehntausend Dollar! Woher sollte sie die nehmen? Ganz zu schweigen von den Honoraren für die Rehaklinik, die auch kein Pappenstiel waren.

»Dave erzählte mir zwar, dass Sie mit im Team sind, aber mir war nicht klar, dass Sie heute Abend hier sein würden.« Skip Lowdens gedehnter Südstaatenakzent war unverwechselbar. Er war Anfang vierzig, mit grau melierten Schläfen, die sein schmales, kantig geschnittenes Gesicht betonten. Der hochgewachsene, muskelbepackte Mann stellte sich zu ihr, eine Kraftmaschine, durchtrainiert, dynamisch, diszipliniert. Er musterte sie aus scharfsichtigen stahlgrauen Augen. »Wie ich hörte, hatten Sie heute Nachmittag einen kleinen Sturz.«

Klar wusste er davon, dachte sie resigniert. Die professionellen Stuntleute hatten ein gut funktionierendes Netzwerk, und Skip stand in der Hierarchie ziemlich weit oben. »War halb so wild«, wiegelte sie ab. »Wir hatten die Szene beim zweiten Dreh im Kasten.«

»Es hätte schon beim ersten Dreh klappen müssen!«, versetzte er mit Nachdruck. »Sie hätten darauf bestehen müssen, dass er die Szene vorher mit Ihnen anprobt. Zumal Bodine ein Stümper ist, ein blutiger Anfänger, der jede Menge vergeigt. Aber da erzähl ich Ihnen sicher nichts Neues, Ken.«

Nöö, bloß olle Kamellen. Außerdem hing ihr das Thema Bodine allmählich zum Hals raus. Skip hatte leicht reden. Er hatte die entsprechende Erfahrung und Reputation. Er konnte Forderungen stellen ... und setzte diese Forderungen immer durch.

»Ich werd's bei *Venture* beherzigen«, sagte sie leichthin. »Allerdings bin ich mir bei Ihnen ganz sicher, dass Sie kein Risiko eingehen und alles bis ins letzte Detail vorausplanen. Ich weiß, wie professionell Sie arbeiten, Skip. In meinem Vertrag steht, dass ich die Schauspielerin Billie Callahan bei den Actionstunts doubeln soll.« Sie krauste die Stirn. »Müsste ich die kennen? Also mir sagt der Name überhaupt nichts.«

»Es ist ihr erster Film«, antwortete Skip. »Sie ist Joel Damons neueste Entdeckung. Brenna Donovan ist zwar der Star des Films, aber Billie hat die Rolle mit den atemberaubenden Stunts.« Er musterte sie prüfend. »Sie haben ungefähr die gleiche Größe, allerdings müssen Sie sich die Brüste abbinden. Billie ist nicht mal annähernd so ... üppig ausgestattet.«

Kendra zog eine Grimasse. »Das sind die wenigsten Frauen«, sagte sie dumpf. »Was für mich von entscheidendem Nachteil ist, wenn es darum geht, Männer *und* Frauen zu doubeln. Das kann ich beispielsweise nur bei Autoverfolgungsjagden, da fällt meine Oberweite nicht weiter auf.« Sie blickte zu ihm hoch, ihre braunen Augen wurden schmal. »In dem Film soll unter anderem ein spektakulärer Stunt vorkommen, wo ein Jeep einen Canyon runterbrettert, nicht wahr? Wie hoch ist denn da die Gage?«

»Achttausend.«

Achttausend. Zusammen mit dem übrigen Honorar, das sie für ihre Stunts in dem Film kassierte, würde es für Caseys Operation locker reichen, rechnete sie sich im Stillen aus. »Ich würde den Stunt gern übernehmen, Skip«, drängte sie mit unsicherer Stimme. »Ich *brauch* das Geld.«

»Ich hab noch nicht entschieden, wer den Stunt macht«, versetzte er sachlich kühl. »Es sind fünf Männer im Team, die die entsprechende Erfahrung dafür mitbringen und alle ganz heiß auf den Job sind.«

»Ich könnte ihn auch machen. Sie wissen genau, dass ich das kann. Ich bin gut in Autostunts. Fast so gut wie Casey früher. Geben Sie mir den Job, und ich werde Sie nicht enttäuschen, Skip. Ich lass Sie bestimmt nicht hängen. Ein Dreh, und die Szene ist gebongt, versprochen.«

»Anderes ist zweifellos auch nicht drin«, antwortete er mit einem Hauch von Sarkasmus in der Stimme. »Zumal bei dieser Szene keine Vorabprobe möglich ist. Wenn der Dreh nicht auf Anhieb klappt, landet der Jeep unten im Canyon. Mit dem kleinen Unterschied, dass meine Leute nicht wie Casey enden, Ken. Ich hab die Action voll im Griff.«

Sie fixierte ihn weiterhin erwartungsvoll, doch er schüttelte den Kopf. »Ich kann Ihnen da nichts versprechen, Ken. Wir haben in den letzten zwei Jahren kein einziges Mal zusammengearbeitet. Außerdem hab ich in letzter Zeit das eine oder andere über Sie gehört, was mir die Sache nicht einfacher macht.« Er wandte sich zum Gehen. »Okay, ich denk noch mal drüber nach, aber versprechen Sie sich nicht zu viel davon. Erst will ich Sie bei der Arbeit sehen. Wir besprechen alles Weitere in Sedikhan.«

Er ließ Kendra stehen und zog ab. Sie war zwar enttäuscht, klammerte sich aber an einen winzigen Funken Hoffnung. Zumindest hatte er ihre Bewerbung nicht rigoros abgeschmettert, das war doch schon mal was. Solange der Stunt nicht vergeben war, hatte sie immer noch die Chance auf den Job. Skip war absolut fair und würde ihr den Job hundertprozentig geben – sie musste ihm lediglich beweisen, dass sie es draufhatte.

»Sorry, dass es so lange gedauert hat, an der Bar ist die Hölle los.«

Dave drückte ihr grinsend ein Glas Champagner in die Hand. »Ich hab zufällig mitbekommen, dass du dich mit Skip unterhalten hast. Also hab ich mir an der Bar ein bisschen Zeit gelassen. Ich dachte, das ist die Chance für dich, um mit ihm über den Stunt zu reden, auf den du so verdammt heiß bist. Und, konntest du ihn überzeugen?«

Um ihre Mundwinkel spielte ein feines Lächeln. »Du kennst mich viel zu gut, Dave.« Sie schüttelte den Kopf. »Nein, er überlegt noch, aber ich lass nicht locker.«

»War mir klar«, versetzte Dave mit einem wegwerfenden Achselzucken. »Besser du als ich. Bei dem Stunt würde selbst Evel Knievel weiche Knie kriegen. Ich begreif nicht, wieso ihr Stuntleute dermaßen scharf darauf seid, euch sämtliche Knochen zu brechen.«

»Geld«, konterte sie entwaffnend ehrlich. »Und die Chance, eine der spektakulären Actions zu überbieten, die ein anderer schon einmal hingezaubert hat.« Sie nippte an ihrem Champagnerglas. »Wieder andere lieben das Risiko, den Tanz auf dem Drahtseil, den Adrenalinkick, wenn es um Leben und Tod geht.« Sie zuckte mit den Schultern. »Es gibt bestimmt noch eine Menge anderer Motive, wenn man genauer drüber nachdenkt.«

»Aber nichts, was einem einleuchtet, wenn man da oben halbwegs vernünftig tickt.« Dave tippte sich spöttisch grinsend an die Stirn. »Fühlst du dich wieder besser? Wenigstens bist du nicht mehr ganz so blass. Puh, als ich dich vorhin sah, weiß wie eine Wand und total abgespannt, hab ich mir echt Sorgen um dich gemacht.«

Sie fühlte sich tatsächlich besser, stellte sie verblüfft fest. Ihr Rücken tat momentan nicht die Spur weh, schön, dass das Schmerzmittel endlich wirkte. Genau genommen hatte sie sich schon lange nicht mehr so gut gefühlt wie heute Abend. Leicht und übermütig. Sie blickte in ihr Glas und strahlte. Irgendwie fühlte sie sich wie die moussierenden Bläschen, die in der goldschimmernden Flüssigkeit an die Oberfläche perlten – prickelnd und überschäumend vor Lebensfreude. Es sah einfach zuuu niedlich aus, wie die Blubberbläschen zerplatzten. Zuuu niedlich?! Sie war doch nicht etwa angeschickert, oder?

Unsinn, wo sie erst ein Glas Champagner getrunken hatte! Nein, sie war bestimmt erleichtert, weil der Stunt noch nicht vergeben war. Daher auch die eigenartige Euphorie. »Ich fühle mich fantastisch.« Sie schenkte Dave ein strahlendes Lächeln. »Himmlisch. Und jetzt erzähl mir mal, wie es mit dir und Sheila in letzter Zeit so gelaufen ist.«

In der nächsten Stunde schwebte sie wie auf Wolken und wurde zusehends aufgekratzter. Als sie am Abend zu der Party in Joel Damons Haus am Laurel Canyon eingetroffen war, hatte ihr die minimalistische schwarz-weiß gehaltene Dekoration überhaupt nicht gefallen. Inzwischen hatte sie ihre Meinung geändert. Es sah sehr schön aus. Wunderschön. Alles war traumhaft schön.

Auch Daves Gesicht mit den strahlendblauen Augen und dem warmen, verständnisvollen Lächeln. Oha, er lächelte ja gar nicht mehr, realisierte sie verschwommen.

»Bist du okay, Ken?« In Daves Stimme mischte sich ein Hauch von Besorgnis.

Sie schaute ihn mit großen Augen an. Blöde Frage. »Klar bin ich okay«, meinte sie schleppend. »Ich war vorhin bloß ein bisschen müde, aber jetzt bin ich wieder topfit.«

Er blickte skeptisch auf ihr Glas. »Ich hab den dunklen Verdacht, dass du mehr als das bisschen Champagner intus hast. Wie viele Cocktails hattest du eigentlich, bevor ich dich hier aufgegabelt hab, hm?«

Glaubte er etwa, sie wäre beschwipst? Die Vorstellung war so absurd, dass sie laut loskicherte, woraufhin sich einige Gäste verstohlen zu ihnen umdrehten. »Bloß einen«, antwortete sie. Sie stellte sich auf Zehenspitzen und drückte ihm einen zärtlichen Kuss auf die Wange. »Du weißt doch, dass ich nie mehr als ein, zwei Gläser trinke.«

»Dachte ich wenigstens … bis jetzt.« Er registrierte stirnrunzelnd ihre geröteten Wangen und das übermütige, leicht fiebrige Glitzern in ihren samtbraunen Augen. Er schloss die Arme um ihre Taille. »Du strahlst wie eine Neonreklame. Hast du irgendwas genommen?«

»Was soll ich denn genommen haben?«

»Koks, Amphetamine, Quaaludes?«, zählte er akribisch auf.

»Du spinnst wohl!«, fauchte sie. »Ich hab oft genug mitbekommen, wie Drogen Karrieren zerstören. Nein, danke, ohne mich.« Drogen. Sie hatte vorhin dieses Schmerzmittel eingenommen, aber es hatte bestimmt keinen Einfluss auf ihre euphorische Stimmung, oder? Na ja, vielleicht ein ganz klein wenig. Der Schmerz war weg, folglich fühlte sie sich besser und relaxter. Na, und wenn schon? Sie war einfach glücklich. Wann hatte sie sich das letzte Mal so frei und unbekümmert gefühlt? Das war bestimmt eine Ewigkeit her.

»Mhm, ich denke, ich fahr dich jetzt besser nach Hause.« Sichtlich beunruhigt nagte Dave an seiner Unterlippe. »Wo ist dein Mantel?«

»Ich glaube, eins von den Mädchen hat ihn oben in irgendein Schlafzimmer gelegt«, sagte sie zögernd. »Aber ich kann jetzt unmöglich schon weg. Erst muss ich den Zauberer begrüßen. Nachher wird er noch wütend und verwandelt mich in einen Frosch.« Sie schüttelte den Kopf und legte nachdenklich die Stirn in Falten. »Nein, hinter dem Märchen mit dem Frosch steckte ja eigentlich ein Prinz.« Sie lachte abermals und strahlte. »Und ich bin nicht mal eine Prinzessin, also kann mir gar nichts passieren.«

»Welcher Zauberer?«, fragte Dave perplex. Er schob sie entschlossen in Richtung Treppe, die ins Erdgeschoss des im Rancherstil gehaltenen Hauses führte.

»Gibt es denn mehr als einen?«, fragte sie. Sie peilte

die Ecke an, wo Damon mit einer Gruppe von Leuten diskutierte. Sie wusste genau, wo er stand, obwohl sie es sorgfältig vermieden hatte, noch einmal Blickkontakt aufzunehmen. Nicht, nachdem er sie vorhin mit flammenden Blicken torpediert hatte. Trotzdem fühlte sie seine Präsenz, als wären sie durch ein goldenes Band miteinander verbunden. Vielleicht stimmte es, und das Band war unsichtbar. Magier konnten zaubern, oder etwa nicht? Sie war mit gemischten Gefühlen hergekommen, aber ihre Bedenken hatten sich mittlerweile verflüchtigt. Sie hatte keine Angst, vor nichts und niemandem. »Auf Joel Damon, den Magier der außergewöhnlichen Art!«, giggelte sie. Sie hob ihr Glas und schwenkte es herausfordernd in seine Richtung.

Er fixierte sie heimlich. Schon den ganzen Abend. Er hatte sie nicht eine Sekunde lang aus den Augen gelassen. Damit hatte er eine winzige Flamme der Erregung bei ihr entfacht, was Kendra aber nicht wahrhaben wollte. Er hatte es auf sie abgesehen. Sein hungriger, unverstellter Blick signalisierte Begehren – und noch etwas anderes. Ärger und Ablehnung, so intensiv, dass es sie fast umhaute, und das, obwohl sie momentan vor Selbstvertrauen platzte. »Vielleicht hast du Recht; vielleicht sollte ich mein Glück nicht herausfordern.« Sie lächelte verschwörerisch zu Dave hoch. »Sonst verzaubert er mich nachher tatsächlich noch in irgendein Monster.«

»Auf mich macht es den Eindruck, als würde er dich am liebsten mit Blicken auffressen«, erwiderte Dave schmallippig. »Komm, wir gehen besser, bevor er dich hier vor allen Gästen vernascht.« Er schob sie hastig durch den Partyraum zur Treppe. »Ab nach Hause«, sagte er mit Nachdruck.

»Wie du meinst«, kicherte sie. »Hmmm, aber eins kapier ich nicht. Wieso hackst du eigentlich dauernd darauf herum, dass mit mir irgendwas nicht in Ordnung sein könnte?«

»Wer ist sie?«, fragte Joel mit verstohlener Bewunderung. Sein Blick folgte der unbekannten Beauty, die, in durchschimmernden Seidenchiffon gehüllt, die Stufen nach oben schritt. Balding hielt sie im Arm, mit einer selbstverständlichen Vertrautheit, die Joel mächtig auf den Keks ging. Küsschen hier, Küsschen da, so hatten sie den ganzen Abend miteinander rumgeturtelt, sann er dumpf. Sie konnten ihre Finger anscheinend nicht bei sich behalten und suchten sich jetzt vermutlich irgendein stilles Plätzchen, um ungestört weiterzumachen. Er zwang sich, den Blick von dem Pärchen loszureißen, und wandte sich stirnrunzelnd dem dynamischen jungen Mann zu, der neben ihm stand. Nachdem er es sich den ganzen Abend mühsam verkniffen hatte, nach der Frau zu fragen, hatte seine brennende Neugier letztlich doch gesiegt. Am liebsten hätte er sich die Zunge abgebissen vor Wut. »Und was hat sie mit Balding? Verdammt, der Kerl ist doch verheiratet, oder?«

Ron Willet, sein Direktionsassistent, wackelte spöttisch mit den Brauen, während er beobachtete, wie

…en in einem der Schlafzimmer verschwanden. »Logo ist der verheiratet – soweit ich weiß sogar mit einer richtig hübschen, netten Lady. Trotzdem kenn ich viele Männer, für die die Ehe kein Hinderungsgrund ist, wenn ihnen kleine sexy Sirenen wie die da Avancen machen.« Er beobachtete Joel aus zusammengekniffenen Augen. Er hatte schon den ganzen Abend registriert, dass sein Boss irgendwie auf die brünette Beauty abfuhr, und sich gewundert, wieso er sie nicht anmachte. Er arbeitete seit fünf Jahren für Damon und hatte häufiger die Erfahrung gemacht, dass sein Boss nicht lange fackelte, sondern zugriff, wenn er etwas wollte, nicht zuletzt bei schönen Frauen. Und wenn er die Zeichen richtig deutete, überlegte Ron, war sein Chef extrem heiß auf diese Supermaus. Joels flammende sehnsuchtsvolle Blicke sprachen für sich. »Wahrscheinlich ist sie irgendein ehrgeiziges kleines Starlet. Es ist deine Party; da müsstest du doch eigentlich wissen, wen du eingeladen hast.«

Joel schüttelte den Kopf, seine Stirn in tiefe Falten gelegt. »Meistens überlass ich das meiner Sekretärin. Vermutlich hat sie die halbe Filmwelt eingeladen.« Seine Lippen zuckten. »Ist ja auch egal. Die Gesichter ändern sich, die Macken und Allüren bleiben im Wesentlichen die gleichen.«

»Was ist mit der vollbusigen Blondine, die sich zu Beginn der Party wie eine Klette an dich drangehängt hat?« Willet zwinkerte ihm zu. »Die kam mir irgendwie bekannt vor. Hattest du schon mal was mit der?«

»In einem meiner Filme oder im Bett?«, fragte Joel

rein rhetorisch. »Nee, danke, weder-noch, obwohl sie Ambitionen auf beides hat. Sie ist heute Abend schon die Zweite, die mir unter vollem Körpereinsatz zu verstehen gegeben hat, dass sie sich ›leidenschaftlich‹ gern erkenntlich zeigen würde, ich bräuchte ihr bloß eine winzig kleine Mininebenrolle in *Venture* zu geben.« Er nahm einen tiefen Schluck Brandy. »Mannomann, gut und gern die Hälfte der Weiber in Hollywood hat null Skrupel, sich auf die traditionelle Besetzungscouch zu schmeißen und für mich die Beine breit zu machen. Ich wünschte, das Casting wär schon vorbei und sämtliche weiblichen Rollen vergeben, damit ich endlich diese Schicksen vom Hals hab.«

»Deine Probleme möchte ich haben«, meinte Willet trocken. Dann grinste er unvermittelt. »Obwohl, womöglich sickern sie allmählich zu uns Normalsterblichen durch. Balding amüsiert sich offenbar oben mit der Sahneschnitte. Sie geht vermutlich davon aus, dass er leichter zu knacken ist als du.« Er nickte anerkennend. »Hast du diesen Monsterbody gesehen? Was meinst du? Ob ich sie davon überzeugen kann, dass ich mehr Einfluss habe als Balding?«

Offenbar hatte er damit bei Joel einen empfindlichen Nerv getroffen. »Hey, meinst du, sie hat es darauf angelegt, mit jedem zu flirten oder sonst wie rumzumachen? Bloß um eine kleine Rolle zu ergattern?«, tobte er. Die Vorstellung regte ihn mit einem Mal maßlos auf. Wieso eigentlich? Das taten sie doch alle. Und sie war bestimmt keine Heilige.

Willet zuckte wegwerfend mit den Schultern.

»Scheint mir nur logisch. Wenn Frauen in Hollywood spitzenmäßig aussehen, so wie die Kleine, halten sie sich automatisch für supertalentierte Schauspielerinnen. Was glaubst du, warum der heiße Feger sich mit Balding abgibt, hm? Bestimmt nicht, weil der Superman ist, sondern weil sie partout zum Film will. Deshalb ist sie so verdächtig nett zu ihm ... Aber was red ich, du bist schon groß. Zieh gefälligst deine eigenen Schlüsse.«

»Hab ich schon«, grummelte Joel. Sein mordlustiger Blick schweifte zu der geschlossenen Schlafzimmertür. »Was du sagst, stimmt. Die Sache ist ziemlich eindeutig.« Klar arbeitete die Frau mit allen Tricks, bloß hatte er es aus irgendeinem unerfindlichen Grund nicht wahrhaben wollen. Genauso wenig wie seine starke emotionale Reaktion auf dieses raffinierte kleine Luder! Dass es spontan zwischen zwei Menschen funken konnte, hatte er schon mal irgendwo gehört. Er hatte aber nie ernsthaft in Erwägung gezogen, dass es ihn irgendwann selber treffen könnte. Bis heute Abend. Er war scharf auf die Kleine, das war Fakt. Scheißfakten, dachte er zynisch, Scheißweiber.

Für gewöhnlich hatte er sich und sein Leben voll unter Kontrolle, und dieses elektrisierende Kribbeln in der Magengrube machte ihn halb rasend. Mein Gott, er war mörderisch eifersüchtig gewesen, als Balding den Arm um sie gelegt hatte, dabei hatte er noch nicht ein Wort mit ihr gewechselt! Er wusste nicht mal ihren Namen, verflucht! Es war nicht normal. Als sie gemeinsam mit Balding die Treppe hinaufgegangen war, hatte sich eine Mordswut in seinem Bauch zusammengeballt. So was war ihm total fremd – und mal ganz was Neues.

Willet beobachtete die widerstreitenden Gefühle, die sich in den Zügen seines Chefs widerspiegelten. »Das Möchtegern-Filmsternchen gefällt dir wohl auch, was?«, bemerkte er. »Wieso machst du nicht mit bei dem Spielchen? Du hast mit Sicherheit mehr Asse im Ärmel als dieser Balding. Sobald die Lady merkt, mit wem sie es bei dir zu tun hat, lässt sie den Kerl fallen wie eine heiße Kartoffel.«

»Dein Vertrauen in meinen umwerfenden Charme ehrt dich«, ätzte Joel. »Aber in diesem Fall liegst du vermutlich richtig. Ich hab jede Menge Erfahrung mit ambitionierten Starlets und kenne mich mit ihren raffinierten Tricks bestens aus.«

Wenn es darauf ankam, säße er zweifellos am längeren Hebel, überlegte Joel. Zudem konnte eine derart starke Chemie, wie er sie eben empfunden hatte, nicht nur einseitig sein – auch wenn die Schöne ihm den ganzen Abend demonstrativ die kalte Schulter gezeigt und ihn links liegen gelassen hatte. Und dann dieser kleine spöttische Toast, als sie das Glas provozierend in seine Richtung geschwenkt hatte, bevor sie mit Balding nach oben gegangen war. Sollte er auf ihre Provokation eingehen? Joel beschlich die dunkle Ahnung, dass er sich besser aus allem raushielt – dann war er zumindest auf der sicheren Seite.

»Na, kein Interesse?«, hakte Willet nach. »Willst du sie kampflos Balding überlassen?«

»Nein!« Die Heftigkeit seiner Antwort verblüffte ihn selbst. Er atmete tief durch und fasste sich hastig wieder. Die bloße Vorstellung, dass Balding sie in einem seiner Gästezimmer flachlegen könnte, machte ihn rasend. Aber wenigstens war die Antwort jetzt raus, die Entscheidung vom Tisch.

Ein kaltes Grinsen umspielte seine Lippen. Er kippte den Brandy in einem Zug hinunter. Worauf wartete er eigentlich noch? Wenn es nicht anders ging, dann eben auf die harte Tour, das war er seinem Ruf schuldig. Die Frau war seine Trophäe – und Balding eine Null, eine Niete, ein Nobody. Der sollte irgendwo Land gewinnen. Er drückte Willet sein leeres Glas in die Hand. »Bring das für mich weg, okay, Ron?«, meinte er gedehnt. »Ich hab's mir überlegt, ich schau mir das Spielchen mal näher an. Wird bestimmt spannend.« Er schnellte herum und steuerte mit langen Schritten durch den überfüllten Raum hindurch zur Treppe.

Dave riss mehrere Türen auf, bis er das Gästeschlafzimmer entdeckte, das an diesem Abend als Garderobe diente. Aus einem der Wandschränke quollen Pelze und Abendmäntel, auf dem breiten Doppelbett türmten sich Stolen und Umhänge. »O nein, mit dir ist alles in Ordnung«, versetzte er sarkastisch. »Entschuldige die Frage, aber findest du es normal, dass du dir Sorgen machst, ob dich irgendein Pseudo-Magier-Filmmogul in einen Frosch verzaubern könnte?« Er zog die Tür hinter ihnen zu. »Wie sieht dein Mantel aus?«

»Eine Chiffonstola, passend zum Kleid«, meinte sie abwesend. »Ich mach mir gar keine Sorgen, ob er mich in einen Frosch verzaubert. Ich hab dir doch gesagt, das klappt bloß bei Adligen.«

»Hier ist sie jedenfalls nicht.« Er drehte sich vom Schrank weg und lief zum Bett, wo er sich durch die Garderobenberge wühlte. »Vermutlich liegt sie ganz unten. Typisch Murphys Gesetz. Sheila passiert das auch oft.«

»Warte, das haben wir gleich.« Sie trat zu ihm, kniete sich auf das Bett und inspizierte die Sachen, die er bei seiner Suchaktion großzügig auf der Tagesdecke verteilt hatte. Fand den zarten Chiffonschal und schwenkte ihn triumphierend durch die Luft. »Da ist er.« Mit einer dramatischen Geste drapierte sie die Stola wie einen orientalischen Schleier über ihre kastanienbraune Mähne und um ihre untere Gesichtshälfte. »Komm mit mir in die Kasbah«, raunte sie kehlig, ihre braune Iris tanzte.

»Verdammt, hör auf mit dem Quatsch!«, meinte Dave ungehalten. Er umschloss mit den Händen ihre Schultern und wollte sie vom Bett hochziehen.

»Ich kann zweifellos verstehen, dass Sie ärgerlich sind.«

Die Stimme klang tief und milde zynisch. Joel Damon, schoss es Kendra spontan durch den Kopf. Sie war nicht die Spur verblüfft, als er lässig im Türrahmen lehnte.

»Da wird man von einer Lady in ein Schlafzimmer entführt, und statt direkt *zum Business* zu kommen, fängt sie mit irgendwelchen Spielchen an. Das ist verdammt frustrierend, nicht?« Damon schloss übertrieben behutsam die Tür hinter sich und schlenderte in den Raum. Kendra fand es brutal, wie sich sein schamloses Grinsen verstärkte. »Ich wette, es *ging* ums Business, was, schöne Lady?«

Dave ließ sie los und richtete sich langsam auf. »Ich glaube, Sie verstehen da was falsch, Joel«, sagte er seelenruhig. »Ich war auf dem Sprung, sie nach Hause zu bringen. Wir wollten bloß noch ihre Stola holen.«

»Völlig klar«, meinte Damon süffisant. »Sie wollten bloß noch ihre Stola holen.« Er trat zum Bett und blickte auf Kendra hinunter. Nach außen hin gefasst, brodelte es unter seiner spöttischen Miene, der unnahbaren Fassade. Er streckte impulsiv eine Hand aus, zerrte ihr den Schal vom Kopf, und das zarte Etwas bauschte sich leise knisternd um ihre Schultern. »Ich bin sicher, Sie hätten Ihren Spaß gehabt und wären bestimmt noch auf Ihre Kosten gekommen. Tut mir echt leid, wenn ich Sie gestört habe, aber unten warten ein paar Reporter. Und wir wollen doch nicht, dass diese Geier irgendwas über Sexorgien schreiben, die anlässlich meiner kleinen zwanglosen Party stattgefunden haben sollen, oder?«

Sexorgien? Dave und sie bei einer Sexorgie? Das war ja zum Piepen. Kendra schüttelte sich vor Lachen.

Damon legte den Kopf schief; seine Augen wurden schmal. »Ich kenne niemanden, der so sexy lacht wie Sie«, stellte er verdutzt fest. »Ich hab Sie heute Abend mehrere Male lachen hören, aber ich war zu weit weg, um Ihre Stimme wahrzunehmen. Sagen Sie mal was, schöne Lady.«

Ihre Blicke klebten aneinander, intensiv wie zwei Magnete. Dann lächelte sie zaghaft. »Ich heiße Kendra Michaels. Und ich bin *keine* Prinzessin.«

»Wirklich jammerschade«, meinte Damon. »Dafür können Sie bestimmt mit anderen Attributen punkten. Wie beispielsweise mit Ihrer kehlig weichen Stimme. Die klingt nach kleinen Katzen, die mit ihren Krallen über Samt kratzen.«

»Ich glaub, sie hat ein bisschen zu viel getrunken, Joel«, warf Dave leicht konsterniert ein. »Besser, ich fahr sie jetzt nach Hause.«

Unfassbar! Dave beschuldigte sie jetzt schon das zweite Mal, angeschickert zu sein. »Ich bin sturznüchtern!«, giftete sie ihn an. »Ich hatte zwei Gläser Champagner und einen winzigkleinen Cocktail, mehr nicht.«

»Sie haben die Dame gehört.« Damons Mundwinkel zuckten spöttisch. »Sie weiß genau, was sie tut. Ich hatte auch nichts anderes erwartet.«

»Logo weiß ich, was ich tue«, versetzte Kendra entschieden. Ahhh, in seinem Partyraum war er ihr wie ein Magier vorgekommen, aber das war milde ausgedrückt, verglichen mit dem Zauber, den er bei Nähe betrachtet ausübte. In seinen wie Malachit schimmernden Augen lag ein tiefes hypnotisierendes Strahlen, und sie fühlte sich schwach und willenlos, als hätte er ihr einen starken magischen Trank verabreicht. Sie leckte sich nervös die Lippen, woraufhin sein Blick glutvoll entrückt der Bewegung ihrer feuchten Zungenspitze folgte. Ihr stockte der Atem. »Ich glaube, Dave hat Recht. Wir fahren jetzt besser nach Hause.«

»Ja, wir fahren jetzt besser.« Damons Stimme klang eine Idee schleppend. Er schnellte zu Dave herum und meinte knapp: »Ich kümmere mich um sie. Amüsieren Sie sich mit den anderen und spielen Sie den Gastgeber für mich. Verdammt, die Rolle ödet mich so was von an.«

»Sie bringen Kendra nach Hause?«, fragte Dave unschlüssig.

»Was dagegen? Keine Sorge, ich hab bestimmt nicht vor, sie unterwegs zu vernaschen«, versetzte Damon gereizt. »Ich hab Ihnen doch gesagt, ich *will* keine Orgien auf meiner Party. So was ist echt stillos. Verdammt, ich habe einen Ruf zu verlieren. Wir fahren in ein paar Minuten. Ich möchte Miss Michaels bloß ein bisschen besser kennen lernen.«

»Kendra?«, fragte Dave.

Der arme Dave kann einem echt leidtun, dachte sie im Stillen. Er hatte zweifellos seine Bedenken, mochte Joel Damon aber andererseits nicht brüskieren, zumal der ihm leicht einen Strich durch seine weiteren Karrierepläne hätte machen können.

»Ich bin okay, Dave«, meinte sie begütigend. »Mr. Damon bringt mich nach Hause. Bleib ruhig noch und genieß den Abend.«

»Wenn du meinst.« Auf seiner Miene spiegelte sich erkennbar Erleichterung. Er wandte sich zum Gehen. »Ich ruf dich morgen Vormittag an, Ken.«

Sobald die Tür hinter Dave zuschnappte, ließ Damon sich neben sie auf das Bett fallen. Seine Hände legten sich sanft auf ihre entblößten Schultern und schoben sie aus ihrer knienden Position auf die Fersen. Kendra war total überrascht. Dann ließ er sie abrupt los. Leider, wie sie fand, denn das Gefühl war gar nicht so übel gewesen.

»Das war eben eine kluge Entscheidung von Ihnen«, meinte er. »Wenn Sie sich nämlich gesträubt hätten, mit mir zu fahren, wäre Dave bestimmt auf mich losgegangen. Das sagt eine ganze Menge über Ihren Sexappeal aus, denn Dave ist ein sehr ambitionierter junger Mann.«

»Stimmt«, murmelte sie. Er saß so dicht neben ihr, dass sie seine Wärme auf ihrer Haut spürte. Er duftete himmlisch frisch nach Seife und einem herbwürzigen Eau de Cologne. »Er weiß, wo's langgeht. Das bewundere ich an ihm.«

»Gleich und Gleich gesellt sich gern, was?«, bemerkte er milde ironisch. »Ich kann verstehen, dass sich eine ehrgeizige junge Frau wie Sie zu ihm hingezogen fühlt.« Seine Augen verengten sich zu Schlitzen. »Wissen Sie eigentlich, dass er verheiratet ist?«

Sie funkelte ihn entrüstet an. »Klar weiß ich das! Und, ändert das irgendwas?«

Er lachte freudlos. »Nicht wirklich. Nicht für Sie und bestimmt nicht für Balding, nach der heißen Anmache heute Abend. Darf ich mal neugierig fragen, ob Sie damit erreicht haben, was Sie von ihm wollten?«

»Was ich von ihm wollte?«, echote sie verständnislos.

»Den Job«, gab er gereizt zurück. »Hat er Ihnen Hoffnungen gemacht, oder mussten Sie zuerst was dafür tun?«

Sie starrte ihn mit großen Augen an. »Irrtum, er hat mir den Job gegeben. Ich hab bereits den Vertrag unterschrieben.«

Joel presste die Lippen zu einer grimmig schmalen Linie aufeinander. »Tja, dann tut es mir leid, aber Sie müssen den Vertrag canceln – vor allem die Klausel mit den Gratis-Zusatzleistungen. Die beanspruche ich nämlich künftig für mich.« Seine Miene entspannte sich. Er streichelte ihr sanft übers Haar. »Ich garantiere Ihnen, Sie werden nicht enttäuscht sein. Ich habe viel mehr Einfluss als Balding, und ich halte immer meine Versprechen.«

Gratis-Zusatzleistungen? Was meinte er damit? Auch egal, sann Kendra, solange er hingebungsvoll meine Haare streichelt. Zumal es ewig her war, dass sie sich das letzte Mal so himmlisch verwöhnt gefühlt hatte. »Magier haben enorm viel Power und Einfluss«, seufzte sie verträumt. Sie drehte den Kopf, rieb ihre Wange an seiner Hand. Er hatte wunderschöne Hände, stark und gebräunt, mit langen sensiblen Fingern. Schöne Hände, deren sanfte Zärtlichkeit ihre Wangen zum Glühen brachten. »Ich finde es angenehm, wenn Sie mich streicheln«, rutschte es ihr spontan heraus.

»Angenehm« traf es bei Weitem nicht, sinnierte er

trocken. Im Gegenteil, er hatte noch nie so intensiv empfunden. Verdammt, wieso übte sie diese starke Reizwirkung auf ihn aus?, fragte er sich missmutig. Es gab schönere Frauen als Kendra Michaels. Sie war ein bisschen zu üppig für das aktuelle Schönheitsideal, ihre weit auseinanderstehenden Augen zu groß für das schmale Gesicht. Ihre Lippen waren zwar hübsch geschwungen, wirkten aber eher verletzlich als sinnlich. Kaum hatte sie sich jedoch mit ihrer kleinen rosa Zungenspitze über die volle Unterlippe geleckt, war eine Woge der Lust durch seinen Körper geflutet. Er war spontan erregt gewesen, sein Herz hämmerte gegen seinen Rippenbogen. Wahrscheinlich reizte ihn der dunkle exotische Typ, ihre makellose milchkaffeebraune Haut, die brünetten Haare mit dem warmroten Schimmer, die ihr in seidig glänzenden Wellen über den Rücken flossen. Er hatte sie gesehen und spontan gewusst: Die Frau will ich haben, dachte er stirnrunzelnd. Und ich werde sie bekommen. Sie gehört mir.

»Sie auch?«, wollte Kendra wissen.

»Oh ja«, muffelte er. »Find ich auch.« Er schob seine Hand tiefer, umschloss ihren Hals, presste den Daumen in die weiche Mulde. »Das war mir spontan klar, als ich Sie vorhin das erste Mal sah.«

Sie betrachtete ihn mit der ehrlichen Verwunderung eines Kindes. »Sie sind sauer, nicht?«, flüsterte sie. »Das fühl ich irgendwie. Hab ich was damit zu tun?«

»Ich bin nicht sauer«, wiegelte er ab, obwohl er wusste, dass er log. Ja, er war sauer, aber weniger auf

Kendra als auf sich selbst. Weil er merkte, dass seine Fassade kühler Kontrolliertheit zunehmend bröckelte. Er zuckte mit den Schultern. »Mag sein, dass ich im Moment ein bisschen chaotisch drauf bin. Ist mir offen gestanden schleierhaft, wieso ich derart heftig auf eine Frau reagiere.« Sein Blick konzentrierte sich auf ihr Gesicht. »Oder finden Sie, dass das zwischen uns *normal* ist?«

»Nein«, antwortete sie versunken, ihr Blick auf seine perfekt geschwungenen Lippen geheftet. Wegen seiner hypnotisierenden Blicke hatte sie seinen schönen sinnlichen Mund glatt ausgeblendet. »Sie haben einen schönen Mund, wissen Sie das?« Sie zeichnete mit dem Zeigefinger die Konturen seiner Unterlippe nach, die sich weich und warm an ihre Fingerkuppe schmiegte. Kendra hielt unbewusst den Atem an. Joel Damon öffnete unvermittelt die Lippen, schnappte nach ihrem Finger, und sie spürte einen Herzschlag lang, wie er mit den Zähnen daran knabberte, ehe er ihn wieder frei gab.

»Damit ich dich besser schmecken kann«, rutschte es ihm spontan heraus. Sie bemerkte, dass die bläuliche Ader an seinem Hals heftig pulsierte, seine Wangen waren mit einem Mal leicht gerötet. Er beugte sich behutsam vor, bis ihre Lippen nur noch einen Atemhauch voneinander entfernt waren. »Und ich werde dich vernaschen, Süße, genau das habe ich vor. Du bist ein Leckerbissen, eine lockende Venus, und ich bin total ausgehungert.« Jedes Wort war ein kurzer, warmer Atemstoß, sinnlich wie ein Kuss. »Ich war noch nie so ausgehungert. Ich möchte dich mit allen Sinnen genießen.«

Er mochte hungrig sein, doch als seine Lippen mit ihren verschmolzen, waren sie sanft, fast zögernd. Sie streiften und streichelten ihre, ähnlich einem Genießer, der das Bukett in vollen Zügen auskostet, bevor er sich den Wein schmecken lässt. Die zarte Liebkosung war derart berauschend, dass Kendra den Atem anhielt.

»Ah, göttlich«, schwärmte Joel, seine Stimme begleitet von einem sinnlichen Tremolo, seine tiefgrünen Augen unter den dicht bewimperten Lidern glitzerten begehrlich. Er umschlang ihre Schultern und zog Kendra unendlich sanft an seinen Körper. Sie spürte, wie sich ihre Brüste unter dem dünnen Chiffon an ihn schmiegten. »Gefällt es dir so, Kendra?«, hauchte er. Wieder verschmolzen ihre Lippen, aber dieses Mal war er fordernder, der Kuss lang, süß und sinnlich. »Schenk mir deine Zunge, Liebes«, raunte er an ihren Lippen. »Ich möchte dich schmecken. Ich will wissen, wie du dich anfühlst.«

Das wollte sie auch von ihm wissen, dachte sie verträumt. Plötzlich schien es ihr das Wichtigste auf der Welt, alles über die erregende physische Präsenz dieses Joel Damon zu erfahren. Sie sträubte sich nicht, schenkte ihm, was er von ihr forderte, und verlor sich in dem tiefen, animalischen Stöhnen, das seiner Kehle entfuhr.

Seine Lippen umschlossen ihre Zunge, saugten sie mit sanfter Entschlossenheit tief in seinen Mund. Angeregt durch seine laszive Erkundung presste sie sich inniger an ihn. Leise stöhnend öffnete sie ihm bereitwillig ihre Lippen, und ihre Zungen fanden sich zu einem erotisierenden Spiel, neckten, saugten, kitzelten. Sie erregte ihn, dachte Kendra, denn sie fühlte den wilden Rhythmus seines Herzens an ihrem, sein hungriges Stöhnen, seine aufgewühlten Atemzüge. Wieder und wieder küsste er sie, tauchte seine Zunge tief in den prickelnden Tau ihres Mundes.

Kendra empfand mit einem Mal eine wilde, archaische Befriedigung, weil sie eine solche Wirkung auf ihn hatte, weil er stöhnte und zuckte, weil sie den Zauberer mit ihrer eigenen Magie bezirzte. Sie war wie berauscht, hatte Schmetterlinge im Bauch. Sie löste sich mit einem atemlosen kleinen Lachen von seinen Lippen und strahlte ihn an. »Es ist himmlisch!« Sie warf die Arme um seinen Hals, ihre Finger fächerten durch seinen Nackenflaum. »Es ist wie Fliegen oder Bungeespringen, es ist wie …«

Sie küsste ihn abermals, mit einer Leidenschaft, dass er automatisch die Muskeln anspannte und sich in ihren weichen willigen Körper stemmte. Er löste sich schließlich von ihren heißen fordernden Lippen und hob den Kopf. Zog gierig Luft in seine Lungen.

»Immerhin kann dir keiner nachsagen, dass du lange fackelst.« Seine Lippen verzogen sich zu einem schiefen Grinsen. Er sah ihr tief in die Augen, Kendras Iris funkelnd wie lange gereifter Cognac. »Bist du immer so direkt und offen?«

Ihre Finger streichelten zärtlich durch sein dichtes,

dunkles Haar. Es fühlte sich sexy und frisch an, wie alles an ihm. »Ich versuch es jedenfalls.« Ihre Miene umwölkte sich. Nein, zu Dave und Skip war sie heute Abend nicht ganz ehrlich gewesen. Wie auch, wo für sie so wahnsinnig viel auf dem Spiel stand? Aber daran mochte sie jetzt nicht denken. Nein, sie war froh, dass sich diese bedrückende Last, die deprimierende Verantwortung, die sonst auf ihren Schultern lastete, verflüchtigt hatte, und wollte die Leichtigkeit des Seins in vollen Zügen genießen. »Es ist nicht immer leicht, ehrlich zu sein«, schob sie unschlüssig nach. »Trotzdem bedeutet mir Ehrlichkeit sehr viel.« Sie schaute ihn mit großen Unschuldsaugen an. »Ist das wichtig?«

Unversehens überwältigte ihn eine Woge der Zärtlichkeit. Sie wirkte so verletzlich und zerknirscht nach ihrer kurzen, leidenschaftlichen Eskapade, dass er Kendra am liebsten in die Arme geschlossen und getröstet hätte. Er schwankte zwischen seinen aufflammenden Beschützerinstinkten und seinem glutvollen Verlangen. Und ärgerte sich über sich selbst. Verfluchter Mist, was machte diese Frau mit ihm?

»Deine Ehrlichkeit ist mir verdammt wichtig«, grummelte er schließlich milde gereizt. »Sollte ich merken, dass du nicht ehrlich zu mir bist, weil es dir zu ›kompliziert‹ ist, Kendra, wirst du mich kennen lernen. Ich lass mich nicht für dumm verkaufen. Solange wir zusammen sind, sind andere Männer für dich tabu, kapiert?« Seine Lippen formten sich zu einem spöttischen Grinsen, als er ihre bestürzte Miene gewahrte. Er ließ seine Hand von ihrer Schulter gleiten, umschloss ihren Po und zog sie heftig an sein Becken, dass sie seine harte Erektion fühlte. Als ihre Hände impulsiv seine Schultern umkrampften, verstärkte sich sein Grinsen. »Die nächste Zeit bist du erst mal fest gebucht, Süße. Von mir.«

Ohne ihre Antwort abzuwarten, bestürmte sein Mund den ihren abermals, dieses Mal fordernder. Sein Kuss intensiv, fast brutal, mit feuriger Leidenschaft. Ein leise gestöhnter Protestlaut entfuhr ihr. Er hatte es wohl gehört, denn er mäßigte seine ungestüme Gier. Stattdessen küsste er sie so wolllüstig, dass sie dahinschmolz. Sie wand sich lustvoll unter seinen Händen, die ihren Po umschmiegten, wie ein wildes kleines Tier. Ihre Lippen, ihre Zunge verzehrten sich nach ihm, spiegelten den Hunger, den sein angespannter, erregter Körper signalisierte.

Er löste sich von ihr und betrachtete sie mit grimmiger Befriedigung. Ihre rosig überhauchten Wangen, das weiche Herz ihrer Lippen, wund von seinem sinnlichen Überfall.

»Du bist eine verdammt scharfe Lady, Kendra Michaels«, meinte er gedehnt, ein triumphierendes Aufblitzen in seinen Augen. »Ich find dich echt heiß. Wenn ich dir in deine süße kleine Falle geh, dann mach dich auf was gefasst.«

»Falle?«

»Ach, vergiss es.« Er sprang geschmeidig auf und zog sie vom Bett hoch. »Komm, lass uns verschwinden.« Er nahm den Chiffonschal vom Bett und legte ihn behutsam um Kendras Schultern. Dann fasste er ihr Handgelenk und zog sie zur Tür.

»Und wohin?«, fragte sie verdutzt. Kendra war völlig von den Socken. Er hatte sie total überrumpelt. Mit einer wilden Sinnlichkeit, wie sie sie noch nie erlebt hatte, um sie dann knallhart auf den Boden der Tatsachen zurückzuholen. Dieser gemeine Schuft.

»Ich garantiere dir, wenn wir noch fünf Minuten hier bleiben, liegen die Mäntel und Stolen auf dem Boden und wir in den Federn.« Um seine Lippen zuckte es missmutig. »Und die Gäste unten zählen zwei und zwei zusammen und tippen goldrichtig, dass wir es miteinander treiben.« Er torpedierte sie mit einem finsteren Blick. »Normalerweise ist es mir egal, was die Leute denken, aber bei dir ist es mir verdammt noch mal nicht egal. Ich dulde es nicht, dass diese Idioten sich die Mäuler über dich zerreißen.« Er blieb an der Tür stehen, zog ein blütenweißes Taschentuch aus der Jacke und betupfte damit ihre Lippen. »Du siehst ein bisschen wild aus.« Grinsend zupfte er ihr mit den Fingern die Haare in Form. »Ganz süß, aber trotzdem verräterisch.«

Er öffnete die Tür, schob galant eine Hand unter ihren Ellbogen und führte sie durch den Flur.

»Gehen wir jetzt wieder auf die Party?«, fragte sie stutzig geworden. Sie liefen die Stufen hinunter.

»Nein«, antwortete er abwesend. Er ignorierte das Paar, das am Treppenabsatz stand, und geleitete sie höflich durch das Foyer zur Eingangstür. »Wir verschwinden aus diesem Affenzoo.«

Kendra versuchte, sich den Schock der Enttäuschung nicht anmerken zu lassen. Sie hatte absolut keine Lust, schon nach Hause zu fahren. Sie war überwältigt von diesem neuen magischen Gefühl und wünschte sich, dass dieser Zauber ewig währte. »Du bringst mich nach Hause?«

»Mmh, so was Ähnliches jedenfalls«, antwortete er knapp, mit undurchsichtiger Miene. Er hielt die Tür auf und ließ ihr den Vortritt. »Ja, wir fahren jetzt nach Hause, Kendra.«

2

»Illusion de L'Arc en Ciel.« Die Scheinwerfer des Wagens erhellten die anmutig geschwungene Gravur auf der Messingplatte, die an der Steinmauer angebracht war, und Kendra übersetzte die Worte leise für sich. *»Die Illusion des Regenbogens.* Merkwürdiger Name für ein Haus.«

Joel, der fragend eine Braue hob, drückte den Knopf der Fernbedienung, und die Eisentore schwangen auf. Seitdem sie vom Laurel Canyon losgefahren waren, hatte er kein Wort gesprochen. Na und?, dachte Kendra, soll er sich ruhig ausschweigen, macht mir doch nichts aus. Hauptsache, er fuhr sie nicht zu ihrem Apartment in Fullerton, sondern irgendwohin, zu einem fremden Ziel, das er kannte. Welches, war ihr egal. Sie lehnte ihren Kopf entspannt an die mit silbergrauem Velours bezogene Kopfstütze und schaute aus dem Beifahrerfenster: Am nachtschwarzen Himmel zogen Millionen funkelnder Sterne vorüber. Bisweilen war ihr Blick verstohlen zu Joel Damon geglitten, der mit dunkel verschattetem, ernstem Profil am Steuer saß.

»Illusion de l'Arc en Ciel«, murmelte Joel. »Du sprichst Französisch?«

»Ein bisschen«, sagte sie. Sie beobachtete, wie er zwischen den Toren hindurchfuhr, die leise hinter ihnen zuschwangen. »Von der Highschool. Wie kommt man eigentlich auf so einen Namen: *Die Illusion des Regenbogens?«*

Er lachte aufrichtig amüsiert. »Ist das alles, was dich interessiert? Du erkundigst dich nicht mal, wohin wir fahren? Ich finde, du bist ungeheuer vertrauensselig. Wo du mich doch überhaupt nicht kennst. Woher willst du wissen, dass ich dich nicht in irgendeine abgelegene Hütte schleppe, um irgendwelche Sadomasospielchen mit dir zu treiben?«

Er machte wohl Witze, oder? Zauberer brauchten keine Peitschen und Fesseln, sie bekamen bestimmt alles, was sie wollten, durch die Kraft ihrer Magie. »Ich weiß es einfach«, sagte sie ernst. »Also, wieso *Die Illusion des Regenbogens?«*, bohrte sie hartnäckig nach.

Er zuckte mit den Schultern. »Wieso nicht? An einem Regenbogen ist nichts Reales. Er ist wie ein Wunder, ein Traum: Den einen Augenblick ist er da, und im nächsten wieder weg. Das ganze Leben ist so, wenn du mal genauer darüber nachdenkst. Nichts ist wirklich von Dauer, sondern allenfalls für den Augenblick.« Seine Mundwinkel verzogen sich zu einem bittersüßen Lächeln. »Wenn ich etwas beginne, irgendetwas, das für mich was Besonderes werden kann, dann baue ich automatisch einen Sicherheitsmechanismus mit ein, der mich an die Vergänglichkeit des Regenbogens erinnert. Das schützt mich vor idiotischen emotionalen Verwicklungen.«

Aus seiner kurzen Erklärung sprach unbeschreiblich viel Frustration und Verletzlichkeit. Die sprühende Euphorie, die Kendra empfand, zerplatzte wie die golden schimmernden Champagnerbläschen in ihrem Glas, vorhin auf der Party. Sie schluckte betreten. Wie sollte sie darauf reagieren?

»Und dieses Haus ist etwas Besonderes für dich?«, fragte sie leise, ihre Kehle wie zugeschnürt. »Ich wusste gar nicht, dass du noch andere Häuser hast. Ich kenne bloß das in Laurel Canyon.«

»Ja, das kann man wohl so sagen, dass es etwas Besonderes ist«, meinte er zögernd. »Ich brauchte einen Rückzugsort, weil ich den ganzen Rummel um meine Person nicht mehr aushalten konnte. Da gefiel mir dieses Chalet, und ich hab es praktisch Stein für Stein aus Frankreich – um genau zu sein aus der Normandie – kommen lassen, hier wieder aufgebaut und nach meinen Vorstellungen restauriert. Es hat einen Kerker, aber keine Folterkammer, Ehrenwort.« Seine Miene wurde ernst. »Niemand weiß von diesem Haus, ich hab ein kleines Vermögen dafür hingeblättert, dass das auch so bleibt. Nicht mal meine Sekretärin kennt *Die Illusion des Regenbogens.* Wenn es eine undichte Stelle gäbe, wäre das Anwesen nämlich ständig von Reportern und Schaulustigen belagert. Verdammt, dieses Haus gehört *mir.* Ich will hier meine Ruhe haben.«

Der Mercedes schwenkte abrupt um eine Kurve. Kendra hielt verblüfft den Atem an und machte große Augen.

Was er als *Chalet* bezeichnete, hatte viel mehr Ähnlichkeit mit einer historischen normannischen Burg, komplett mit Zugbrücke. Die dicken Steinmauern schimmerten grausilbern im Mondlicht. Das Gebäude stand hinter Bäumen verborgen wie ein elegantes Schlösschen aus einer frühen Epoche. Nein, nicht elegant, überlegte sie. Dafür war die Anlage viel zu archaisch, ein wuchtiger, schnörkelloser Steinklotz. Kein zauberhaftes Märchenschloss, sondern eine Schutz bietende Festung. Die letzte Rückzugsbastion für einen müden Kämpfer.

»Wow, dein ... dein Chalet ist ungeheuer ... beeindruckend«, brachte Kendra schließlich stammelnd heraus. Sie überquerten die heruntergelassene Zugbrücke und gelangten in einen kleinen kopfsteingepflasterten Innenhof. Nicht nur das, dachte sie bei sich. Was er ihr hier enthüllte, warf ein völlig neues Licht auf Joel Damon. Wer war der Mann, der sich hinter der Maske des zynischen Magiers versteckte? Jetzt wollte sie mehr über ihn erfahren, mehr, als dass er sie mit seiner physischen Magie fesselte. »Wie lange gehört es dir schon?«

Er stieg aus dem Wagen, umrundete ihn und öffnete ihr die Beifahrertür. »Als ich sieben war, sah ich die Burg das erste Mal. Meine Mutter und ich wohnten nur ein paar Kilometer entfernt in einem Château, und sobald ich mich unbeobachtet fühlte, bin ich ausgebüxt, weil ich unbedingt auf dem Burggelände spielen wollte.« Er half ihr aus dem Wagen. Dann schlang er einen Arm um ihre Taille und führte sie zu einem gewaltigen Eichenportal, das im Dunkel der Burgmauer lag. »Eine echte Festung hatte natürlich eine gewisse Faszination für einen kleinen Jungen. Anders als das hübsche, aber grottenlangweilige Château, in dem meine Mutter logierte. Ich nahm mir vor, diese Burg irgendwann zu kaufen. Es war Liebe auf den ersten Blick.« Er öffnete die Tür mit einem Schlüssel, der verglichen mit dem bombastischen Schloss winzig klein anmutete. Eine von Joels Neuerungen, dachte sie entrückt, während er das Portal aufschob und mit einer Hand die Wand abtastete. Das Echo seiner Stimme hallte gespenstisch durch die Dunkelheit. »Es wurde für mich fast zur Obsession. Als Schuljunge hab ich mein ganzes Taschengeld gespart, bis ich genug zusammenhatte, um Möbel und kleinere Kunstgegenstände aus dem Burginventar zu kaufen, die gelegentlich auf dem Antiquitätenmarkt angeboten wurden.«

Schlagartig wurde die bombastische Eingangshalle von elektrischen Kerzen erhellt, die in einem riesigen Lüster aufflammten. »Vor ungefähr sieben Jahren stand die Burg zum Verkauf. Ich hab sie vom Fleck weg gekauft, hierher schiffen und wieder aufbauen lassen.«

»Da musstest du aber lange warten, um dir deinen Traum zu erfüllen«, murmelte sie, während sie sich zunehmend verblüfft umschaute.

Jetzt verstand sie, wieso Joels Stimme so gehallt hatte. Die Decke der Halle war bestimmt zwölf Meter hoch und aus honigschimmerndem Eichenholz gezimmert, genau wie die breite Treppe, die sich in den ersten Stock schwang und in eine umlaufende Galerie mündete. Im Mauerwerk und am Boden erkannte man noch die ursprünglichen glatt geschliffenen Schieferquadern, deren schlichte herbe Schönheit von riesigen creme- und burgunderfarbenen Orientteppichen unterstrichen wurde. Ein kostbarer mittelalterlicher Gobelin schmückte die Wand über dem bombastischen offenen Kamin. Wahrscheinlich waren dort vor langer, langer Zeit Ochsen oder Spanferkel gebraten worden, überlegte Kendra, so groß war das Teil. Sie wurde aus ihren brütenden Überlegungen gerissen, denn Joel fasste sie am Ellbogen und schob sie weiter zur Treppe.

»Was du sagst, stimmt. Aber wenn ich etwas Schönes entdecke, dann kann ich eine Engelsgeduld aufbringen, bis ich es bekomme.« Er scheuchte sie die Stufen hinauf. »Ist in unserem Fall zum Glück nicht nötig.« Er grinste spöttisch. »Es vereinfacht die Sache enorm, dass wir beide uns blendend verstehen, nicht wahr, Kendra?«

Wir beide uns blendend verstehen? Huch, wie kam er denn auf das schiefe Brett? Für sie war dieser Typ jedenfalls ein Buch mit sieben Siegeln. Was für ein Mensch war er? Bis auf ein paar Eindrücke, winzige Facetten seiner Persönlichkeit, die er ihr enthüllte, hatte sie keine Ahnung, wie Joel wirklich tickte. Sie schüttelte unwillkürlich den Kopf. Irgendwie beförderte diese Ungewissheit jedoch die erregende Spannung und den Nervenkitzel, den sie empfand, als er sie die Treppe hinaufgeleitete und oben eine Tür aufdrückte. Von dort führte eine steile, gemauerte Wendeltreppe ins oberste Geschoss. Elektrische Fackeln erhellten die rauen, unverputzten Wände. Der Burgturm, dachte sie dunkel und lauschte dem Hall ihrer Schritte auf dem glatten Stein. Es war wie ein betörender Traum: sie in einer alten Burg mit Joel, der sie durch geheimnisvoll hallende Gänge in ein verborgenes Turmzimmer entführte. Ob sie dort des Hexenmeisters dampfende Zaubertränke und Kristallkugeln erwarteten? Nichts war unmöglich – in dieser mystisch angehauchten Atmosphäre schon gar nicht, lächelte sie stumm in sich hinein. Sie war aufs Äußerste gespannt.

Sie nahmen die letzte Stufe. Er schloss die Kammer am Ende der Treppe auf und trat beiseite, um ihr den Vortritt zu lassen. Was sie dann sah, hätte Kendra sich in ihren wildesten Fantasien nicht vorzustellen vermocht. Sie hatte Magie erwartet und bekam Magie – wenn auch nicht in Form von Kristallkugeln und Wunderelixieren.

Der Raum war traumhaft schön und von Licht durchflutet. Sie nahm zunächst an, dass Joel die künstliche Beleuchtung eingeschaltet hätte. Dann erkannte sie, dass das helle Mondlicht durch die modernen Glaselemente flutete, die das alte Mauerwerk ersetzten, und das schachbrettartige Muster auf den runden Boden der Turmkammer malte. Ein Turm aus Glas. Kendra glitt zögernd in den Raum und schaute sich ungläubig staunend um. Sie hatte spontan das Gefühl, sich in einem Gewächshaus oder in einer kristallgeschliffenen Karaffe zu befinden. Die breiten, fast bodentiefen bleiverglasten Fensterelemente verjüngten sich zu einer ungefähr acht Meter hohen Kuppel. In dem Zimmer stand lediglich ein großes Bett mit einer schlichten weißen Tagesdecke aus weichem Wollstoff und am Bettende eine Truhe mit glänzenden Messingbeschlägen.

»Dieses Zimmer ist echt fantastisch«, rief sie leise. »Ich hätte nie geglaubt, dass es so was gibt.« Sie drehte sich zu Joel, der im Türrahmen stehen geblieben war und sie beobachtete. »Jetzt begreif ich das mit dem Besonderen, wovon du vorhin gesprochen hast.« Für einen sinnlich erregenden Moment fanden sich ihre Blicke, und sie setzte hastig hinzu: »Danke für dieses Erlebnis der besonderen Art.« Als er nicht antwortete, sie jedoch unbehaglich intensiv fixierte, platzte sie heraus: »Trotzdem kapier ich nicht, wieso du es mir gezeigt hast. Ich meine, dieses grandiose Turmzimmer. Hast du vor mir noch nie jemanden mit hierher hinaufgenommen?«

»Nein, und ich hab nicht den leisesten Schimmer einer Ahnung, welcher Teufel mich geritten hat, dich mit hierher zu nehmen.« Er schloss die Tür und lehnte sich mit einer Endgültigkeit suggerierenden Geste davor. »Ich bin dafür bekannt, dass ich bisweilen sehr impulsiv reagiere. Das wäre zumindest eine

Erklärung.« Er zuckte wegwerfend mit den Schultern. »Vielleicht aber auch, weil ich bei dir exakt das gleiche Gefühl hatte wie damals, als ich die Burg das erste Mal sah. Eine Regenbogenlady für mein Regenbogenschloss. Vielleicht wollte ich auch bloß mal sehen, wie ihr zusammenpasst.« Seine Hand nestelte an einem Perlmuttschalter an der Wand. »Bleib stehen, Schätzchen, und schau dir meinen genialen Einfall an. Ich schalt jetzt die Beleuchtung ein.«

Regenbogenschloss. Kaum flammten die geschickt integrierten Leuchtelemente auf, erstrahlte Joels Schlafzimmer in einem einzigen Farbenrausch, und Kendra schwante, wie das Schachbrettmuster zustande gekommen war. Anders, als sie zunächst vermutet hatte, waren die Fensterelemente nämlich teilweise aus buntem Glas: kräftiges Pink, frühlingshaftes Grün, Azurblau, Zitronengelb und Dunkelviolett. Die Regenbogenfarben ergossen sich in den Raum wie die funkelnden Strahlen einer außergalaktischen Sonne. Sie tauchten die grau schiefergedeckten Böden und das Sahneweiß der flauschigen Kaschmirdecke auf dem Doppelbett in ein leuchtendes Farbenmeer. Jetzt war ihr klar, wieso der Raum so sparsam möbliert war. Überflüssige Möbel hätten bei diesem schillernden Szenario bloß gestört.

»Ahhh …«, seufzte Joel leise zufrieden. Er schaute sie unverwandt an, bemerkte ihre sinnlich verträumte Miene. Sie war in goldenes Licht gehüllt, das ihrer Haut einen irisierenden Honigschimmer verlieh und flammend rote Akzente auf ihre kastanienfarbenen

Haare setzte. »Ja, deshalb hab ich dich hergebracht. Genau das wollte ich wissen. Du bist eine zauberhafte Illusion, Kendra Michaels.« Er kam langsam näher. »Echt schade, dass du nicht real bist.« Er drängte sich so dicht an sie, dass sie die Wärme seines Körpers fühlte; er war ebenfalls in ein Prisma aus goldenem Licht getaucht. Seine Miene zynisch-mephistophelisch, mutete er wie eine goldene Statue von Luzifer, dem Höllenfürsten, an.

»Aber was soll's, in Hollywood ist man Illusionen gewöhnt. Zumal wenn diese spezielle Illusion bereit ist, mir meine kleinen und großen Wünsche zu erfüllen, hm?« Er neigte den Kopf, und seine Lippen streiften zart ihre nackte Schulter. Ein erotisierendes Kribbeln überlief ihren Körper, und Kendra zog scharf den Atem ein.

Sie hielt unwillkürlich die Luft an, ihr Herz trommelte zum Zerspringen, sie rang um Fassung. Sie fühlte die Wärme seiner Zunge, die über ihren Hals streifte, seine Zähne, die behutsam an ihrem Ohrläppchen knabberten. Sie inhalierte seinen angenehmen Duft, genau wie vorhin in Laurel Canyon in seinem Gästezimmer. Seine Zärtlichkeiten waren ein Überfall auf ihre sämtlichen Sinne. Gab es etwas Schöneres, als hier im Zentrum dieses himmlischen Regenbogenlichts zu stehen und sich von Joel verwöhnen zu lassen? Sie hatte nie wirklich geglaubt, jemals dem Zauber des Verliebtseins verfallen zu können. Zumal sie sich angesichts ihrer disziplinierten und strengen Erziehung wie ein halber Junge fühlte und immer ganz cool blieb. Und jetzt erlebte sie zum ersten Mal, wie eine explosive Sexualität in ihr aufwallte.

Zauberer wie Joel Damon, die eine solche Magie ausübten, kannte sie bislang nicht, dachte sie verträumt. Seine Hände senkten sich auf ihre nackten Schultern, umschlossen ihren Nacken. Er bog ihren Kopf zurück und begann, mit seinen Lippen ihren Hals zu erkunden. Wahrscheinlich machte das den kleinen, feinen Unterschied aus.

»Willig, sinnlich, sexy. Was will ich mehr?« Seine Lippen streiften die sensible Stelle an ihrem Kinn. »Du willst es doch auch, stimmt's, Regenbogenlady?«

»Ja, ich will es auch«, sagte sie schließlich laut und vernehmlich. Was war bloß in sie gefahren? Sein selbstzufriedenes Schmunzeln ärgerte sie. Es klang irgendwie triumphierend und dämpfte daher Kendras Euphorie. Ihr Verhalten Joel gegenüber entsprach in keiner Weise ihrem sonstigen Benehmen, aber war das jetzt von Bedeutung? Nein, wichtig war einzig, diesen himmlischen Moment einzufangen, bevor er sich davonstahl und der Alltagstrott Kendra wieder einholte. Hatte Joel Damon heute Abend nicht diverse rätselhafte und bittere Kommentare losgelassen? Obwohl er sie zärtlich streichelte und verwöhnte, fühlte sie unterschwellig seine Anspannung und Aversion, die in ihm kämpften. Irgendwas lief da eindeutig schief, aber was? Kendra nahm sich fest vor, ihre Bedenken anzusprechen. Sie wollte Klarheit.

»Joel, ich denke, wir …«

»Denk nicht weiter drüber nach.« Seine Finger fächerten durch ihre Haare, und seine Stimme klang plötzlich schroff. »Regenbogenladys sollten nicht denken. Sie sollten bloß fühlen.« Seine Lippen waren auf ihren, seine Zunge drängte in ihren Mund, schmeckte die feuchte Süße. Als sich seine Lippen von ihren lösten, strich er ihr sanft übers Haar. »Und streicheln. Streichel mich, Kendra. Ich möchte deine Hände auf meiner Haut spüren.«

Inzwischen hatte sie sich an ihre abrupten Atemaussetzer gewöhnt, begleitet von der Empfindung, willenlos dahinzuschmelzen. »Ich möchte es genauso wie du«, hauchte sie kaum vernehmbar. Sie legte ihre flachen Hände auf seine Brust, streifte mit den Fingern die Revers seines Sakkos beiseite. Durch den fein gezwirnten Stoff seines Smokinghemds hindurch fühlte sie sein Herzrasen und die Glut seiner Haut. Spontan knöpfte sie sein Hemd auf, glitt mit den Händen hinein und streichelte zaghaft über seinen muskelbepackten Brustkorb. Sie schloss die Augen, während sie das glatte warme Fleisch über den harten Muskeln und Sehnen erkundete. Ihre Handflächen prickelten erregend über seinem dunklen Brustflaum, ihre Fingerspitzen strichen sanft über seine winzigen Brustwarzen, die spontan hart wurden. Plötzlich kicherte er, und sie klappte erschrocken die Lider auf.

»Ich dachte, ich würde ein kleines erotisches Vorspiel packen, dabei hatte ich nicht einkalkuliert, dass ich so heftig reagieren würde.« Er atmete tief durch, trat einen Schritt zurück und ließ sie los. »Ich glaube, es wird höchste Zeit, dass wir eine weitere Fantasie ausprobieren, die mir vorschwebt. Interessiert mich brennend, wie du in Regenbogenfarben aussiehst, Süße.« Er schälte sich aus seinem Sakko und warf es achtlos auf die niedrige Truhe, die an seinem Bett stand. »Ich möchte dich ausziehen.«

Seine Hände umschlossen ihre spitzen Brüste durch den Chiffon hindurch, die prompt darauf reagierten. Er streichelte sie fordernd, sein Blick klebte auf der zarten Wölbung, die sich verheißungsvoll über den Ausschnitt ihres Cocktailkleides schob. »Ich kann es kaum erwarten, dich nackt zu sehen«, sagte er rau. »Ich möchte mich zwischen deinen Brüsten verlieren. Sie mit meiner Zunge und meinen Zähnen vernaschen und sehen, wie du dich lustvoll windest.« Seine Daumen streiften ihre harten Spitzen, und er setzte halb scherzhaft hinzu: »Ich bin froh, dass du genauso denkst wie ich, Schätzchen.« Er presste Kendra an sich, suchte mit fahrigen Fingern nach dem Verschluss ihres Kleides. Seine Lippen hauchten federige Küsse auf ihre Schläfen, während er langsam den Reißverschluss öffnete. »Du fühlst dich so gut an«, flüsterte er, während er mit der Zunge ihre Ohrmuschel streichelte.

Kendra erschauerte, aber bestimmt nicht wegen der Temperaturen, die in seinem Turmzimmer herrschten. Im Gegenteil, ihr war glutheiß, das Blut raste durch ihre Venen, dass es fast schmerzte. Sie schmiegte sich an ihn, ihre Knie wacklig wie damals, als sie ihren ersten Fallschirmsprung probiert hatte. Als er mit einer Hand in ihr Kleid glitt und spielerisch über die Mulde strich, wo sich ihre Wirbelsäule verjüngte, zuckte sie zusammen, als hätte sie sich an einer heißen Herdplatte verbrannt. Ein leises Stöhnen entrang sich ihrer Kehle, sie umschlang impulsiv seine Taille, klammerte sich Halt suchend an ihn. »Joel, es ist verrückt«, raunte sie, »ich hab noch nie …«

»Meinst du, mir geht es anders?«, unterbrach er sie rau. »Es ist mir unbegreiflich.« Seine Hände kreisten und streichelten fordernd über die glatte zarte Textur ihres Rückens. »Ich brauch dich bloß anzufassen und bin spontan dermaßen erregt, dass ich es kaum noch aushalte.«

In seiner Stimme schwang ein Hauch von Verächtlichkeit, vermischt mit Begehren, aber dieses Mal versuchte sie gar nicht erst, es zu interpretieren. Dafür war sie viel zu erregt, sie fühlte einzig die schmerzende Leere zwischen ihren Schenkeln pochen.

Joel schob ihr das Kleid über die Hüften, das wie ein Meer aus raschelndem Chiffon um ihre Fesseln bauschte.

Sie hörte das leise bewundernde Zischen, als Joel den Atem zwischen den Zähnen einzog und scharf wieder ausstieß, während er sie mit Blicken vernaschte. Sie stand vor ihm, mit nichts als einem winzigen Seidentanga bekleidet und in ihren hochhackigen Sandaletten, trotzdem fand sie nichts dabei. Es war ihr weder peinlich noch unangenehm. Sie brauchte ihren Körper nicht zu verstecken und pflegte ihn entsprechend. Folglich hatte sie einen Superbody, schlank und gut proportioniert, und bislang hatte er ihren Vorstellungen im Großen und Ganzen entsprochen. Jetzt kam ihr Joel mit völlig anderen Vorstellungen, und sie erlag ohne zu zögern der lockenden Versuchung.

Er streckte eine Hand aus, strich über eine ihrer wippenden Brüste. Und schüttelte ungläubig den Kopf. »Es ist der helle Wahnsinn, ich bin besessen von dir!«

Bei Kendra war es nicht anders. Ihr Brustkorb hob und senkte sich hektisch, während sie in kurzen, stockenden Zügen nach Atem japste. Von plötzlicher Ungeduld und Leidenschaft getrieben, neigte sie sich vor, schmiegte ihre Knospe in seinen Handteller. »Komm, streichle mich«, flüsterte sie, ihre Stimme leise, kehlig. »Bitte, ich halt es nicht mehr aus.«

»Ich auch nicht.« Seine Hand umschloss mit einem fast schmerzvollen Verlangen ihre aufreizende Fülle. »O Gott, ich auch nicht.« Sein Gesicht angespannt vor Hunger und Gier, senkte er den Kopf auf ihre Brust. »Ich brauche dich. Ich brauche dich ganz.« Mit seinen Lippen saugte er ihre Knospe, seine Zunge streichelte sie sinnlich, befeuert von glutvoller Leidenschaft.

Als er den Kopf wieder hob, las Kendra in seinen Zügen Sinnlichkeit und Sehnsucht. »Ich hab dir ja gesagt, ich möchte dich verschlingen«, raunte er dunkel. »Ich glaube, wir machen besser auf dem Bett weiter, bevor ich total die Kontrolle verlier.« Er schlang seinen Arm um ihre Taille und geleitete sie durch das Zimmer. Bei jedem Schritt spürte sie seine körperliche

Präsenz. Seine Hüften streiften ihre, seine Hand auf ihrer Brust strich zärtlich über die samtige maulbeerfarbene Aureole. »Ich lass dich nicht mehr los. Nicht eine Sekunde lang. Gott, ich bin scharf auf dich, Kendra.«

Dann waren sie neben dem Bett, auf dem Bett, und er drückte sie mit seinem Gewicht in die Matratze. Er lag auf ihr, winkelte die Arme an und stützte sich rechts und links von ihr ab, um sie hingebungsvoll zu betrachten. Das weiche Licht zauberte ein zartes Rosé auf die weiße Tagesdecke, umhüllte Kendras glatte Haut mit einem warmen Schimmer, tauchte die Spitzen ihrer Brüste in ein tiefes, volles Karmin. »Wunderschön«, flüsterte er, ehe er sich mit dem Oberkörper auf sie sinken ließ und seinen rauen Flaum an ihrem weichen Busen rieb. »Eine Orgie der Schönheit und Farbe und …« Seine Miene verdunkelte sich plötzlich, seine Muskeln verkrampften sich »Verdammt, ich halte es nicht mehr aus. Ich bin wahnsinnig geil auf dich.« Er rollte sich von ihr und stand auf. Riss sich blitzartig sämtliche Kleidung vom Leib, dabei ließ er sie keine Sekunde lang aus den Augen. »Schau mich an«, drängte er leise, während er seine Sachen beiseitewarf. »Sieh dir bloß mal an, wie heiß ich bin, was du mit mir angestellt hast.« Er legte sich neben sie, hypnotisierte sie mit Blicken. »Ich will dich anschauen und dein Gesicht sehen, wenn ich all die Fantasien auslebe, die mir im Kopf herumschwirren, seitdem ich dich vorhin auf der Party entdeckte.«

Seine Lippen eroberten ihre mit einer lasziven,

glutvollen Sinnlichkeit, seine Zunge drängte an ihre, schmeckte und neckte. Als er sich von ihr löste, zeigte sich ein verheißungsvoller Glanz in seiner Iris. Seine Augen, dunkel vor Lust, klebten an Kendras rosig überhauchten Wangen. »Das wollte ich sehen. Genau das. Verdammt nochmal, ich will es. Ich will dich vernaschen, Regenbogenlady. Willst du es auch?«

Ob sie es wollte? Na klar wollte sie. Sein Brusthaar, das sich rau an ihren empfindlichen Spitzen rieb, fühlte sich an, als streifte ein knisterndes Feuer ihre Brüste. Mit seinen Händen schob er sie auf sein Becken, woraufhin seine Erektion sich an sie presste, zwischen ihr und ihm lediglich der zarte Hauch ihres Seidentangas. Er rieb sich an ihr wie eine große Wildkatze, seine Augen schmal, fixierte er Kendras Gesicht, um jede Regung, jede Facette ihrer Lust einzufangen. Er beobachtete, wie sie ihren Kopf auf dem Kissen hin und her wälzte, dabei ging ihr Atem in kleinen stoßweisen Seufzern.

Er streckte sich wohlig auf dem Laken aus und atmete tief durch. »Süße Regenbogenlady, bist du bereit für mich? Darf ich dich verführen?« Mit einer geschmeidigen Bewegung rollte er sich auf sie.

»Oh ja.« Ihre Hände umklammerten seine Schultern, als er ihr den störenden Seidentanga auszog.

»Ich find's fabelhaft, dass wir uns einig sind.« Er spreizte ihre Schenkel und glitt dazwischen. »Ich weiß nicht, was ich sonst gemacht hätte. Warten war irgendwie nicht mehr drin.« Seine Hand erkundete das weich gelockte Dreieck, das ihre Scham verbarg, indem er sie hingebungsvoll streichelte und stimulierte. Es war erregend und unbeschreiblich zärtlich, und Kendra fühlte sich himmlisch verwöhnt. Während er sie streichelte, neigte er sich über sie und küsste sie mit feuriger Süße. Dann, getrieben von einer wilden, ungestümen Leidenschaft, stieß er in sie. Tief und heftig, dass Kendra in ihrer Panik laut aufschrie. Sie empfand einen stechenden Schmerz, hinter ihren Augäpfeln zuckten weißglühende Blitze, dann füllte er sie aus, und ihre Angstschreie verwandelten sich in ein leises, wolllüstiges Stöhnen.

Er erstarrte und rührte sich nicht, sie hörte, wie er einen schockierten Fluch an ihren Lippen raunte. Er versuchte den Kopf zu heben, woraufhin sie seinen Nacken umschlang und ihre Hände in seinen Haaren vergrub. Ihre Lippen suchten seine, ihre Beine umklammerten seine Lenden, drängten ihn tiefer in ihre Mitte. Joel begann, sich zögernd in ihr zu bewegen, seine Hüften stemmten sich in einen kraftvollen Rhythmus, genährt von Verzweiflung und Lust.

Die explosive Intensität seiner Bewegungen berauschte ihre Sinne, und Kendra klammerte sich an ihn, halb wahnsinnig vor Verlangen. Mit einem Mal stellte sie fest, dass sie selbst Bedürfnisse hatte. Sie wollte geben, gleichzeitig aber auch die Ekstase genießen, die Joel mit jedem seiner Stöße befeuerte. Sie begann sich zu bewegen, fand zu ihrem eigenen Rhythmus, bäumte sich unter ihm auf, dabei fixierte sie eindringlich sein Gesicht. Schenkte sie ihm so viel Lust wie er ihr?

Sie wurde nicht enttäuscht. Er hob leise stöhnend den Kopf, seine Miene sinnlich entrückt. Kendra war hochzufrieden mit sich.

»Du machst mich verrückt«, keuchte er, seine Worte untermalt von sämtlichen Schattierungen des Regenbogens, die sie weich umfingen. »So ist es richtig, Liebes, beweg dich. Komm zu mir.«

Wie sollte sie das denn machen?, sann sie verträumt. Er hielt sie mit seinem Körper, paralysierte sie mit seinen stechenden Magieraugen und befeuerte sie mit seinen Worten von Lust und Verlangen. Sie gewahrte die zarten Regenbogenstrahlen, pink, golden und violett auf seinen nackten gebräunten Schultern, und fand, dass das diffuse Licht die schöne körperliche Realität ihres Liebesakts noch betonte. Joel täuschte sich ganz gewaltig, überlegte Kendra. Das hier war keine Illusion, kein flüchtiger Regenbogen. Seine Strahlkraft verstärkte sich mit jeder Sekunde, die verstrich, jeder Bewegung, jedem Atemzug. Dann passierte es, in einem glühenden Farbenrausch, der wie die Geburt einer neuen Galaxie anmutete. Sie fühlte, wie Joel sich über ihr anspannte, und hörte seinen leisen animalischen Aufschrei. Er riss sie besitzergreifend in seine Arme. *Er fühlt es auch,* dachte sie euphorisch. Nein, das hier war keine Illusion. Die Nacht gehörte ihnen beiden.

Er lag reglos in ihren Armen, sein Körper schwer auf ihrem, der aufgewühlte Rhythmus seines Herzens vibrierte an ihrem Busen. Dann rollte er von ihr herunter und zog sie in eine innige Umarmung. Mit einer Hand streichelte er weich ihre Haare, während seine Lippen fedrige Küsse auf die zarte bläuliche Ader an ihrer Schläfe hauchten. Sie kuschelte sich zufrieden an ihn, vergrub ihren Kopf an seiner Schulter wie ein kleines, schutzbedürftiges Mädchen. Sie war mit einem Mal so müde, dass sie Mühe hatte, die Augen offen zu halten. Der Magier hatte ihr himmlische Befriedigung geschenkt, und dafür wollte sie ihm irgendwie danken.

»Danke«, murmelte sie schläfrig und kuschelte sich enger an ihn. »Tausend Dank, Joel.«

Sein Kichern vibrierte an ihrem Ohr. »Hab ich gern gemacht, Regenbogenlady«, sagte er. »Ich hab zu danken. Im Übrigen glaube ich, dass das Vergnügen ganz auf Gegenseitigkeit beruht.« Sein entspannter Körper versteifte sich neben ihr. »Oder versteh ich da was falsch? Sprichst du etwa von irgendeiner Rolle, die du dir damit ergattern wolltest? Da hättest du dir glatt einen größeren Part angeln können, Süße. In Hollywood gibt es nämlich nicht viele Frauen, die das anbieten können, was du anzubieten hattest. Zumal gewisse Typen voll auf Jungfräulichkeit abfahren. Ich fand es beispielsweise total geil, dass ich der Erste war. Trotzdem hättest du aus deiner Unschuld viel mehr Kapital schlagen können.« Seine Hand in ihrem Haar verkrampfte sich spontan. »Aber keine Sorge, Süße, du hast dadurch keine Nachteile, dass du unerfahren warst und schlecht verhandelt hast. Wenn mir etwas gefällt, bin ich gern bereit, einen fairen Preis zu zahlen. Ich versprech dir, dass ich dir eine fantastische Rolle besorgen werde. Damit sich dein ehrgeiziger Einsatz auch gelohnt hat«, setzte er spöttisch hinzu. »Dafür musst du mir versprechen, dass du weiter mit mir ins Bett steigst und guten Sex mit mir hast. Okay?«

Als sie nicht antwortete, nahm seine Stimme einen metallisch harten Klang an. »Ich an deiner Stelle würde es nicht auf die Spitze treiben, Kendra. Irgendwann sind Verhandlungen ausgereizt. Ich bin ein knallharter Verhandlungspartner – da gibt es bei mir kein Pardon. Und ich kenne keine Rücksicht, wenn ich etwas will, nehme ich es mir so oder so.« Er hob ihr Kinn an, fixierte mit schmalen Augen ihr Gesicht. »Du gibst mir exakt das, was ich …«

Er bemerkte ihre geschlossenen Lider mit den schönen dunklen Wimpern und hielt mitten im Satz inne. Kendra atmete tief und gleichmäßig. Wie viel hatte sie noch mitbekommen, bevor sie eingeschlafen war? So tief und entspannt, wie sie schlief, wahrscheinlich nicht mehr viel. Seine Lippen verzogen sich zu einem sarkastischen Grinsen. Sie hatte ihm wieder einmal die Kontrolle über die Situation aus der Hand genommen – und ganz ohne es zu wollen.

Merkwürdig, aber die Vorurteile, die sich ihm bei ehrgeizigen Frauen wie Kendra regelrecht aufdrängten, hatten sich spurlos verloren. Stattdessen beschlich ihn das verrückte Gefühl, sie beschützen zu müssen. Er schluckte schwer. Sie sah so unschuldig und verletzlich aus, wie sie dalag, ihre Lippen leicht geöffnet im Schlaf.

Er zog die weiße Wolldecke über sie beide und umschlang Kendra zärtlich sanft.

Du bist die meine.

Kendra wurde von den üblichen Kreuzschmerzen geweckt und verspürte einen leichten Druck hinter den Augäpfeln. Sie seufzte gequält auf und kuschelte sich enger in Joels tröstliche Wärme. Joel?

Sie klappte ruckartig die Lider auf und sah auf den rauen Flaum, der Joel Damons Brust bedeckte. Schreck, lass nach! O Gott, was in aller Welt hatte sie da getan? Kaum rasten die Erinnerungen und Emotionen der vergangenen Nacht durch ihre Gehirnwindungen, begriff sie blitzschnell, was sie getan hatte. Sie war dem schillernden Regenbogen, den grünen Augen eines Zauberers und einer befeuernden, explosiven physischen Magie verfallen. Wie oft hatten sie es eigentlich letzte Nacht getrieben?

Sie nagte nervös an ihrer Unterlippe. Blöde Frage! Wie bescheuert war sie eigentlich, sich darüber aufzuregen, wie oft sie es getan hatten?! Fakt war, *dass* es überhaupt passiert war, und da lag das Problem! Wie konnte sie bloß? Was hatte sie sich dabei gedacht? Nach einer wilden Partynacht mit einem fremden Kerl im Bett zu landen, mochte für einige Frauen zwar nichts Ungewöhnliches sein, aber für Kendra war es das schon, verdammt! Umso bizarrer, dass sie sich mit einem Hedonisten wie Joel Damon eingelassen hatte, der zudem noch ihr Boss war. Schöner Mist, sie war stolz auf ihre berufliche Professionalität gewesen, und da unterlief ihr ein derart schwerer Lapsus. Ob es an dem Schmerzmittel lag, das sie vorher eingenommen hatte? Sie hatte diese Theorie letzte Nacht zwar weit von sich gewiesen, aber inzwischen fragte sie sich ernsthaft, ob die Pillen in Kombination mit dem Schampus, den sie getrunken ... uff, vergiss es, Kendra. Vielleicht lag es einfach an der charismatischen Person Joel Damon, dass sie schwach geworden war. Er hatte nicht unwesentlich Einfluss auf ihre Stimmung genommen. Und auf ihre erotisch-sinnliche Wahrnehmung, ätzte sie im Stillen. Okay, Schwamm drüber, lassen wir den Auslöser mal außen vor. Viel wichtiger war jetzt, dass sie ihre übliche Coolness zurückgewann und sich geschickt aus der Affäre zog.

Sie rutschte behutsam von ihm weg. Und hoffte auf eine klitzekleine Glückssträhne. Dass sie ihn nicht aufweckte. Dann könnte sie es schaffen, ihm zu entwischen, und damit einer unangenehmen Konfrontation aus dem Weg gehen.

Sie hatte kein Glück. Während sie nervös mit dem Reißverschluss ihres Partykleids kämpfte, schlug Damon die Augen auf. Er war sofort hellwach. »Wo willst du denn schon hin?«, muffelte er. Er setzte sich im Bett auf und musterte sie beschwörend. »Deine Bettmanieren lassen einiges zu wünschen übrig, Süße. Schon mal davon gehört, dass eine gute Geliebte sich Tag und Nacht verfügbar hält für ihren Lover? Los, zieh den Fummel aus und komm wieder unter die warme Decke, Kendra.«

Kendra, die rot wurde wie eine Erdbeere, riss hektisch an ihrem Reißverschluss. »Bedaure, aber das ist nicht drin, Mr. Damon«, versetzte sie, während sie mit hastigen Blicken den Boden nach ihren Schuhen absuchte. »Ich muss jetzt gehen. Sobald ich angezogen bin, muss ich los.«

»Mr. Damon?«, echote er tonlos. »Ist es nicht ein bisschen spät für so viel Förmlichkeit? Wenn ich mich korrekt entsinne, hast du vor ein paar Stunden deine schönen langen Beine um meine geschlungen, und ich war …«

»Das war ein einmaliger Ausrutscher«, unterbrach sie ihn, ihre Wangen inzwischen feuerrot. »Wollen wir nicht einfach vergessen, was letzte Nacht passiert ist, hm?« Sie erspähte eine Sandalette, halb unter dem Bett versteckt, und angelte danach. »Ich gebe zu, ich war an der Situation genauso beteiligt wie Sie, trotzdem hätte das zwischen uns nie passieren dürfen.« Verflucht, wo war ihr zweiter Schuh? »Lassen Sie sich das Ganze noch mal in Ruhe durch den Kopf gehen. Dann stimmen Sie mir bestimmt zu, dass eine Zusammenarbeit höchst problematisch wäre, wenn wir etwas miteinander hätten.« Wie war der blöde Schuh eigentlich unter die Bettdecke gekommen? »Ich verspreche, wenn wir in Sedikhan sind, geh ich Ihnen möglichst aus dem Weg.«

Er fluchte leise, sein Gesicht verdunkelte sich gleich einem stürmischen Unwetter. »Willst du etwa schon wieder aus unserem Deal aussteigen, Kendra? Ich hab dich heute Nacht ausdrücklich gewarnt, stimmt's? Ich will keinen One-Night-Stand, sondern etwas Längerfristiges.« Seine grünen Tiefen schimmerten eisig wie ein Gebirgsgletscher. »Du bekommst die Rolle und meinetwegen auch einen Haufen anderer Rollen, sofern ich sie dir besorgen kann, dafür geb ich hier den Ton an. Hopp, zieh dich aus und spring unter die Decke.«

»Einen Teufel werde ich tun.« Ihre braunen Augen sprühten Blitze, während sie wütend in ihre Sandaletten stieg. »Auf dem Set können Sie meinetwegen den Ton angeben, aber nicht bei mir, Mr. Damon. Zudem hab ich nicht den Schimmer einer Ahnung, wovon Sie überhaupt reden. Verdammt, wer bin ich denn? Ich lass mir von Ihnen nicht die Pistole auf die Brust setzen, die Tour mit dem knallharten Diktator können Sie sich getrost schenken. Das letzte Nacht war ein Ausrutscher – und damit basta. Ich gehe nicht mehr mit Ihnen ins Bett, merken Sie sich das! Es wäre schön, wenn Sie sich das hinter die Ohren schreiben würden. Sobald ich diesen Job beendet habe, ist der Fall für mich erledigt. Einen Teufel werde ich tun, je wieder in einem Ihrer Filme mitzuwirken.« Sie warf wütend ihre Haare zurück. »Ich hab genug damit zu tun, die Doubleszenen in diesem Film glaubwürdig rüberzubringen. Auf einen Regisseur mit einem übersteigerten Ego kann ich dabei gut verzichten.«

»Doubleszenen?« Er kniff fragend die Augen zusammen.

»Ja, Sie haben richtig gehört: Doubleszenen«, wiederholte sie ungehalten. »Stunts. Als verantwortlicher

Regisseur müssten Sie eigentlich wissen, wovon ich spreche, verflucht!«

»Ja, ich weiß, was du meinst«, sagte er, seine Miene grimmig. »Jetzt komm erst mal wieder runter und setz dich zu mir. Wir müssen da grundsätzlich was klarstellen. Du bist also nicht Schauspielerin?«

»Schauspielerin? Ich?« Ihre Augen weiteten sich verblüfft. »Natürlich nicht. Wie kommen Sie denn darauf? Nein, ich mach die Stunts für Billie Callahan in *Venture.*« Plötzlich fiel es Kendra wie Schuppen von den Augen. Sie funkelte Joel vernichtend an. »Und Sie dachten, ich würde mit Ihnen schlafen, weil ich scharf auf eine Rolle in *Venture* bin?«

»Schlafen hatte damit wenig zu tun«, griente er. »Aber Spaß beiseite, ich dachte wirklich, du hättest deshalb erst heiß mit Balding geflirtet und dann mit mir.« Er presste missbilligend die Lippen aufeinander. »Überleg mal selbst, ist doch einleuchtend. In dem Business, in dem du tätig bist, gibt es jede Menge Konkurrenz, und *Venture* verfügt über ein Riesenbudget.«

»Moment mal. *Sie* glauben, dass ich mich verkaufe, bloß um in Ihrem dämlichen Film mitmachen zu können? Sind Sie noch ganz dicht? Ich bin eine erfahrene Stuntfrau und keine Nutte«, fauchte sie. »Ich arbeite absolut professionell in meinem Job und brauche bestimmt kein Vitamin B, um an Engagements zu kommen.« Um Fassung bemüht, atmete sie mehrmals tief durch. »Im Übrigen kenne ich Dave schon ewig. Seine Frau ist eine gute Freundin von mir. Er lacht sich bestimmt halb schlapp über die Schnapsidee, dass ich versucht hätte, mit ihm zu flirten.«

»Versuch nicht, mir was vorzumachen«, sagte er stirnrunzelnd. »Ihr zwei wart gestern den ganzen Abend unzertrennlich.«

»Rein freundschaftlich, null Anmache«, versetzte sie kühl. »Ist vermutlich zu hoch für Sie, den Unterschied zu erkennen. Wissen Sie was, Sie haben eine verdammt lebhafte Fantasie und eine schmutzige noch dazu. Ihnen kam es bewusst darauf an, in mir ein billiges Flittchen zu sehen, damit ich besser in Ihr Beuteschema passte. Merkwürdig, Sie brauchen doch sonst auch keinen Vorwand, wenn Sie jemanden anbaggern, oder?«

»Nein, ganz bestimmt nicht.« Er lehnte sich vor die Kissen und beobachtete sie gelassen. »Was hältst du davon, wenn du mir noch einmal verzeihst, hm? Ich meine, in Anbetracht der gegebenen Umstände und so ... Du hast dich immerhin nicht lange gesträubt, sondern dich bereitwillig von mir abschleppen lassen, Kendra. Zudem warst du ganz schön leidenschaftlich und supersexy.« Er machte eine Kunstpause. »Für eine Amateurin.«

Sie zuckte zusammen und japste nach Atem, als hätte er sie voll vor den Solarplexus geboxt. »Wie schon gesagt, das mit letzter Nacht war ein Riesenfehler. Dave hat vermutlich richtig getippt, dass ich angeschickert war.« Sie fixierte Joel mit unbewegter Miene. »Okay, ich geb zu, dass ich Mist gebaut hab. Und Sie trifft nicht die Spur einer Schuld.« Sie nötigte sich ein kleines Lächeln ab. »Was meinen Sie dazu: Wir verbuchen die Episode unter vorübergehender geistiger Umnachtung, und die Sache ist gegessen. Okay?«

»Okay«, gab er zurück. »Komm wieder zu mir ins Bett und wir setzen noch mal alles auf Anfang. Ich finde, wir sollten unserer Beziehung einen fulminanten Neustart gönnen.«

»Haben Sie mir nicht richtig zugehört oder was?« Sie fuchtelte verärgert mit den Händen in der Luft herum. »Es ist vorbei. Es hätte nie passieren dürfen. Ich hab zwar was gegen One-Night-Stands, aber deshalb werde ich noch lange nicht Ihre nächste Lebensabschnitts-Geliebte. Ich hab weder Zeit noch Lust, bei Ihren kalkulierten Spielchen mitzumachen, Mr. Damon.«

»Joel, verdammt«, knurrte er. »Ach nee, aber heute Nacht hattest du jede Menge Lust. Komm, leg dich zu mir und lass mir fünf Minuten. Wetten, ich mach dir *waaahnsinnig* viel Lust?« Seine Stimme senkte sich zu einem weichen Flüstern. »Überleg mal selbst. Wie war es denn mit mir, Regenbogenlady? Fandst du es etwa nicht schön, wie ich dich gestreichelt hab?« In seinen grünen Tiefen schwelte ein verlangendes Feuer. »Wie ich in dir war? Weißt du noch, wie erregt du warst, als ich dich auf eine sinnliche Folter gespannt hab? Aber ich hab dich nicht lange warten lassen, nicht wahr, Kendra? Konnte ich gar nicht, weil ich dich ...«

»Es reicht, *Joel*, hör auf damit!« Natürlich erinnerte sie sich! Angesichts seiner Worte entstanden Bilder in ihrem Kopf, die sie erfolgreich verdrängt glaubte, seitdem sie vorhin in seinen Armen aufgewacht war. Prompt stürmte alles, was in der Nacht zwischen ihnen gelaufen war, abermals mit Macht auf sie ein. Damons gut definierter Körper, der sich über sie neigte, seine Silhouette in filigrane bunte Lichter gehüllt, seine Züge angespannt vor Erregung, seine Hände … Nein! Sie mochte nicht mehr daran erinnert werden. Es war vorbei.

Die Strahlen des Regenbogens tauchten das Turmzimmer in ein rauschhaftes Farbenmeer. Irgendwann in der Nacht musste Joel aufgestanden sein, um die Beleuchtung auszuschalten, überlegte Kendra. Jetzt strömte helles Sonnenlicht durch die Fenster herein. Irgendwie sah alles noch bezaubernder aus als vorher, bemerkte sie entrückt, und Joel sah ebenfalls umwerfend aus. Seine Haare waren zerwühlt vom Schlaf. Wenn seine Augen so wie jetzt mit der Sonne um die Wette strahlten, fiel der zynisch-weltüberdrüssige Zug um seinen Mund kaum noch auf. Er hatte ihren Körper mit glutvollen Blicken verschlungen. Bei der Erinnerung spürte sie ein verheißungsvolles Ziehen in den Brüsten. Sie schüttelte mit einer Geste der Endgültigkeit den Kopf.

»Nein«, wiederholte sie laut. »Ich erinnere mich an nichts. Und ich will mich auch gar nicht erinnern. Ich bin nicht deine Regenbogenlady, das darfst du dir getrost abschminken. Ich bin real und einer der pragmatischsten Menschen, die dir je über den Weg gelaufen sind. Ich brauche weder deine blöden kleinen Illusionen noch die dämliche Rolle, die du mir aufs

Auge drücken willst.« Sie schob sich hektisch eine Strähne aus dem Gesicht. »Du hättest mich sowieso nach kurzer Zeit satt, und ich hab ehrlich gesagt keine Zeit zu verschenken. Mein Leben ist keine Illusion; es ist sehr real und eine verdammt ernste Sache.« Sie wandte sich zur Tür. »Entschuldige, aber ich möchte jetzt gehen. Bleib ruhig liegen; ich ruf mir ein Taxi.«

»Ich hab nicht die Absicht, dich gehen zu lassen«, sagte er gefasst. »Wenn du nicht zufällig ein Handy mit dir rumschleppst, kannst du das mit dem Anruf knicken. Ich hab hier im Haus gar kein Telefon.« Als sie herumwirbelte und ihn verblüfft anstarrte, zuckte er wegwerfend mit den Schultern. »Ich hab dir erzählt, dass ich hier draußen völlig abgeschottet von meinem normalen Lifestyle lebe. Ein Telefon würde bestimmt pausenlos klingeln. Dann wär es aus mit der Ruhe und der inneren Einkehr.« Seine Lippen verzogen sich zu einem ironischen Grinsen. »Nachdem ich dich mehr oder weniger abgeschleppt hab, fahr ich dich natürlich nach Hause, sobald ich fit bin. Mach es dir so lange bequem, okay?« Als sie die Lippen zu einer Erwiderung öffnete, winkte er lässig ab. »Meinetwegen kannst du deine Klamotten ruhig anbehalten.« Seine Lippen zuckten verräterisch. »Das ist ein enormes Zugeständnis von meiner Seite. Ich hoffe, du weißt das zu würdigen.« Er klopfte mit der flachen Hand auf das Bett. »Setz dich, wir haben noch was zu besprechen.«

Kendra schlenderte unschlüssig zu seinem Bett. »Ich wüsste echt nicht, was. Danke, kein Interesse. Und das Thema Sex haben wir, glaube ich, entsprechend durch.« Sie blieb ein paar Schritte vor ihm stehen.

»Wir haben noch gar nicht richtig damit angefangen«, versetzte er kühl. »Ganz ohne Zweifel müssen wir neu verhandeln, nachdem ich vorhin irrtümlich davon ausgegangen bin, dass du Schauspielerin bist und es auf eine Rolle in meinem Film anlegst. Ich muss heute Abend nach Sedikhan fliegen, um das Filmteam abzuchecken, und ich möchte, dass du mit mir fliegst. Was kann ich dir im Gegenzug dafür anbieten, dass du mitkommst? Ich meine auf der Basis, was uns beiden Spaß macht? Ich erfüll dir jeden Wunsch, soweit es mir möglich ist. Versprochen.« Er hob die Schultern und ließ sie wieder sinken. »Vielleicht mach ich auch Unmögliches wahr. Wunder dauern bekanntlich etwas länger. Nimm mich beim Wort, okay?«

Sie schüttelte fassungslos den Kopf. Dieser Joel Damon war ein hartnäckiger Schuft. »Hör mir mal gut zu«, fauchte sie ihn an. »Ich verzichte dankend. Kein Deal. Ich bin nicht interessiert. *Njet.* Hab ich mich klar und verständlich ausgedrückt? Ich fliege in einem Monat nach Sedikhan und nicht eher, denn so lauten die Bedingungen, die in *meinem* Vertrag stehen. Und wenn ich ankomme, mache ich den Job, für den ich engagiert wurde.« Sie wirbelte herum und stapfte zur Tür. »Ich denke, das war's.« Die Tür fiel mit einem lauten Klick hinter ihr ins Schloss.

Joel grinste mit einer Mischung aus Belustigung und zähneknirschender Bewunderung. Er warf die Bettdecke beiseite und sprang aus dem Bett. Ganz klar, dass Kendra Michaels ihn provozierte, aber damit kam er locker klar. Er ließ sich jede Menge Zeit mit dem Anziehen und schlenderte gemächlich nach unten. Er hatte die Schlüssel für den Wagen, und Kendra war mit ihren unbequemen hohen Hacken bestimmt noch nicht weit gekommen. Bevor sie am Tor war, hätte er Kendra mit dem Mercedes längst eingeholt. Dann würden sie ihre Diskussion zu *seiner* Zufriedenheit fortführen.

Seine triumphierende Vorfreude verschwand wie eine zerplatzende Seifenblase, als er elanvoll die Haustür aufriss. Das leise Schnurren des Mercedes war das Erste, was er hörte, gefolgt von Kendras schadenfrohem Gekichere, die eben elegant den Wagen zurücksetzte und dann an ihm vorbei über den Hof brauste.

Ihre Augen blitzten, als sie seine verdutzte Miene gewahrte. »Ich hab ihn kurzgeschlossen«, rief sie durch das heruntergelassene Autofenster. »Wie schon gesagt, bin ich eine sehr praktisch veranlagte Frau, *Mr.* Damon.«

Sie winkte ihm noch einmal locker-flockig zum Abschied, ehe sie über die hölzerne Zugbrücke rumpelte.

3

Kendra war planmäßig in Marasef gelandet und wartete am Gepäckband auf ihre Koffer, als sie eine schlanke junge Frau in Jeans bemerkte, die hinter der Absperrung stand und ihr wie wild zuwinkte.

»Kendra? Kendra Michaels?«, rief die Unbekannte aufgeregt, bemüht, den Lärm in der Flughafenhalle zu übertönen. »Ich bin Billie Callahan. Ich dachte, ich hol Sie besser schnell vom Flughafen ab. Find ich immer angenehmer, zumal, wenn man sich in dem Land noch nicht auskennt. Dauert sicher bloß ein paar Minuten, bis Sie Ihr Gepäck haben, und dann fahr ich Sie zur Location. Okay?«

»Okay.« Kendra lächelte dankbar zurück. Es war nicht das erste Mal, dass sie ein Land im Nahen Osten bereiste. Folglich hatte sie ihre Zweifel, ob die Schauspielerin mit ihrer Einschätzung richtig lag. Vermutlich würde Billie Callahan sich noch mindestens eine Stunde lang die Beine in den Bauch stehen. Trotzdem war es nett, dass sie sie vom Flughafen abholte.

Zu ihrer Verblüffung klappte alles wie am Schnürchen. Die Beamten von der Zollabfertigung waren höflich und effizient, und schon nach ein paar Minuten passierte sie die Absperrung und begrüßte Billie Callahan.

»Sie hatten Recht«, sagte Kendra, während sie ihr Gepäck auf ein Wägelchen lud und festschnallte. »So schnell bin ich noch nie durch den Zoll gekommen. Ist echt erstaunlich.«

»Sedikhan ist in vieler Hinsicht erstaunlich«, versicherte Billie ihr. »Ich bin seit fünf Wochen hier und entdecke dauernd neue, aufregende Dinge. Die Verwaltungsmaschinerie läuft zum Glück wie geschmiert. Sedikhan ist eine Monarchie, und der regierende Herrscher, Alex Ben Rashid, hält offenbar sämtliche Fäden in der Hand.«

»Sie sind schon fünf Wochen hier?«, fragte Kendra baff. »Ich dachte, die Filmaufnahmen hätten erst vor drei Wochen begonnen?«

»Haben sie auch.« Billie gab dem wartenden Gepäckträger eine kurze Order auf Arabisch, woraufhin der sich das Wägelchen schnappte und es durch die Menschenmassen in der Ankunftshalle steuerte. »Ich hab Joel vorher gefragt, ob ich nicht schon etwas eher kommen könnte. Weil ich mir leidenschaftlich gern neue Länder ansehe.« Sie fasste Kendras Arm. »Kommen Sie, der Jeep steht in der Kurzparkerzone, und unser Gepäckträger ist ungeheuer fix.«

»Sie sprechen Arabisch?«, fragte Kendra und lief bereitwillig schneller. »Nach nur fünf Wochen?«

Billie zog eine Grimasse. »Na ja, halt nicht besonders gut. Es ist sündhaft schwierig, diese Sprache zu lernen. Ich hab die ersten drei Wochen bei einem arabischen Ehepaar gewohnt und ein paar Brocken aufgeschnappt. Mittlerweile kann ich mich halbwegs verständlich machen.« Sie musterte Kendra mit unverstelltem Interesse. »Mein Gott, Sie sehen toll aus.« Sie seufzte. »Sie haben wenigstens was in der Bluse. Ich dagegen bin flach wie ein Bügelbrett. Null Sexappeal. Können Sie sich vorstellen, wieso Joel ausgerechnet mich für die Rolle engagiert hat?«

Statt einer Antwort prustete Kendra los. Diese Billie Callahan war ihr vom Fleck weg sympathisch. Klar konnte sie sich vorstellen, weshalb Joel sie engagiert hatte. Was Skip gesagt hatte, stimmte allerdings haargenau. Bei den Doubleszenen würde sie sich die Brüste abbinden müssen. Sie waren zwar ungefähr gleich groß, aber Billie war schlanker als sie, und ihre zierliche Statur hatte etwas Zerbrechliches wie Porzellan.

Von wegen zerbrechlich! Da täuschte man sich gewaltig, Billie war nämlich zupackend und ein irres Energiebündel. Sie trug bequeme Riemchensandaletten und über der ausgebleichten Jeans eine lässig weite, schenkellange Tunika in knalligen Pink- und Rottönen, Farben, die eigentlich horrormäßig zu ihrer kupfergoldenen Lockenmähne passten, die sich wild um ihre Schultern ringelte. An ihr wirkte der Look jedoch romantisch und hip. Bestimmt war es Billies außergewöhnliches Gesicht, das Joel am meisten fasziniert hatte, überlegte Kendra. Es war nicht unbedingt schön im herkömmlichen Sinne, aber unglaublich apart und anziehend. Ihre lavendelfarbenen

Augen hatten etwas berückend Verträumtes, ihre vollen weichen Lippen signalisierten Leidenschaftlichkeit.

»Mit Schönheit allein bringt man es nicht zu Starruhm«, meinte Kendra begütigend. »Viel wichtiger ist, dass man eine wirklich gute Schauspielerin ist.«

Billie stöhnte gespielt dramatisch auf. »Das hätten Sie mal besser für sich behalten. Ich bin nämlich eine lausige Schauspielerin. Nach diesem Film bekomm ich bestimmt nie wieder ein gutes Angebot. Ich hoffe inständig, dass ich mich halbwegs passabel durch *Venture* durchmogeln kann, ohne Joel zu enttäuschen.«

»Klingt nicht so, als wären Sie sonderlich traurig, wenn es mit der ganz großen Karriere nicht klappt, hm?«, hakte Kendra nach. »Ich tippe mal, Sie stehen nicht so auf Starkult und den ganzen Rummel.«

Billie zuckte die Schultern. »Eine Zeit lang ist das alles ja ganz nett, trotzdem bin ich immer froh, wenn ein Film endlich fertig ist. Dann will ich schleunigst wieder weg, ich halt es ehrlich gesagt nie lange an einem Ort aus.«

Sie hatten den Jeep erreicht, und Billie half dem Gepäckträger, die Koffer einzuladen – für ihre zierliche Statur war sie erstaunlich kräftig. Sie gab dem Gepäckträger ein Trinkgeld und steuerte den Wagen kurz darauf vom Parkplatz in den dichten Verkehr.

Sie warf Kendra einen forschenden Blick zu, ihre Augen riesig und dunkel wie wilde Veilchen. »Also, wenn ich Ihren Job machen würde, hätte ich möglicherweise mehr Standing. Gibt bestimmt einen Wahnsinnskick, Gefahrenstunts zu machen und eine dicke Gage dafür einzusacken. Wie sind Sie überhaupt zu dem Business gekommen?«

»Ich bin damit aufgewachsen«, antwortete Kendra. »Mein Vater war Stuntman. Mein Bruder und ich lernten schon als Kinder, wie man beispielsweise von zehn Meter hohen Türmen in irgendwelche Swimmingpools fällt, ohne sich das Genick zu brechen.« Ein entrücktes Lächeln umspielte ihre Lippen. »Es war gut, dass wir noch so jung und unbedarft waren, als wir damit anfingen. Sonst hätten wir uns bestimmt vor Angst in die Hosen gemacht. Als wir alt genug waren, um zu realisieren, wie gefährlich die Doubleszenen waren, die wir bisweilen übernahmen, war das für uns bloß kalter Kaffee.«

»Und was sagte Ihre Mutter dazu?«

»Was sollte sie groß dazu sagen? Sie war selbst in dem Business tätig, bevor sie meinen Vater heiratete. Dann kam Casey auf die Welt, und nach meiner Geburt hing Mom den gefährlichen Job an den Nagel.« Sie lächelte wehmütig. »Unsere Eltern hatten sich die Entscheidung reiflich überlegt. Was, wenn ihnen beiden etwas passiert wäre und sie uns als Waisen zurückgelassen hätten? Das fanden sie letztlich unverantwortlich. Ironie des Schicksals, dass es trotzdem passierte. Ein Betrunkener knallte auf der Landstraße mit seinem Wagen in den meiner Eltern – die beiden waren auf der Stelle tot.«

»Ist Ihr Bruder auch Stuntman?«

»Nicht mehr«, murmelte Kendra. »Er studiert inzwischen Jura.« Den Blick gespannt auf die vorüberziehende Szenerie geheftet, bemerkte sie beiläufig: »Ich wusste gar nicht, dass Sedikhan so modern ist.« Riesige Wolkenkratzer, breite, belebte Straßen und brandneue Automodelle signalisierten eine boomende Wirtschaft. Auch die Kleidung richtete sich im Wesentlichen an der westlichen Mode aus und war topaktuell.

»Die Bewohner von Sedikhan haben mit das höchste Prokopfeinkommen weltweit. Sie haben hier so viel Öl, das kann man sich nicht vorstellen«, erklärte Billie. »Ich hab gehört, dass sich eine eigene Regierungsabordnung damit beschäftigt, wie sie ihr vieles Geld anlegen sollen.« Als Kendra ungläubig schnaubte, grinste Billie augenzwinkernd. »Nöö, echt, ganz ohne Scheiß. Ben Rashid hat versucht, sein Land turbomäßig aus dem Mittelalter in die Moderne zu katapultieren. Warten Sie's ab, Sie werden gleich sehen, was ich damit meine. Sobald wir die Hauptverkehrsstraßen verlassen, sind Sie wieder im Land der fliegenden Teppiche und der verschleierten Haremstänzerinnen.«

»Oh, da bin ich aber gespannt.«

Billie nickte vielsagend und bog in eine Seitenstraße. »Joel hat als Location praktisch ein ganzes Dorf angemietet, ein paar Kilometer stadtauswärts von Marasef, aber wir bräuchten noch ewig, um dorthin zu kommen, wenn wir auf den Hauptstraßen bleiben würden. Jemand von der Crew gab mir den Tipp mit der Abkürzung. So sind wir sofort da.« Sie warf

Kendra einen verschwörerischen Blick zu. »Und wenn nicht, ist es auch nicht schlimm. Dann sehen Sie wenigstens ein bisschen was von den arabischen Nächten in Marasef.« Sie senkte die Stimme zu einem dramatischen Flüstern. »Sie werden es sündhaft faszinierend finden, Schätzchen.«

Sündhaft. Offenbar war das Billies Lieblingswort, dachte Kendra belustigt. Seit wann hatte überschäumende Lebensfreude denn etwas Anrüchiges? Und die Nebenstraßen, durch die sie fuhren, waren tatsächlich faszinierend. Meist enge Gassen, musste Billie öfter scharf bremsen und anhalten, um mit Kupferkannen und -töpfen bepackte Esel und Karren vorbeizulassen. Wolkenkratzer suchte man hier vergebens, die Häuser hatten überwiegend flache Dächer und winzige, mit Stuckbögen versehene Fenster. Die Passanten trugen traditionelle Kleidung, die Männer meist einen weiten Burnus, und die wenigen Frauen, die Kendra auf den Straßen entdeckte, waren in dunkle, unförmige Wallegewänder gehüllt.

»Wenigstens tragen die Frau keine Burka«, schloss Kendra. »Der Feminismus hat auch hier ein paar Spuren hinterlassen.«

»Täuschen Sie sich da mal nicht. Die Frauen, die Sie auf der Straße sehen, sind zwar liberaler eingestellt als andere«, meinte Billie trocken, »aber sie sind nur ein kleiner Ausschnitt der weiblichen Gesellschaft. Die Männer in Sedikhan haben sehr feste Vorstellungen davon, wo der Platz der Frau in der allgemeinen Hierarchie ist.«

»Dann fühlt sich Joel Damon hier bestimmt pudelwohl«, rutschte es Kendra unbedacht heraus. Mist, sie hätte sich auf die Zunge beißen mögen! Billies forschender Blick schoss zu ihr. Dabei war sie überzeugt gewesen, sie hätte Joel Damon erfolgreich aus ihrem Denken verbannt. Pustekuchen.

»Sie beide kennen sich gut?«, erkundigte Billie sich. Sie bog in eine wenig belebte Seitenstraße. »Wissen Sie, er wollte Sie eigentlich vom Flughafen abholen. Dann wurde er aufgehalten – ach du dickes Ei!« Sie trat mit solcher Wucht das Bremspedal durch, dass Kendra sich im Geiste schon durch die Windschutzscheibe katapultiert sah. Geistesgegenwärtig stemmte sie die Hände vor das Armaturenbrett. »Sie bringen ihn um!« Billie sprang aus dem Jeep und lief die Straße hinunter.

Kendra schaute ihr verständnislos nach und erstarrte vor Schreck, als sie begriff, was Billie meinte. Ein hochgewachsener Araber mit verzottelten Haaren wurde von zwei stämmigen Kerlen in weiten Roben an eine Hausmauer gedrängt. Sein Gesicht war an mehreren Stellen verletzt und blutig. Dann erkannte sie einen vierten Mann, der eben mit einer Art Dolch über die Wange des Opfers strich und eine leuchtende Blutspur hinterließ. Sie setzte blitzartig aus dem Jeep und Billie hinterher. Billie gab ein lautes, schrilles Kreischen von sich, so ähnlich wie ein angriffslustiger Kojote. Woraufhin die drei Männer mit verdutzten Mienen zu ihr herumschnellten; der mit dem Messer stieß einen Wutschrei aus.

»Billie, nicht!«, brüllte Kendra. Billie ließ sich jedoch nicht aufhalten. Sie stürzte sich wie eine Furie auf den Bärtigen, drehte ihm kurzerhand den Arm um, damit er das Messer fallen ließ. Ein weiterer nervenzerfetzender Schrei – dabei knallte sie dem Bärtigen ihren Kopf vor die Nase.

Kendra sah das gefährliche Messer im Geiste schon in Billies Bauch stecken. Grundgütiger, wie konnte die junge Schauspielerin sich auf so etwas einlassen?

Allerdings nahte von unerwarteter Stelle Hilfe. Offenbar hatten die beiden Männer, die ihr blutendes Opfer in Schach hielten, vor lauter Schreck losgelassen, denn der Hüne trat unversehens in Aktion. Er machte einen Satz nach vorn. Holte mit dem linken Arm zu einem gezielten Schwinger aus, woraufhin einer seiner Peiniger mit dumpfem Knall gegen das Mauerwerk schlug; mit der anderen Hand setzte er zu einem flinken Karateschlag an, und der Bärtige ließ mit schmerzverzerrtem Gesicht endlich das Messer fallen.

Kendra erreichte den Tumult und nahm das Messer an sich, dann schnappte sie sich die blindwütige Billie und zog sie von ihrem gefährlichen Widersacher weg. »Billie, verdammt, Sie bringen sich noch selbst um! Wir zwei kommen gegen diese Kerle nicht an. Wir müssen Hilfe holen.«

Die war ganz offensichtlich nicht mehr nötig. Nachdem er sich befreit hatte, hatte das verzottelte Opfer die Situation in null Komma nichts unter Kontrolle. Er ging dem Bärtigen mit einem Eisengriff an die Gurgel, woraufhin dessen Gesicht augenblicklich eine ungesunde rote Färbung annahm, und rammte dem anderen Typen seinen rechten Ellbogen in die Magengrube. Mit katzenhafter Geschmeidigkeit, die man einem Mann von seiner Statur nie zugetraut hätte, wirbelte er herum und donnerte dem dritten Kerl sein angewinkeltes Knie in den Schritt. Dann knallte er mit Wucht die Köpfe der beiden Ersteren zusammen. Das alles ging so schnell, dass Kendra nicht mal zwinkern konnte. Mit angehaltenem Atem beobachtete sie, wie die drei Typen einer nach dem anderen im Staub zusammensackten.

Ihr blutüberströmter Samson gönnte sich keine Muße, seinen überwältigenden Sieg zu feiern. Er schnellte herum, fasste beide Frauen am Ellbogen und rannte schiebend und zerrend mit ihnen die Straße hinunter.

Hinter ihnen tobte der Mob. Sie sprangen in den Jeep, Billie ließ den Motor an und wendete mit quietschenden Reifen. Es fehlte nicht viel, und Kendra wäre vom Beifahrersitz gefallen, der schlagkräftige Araber im Fond klammerte sich grimmig an die Lehne des Vordersitzes.

Dann rasten sie in halsbrecherischem Tempo über das Kopfsteinpflaster. Kendra warf einen verzweifelten Blick über ihre Schulter und sah, dass einer ihrer Verfolger mitten auf der Straße stand. Er hob drohend die geballten Fäuste und rief ihnen wüste Beschimpfungen hinterher. Billie bog ab. Dann waren sie wieder auf der belebten Durchgangsstraße. Kendra lehnte sich erleichtert seufzend zurück, und Billie ging vom Gas.

»Ich glaub, wir haben sie abgehängt«, meinte Billie atemlos. »Mann, hatte ich Muffe.«

»Was meinen Sie, was ich hatte?«, versetzte Kendra trocken. »Gehen Sie öfter auf mehrere Schlägertypen gleichzeitig los, oder wollten Sie mir bloß ein bisschen Lokalkolorit gönnen?« Unvermittelt giggelte sie los. »Ich gebe zu, es hatte was, Billie. Ihre kleine Exkursion war *sündhaft* faszinierend.« Sie spähte zu dem grimmigen Zotteligen auf der Rücksitzbank. »Und was machen wir jetzt mit dem da?«

Billie wackelte unschlüssig mit dem Kopf. »Mmh, gute Frage. Ich bin dafür, wir fahren vorsichtshalber noch ein paar Kilometer stadtauswärts, bevor wir ihn aussteigen lassen. Ich will nicht, dass diese Typen ihn noch einmal zu fassen kriegen.«

»Nicht nachdem Sie beinahe selbst dabei hopsgegangen wären?«, kicherte Kendra, dann schüttelte sie verwundert den Kopf. »Und Sie dachten, der Job einer Stuntfrau wäre was für Sie? Ich werde immerhin dafür bezahlt, dass ich mein Leben aufs Spiel setze.«

»Was hätte ich denn Ihrer Meinung nach tun sollen?«, verteidigte Billie sich. »Ich konnte doch nicht einfach weggucken und einen wehrlosen Mann seinem Schicksal überlassen, oder? Womöglich hätten diese Schurken ihn eiskalt abgemurkst!«

»Er kam mir nicht wirklich wehrlos vor, als er sich auf drei Ganoven gleichzeitig stürzte.« Kendra hob skeptisch eine Braue. »Eine kurze Weile haben mir die drei fast ein bisschen leidgetan. Im Dunkeln möchte ich unserem Freund jedenfalls nicht allein begegnen. Er sieht aus wie eine Kreuzung zwischen King Kong und Yeti.« Ihr Blick glitt über das lange weiße Hemd, das der Araber trug, und die weite dunkle Hose, die in hellen Wildlederstiefeln steckte. »Vielleicht ist auch ein bisschen was von einem schurkischen Beduinen mit dabei.«

»Ich glaube, das machen die wilden strähnigen Haare«, gab Billie nach einem kurzen Blick in den Rückspiegel zu bedenken. »Eine ausgiebige Dusche und ein modischer Anzug, und der Typ sieht ganz passabel aus.« Sie zuckte wegwerfend mit den Achseln. »Ist ja auch nicht wirklich wichtig. Wir können von Glück sagen, dass wir diese heikle Mission unversehrt überstanden haben. Und es sogar geschafft haben, unseren Herkules zu retten. Nachher schmeißen wir ihn einfach irgendwo raus, und dann ist die Sache für uns erledigt.«

Als sie kurz darauf am Straßenrand hielten, konnte Kendra den Eindruck nicht loswerden, dass Billie mit ihrer Einschätzung ziemlich danebenlag. Nach der temperamentvollen, auf Arabisch geführten Diskussion zwischen den beiden und Billies zunehmend ärgerlicher Miene zu urteilen, verlief das Gespräch wohl alles andere als zufriedenstellend.

»Hast du Probleme mit ihm?«, warf Kendra zwischendurch ein.

Billie fuhr sich mit den Fingern abwesend durch ihre kupferroten Locken. »Er heißt Yusef Ibraheim, und wenn ich ihn richtig verstehe, will er mich adoptieren oder so was in der Art«, erklärte sie milde verzweifelt. »Soweit ich mir das mit meinen paar Brocken Arabisch zusammenreimen kann, fühlt er sich irgendwie in die Pflicht genommen, von wegen Wiedergutmachung und so, weil ich ihm angeblich das Leben gerettet hab. Grundgütiger, ich dachte, das gäb es nur bei den Chinesen.«

Kendra bemühte sich, ernst zu bleiben. »Er ist noch keine dreißig, da kann er dich ja wohl schlecht adoptieren. Womöglich will er ganz was anderes von dir, und du hast seine Absichten falsch verstanden.«

»Na, jedenfalls hab ich geschnallt, wo der Hase läuft«, grummelte Billie resigniert. »Zweifellos hat unser Yusef einen mächtig ausgeprägten Beschützerinstinkt. Das war auch der Grund, weshalb diese Schurken ihn massakrieren wollten. Er arbeitet als Rausschmeißer in einem Bordell und hat sich mit einem von den einflussreichen Stammkunden angelegt, weil der eins der Mädchen übel genötigt hat.« Sie zog eine Grimasse. »Um das Mädchen vor weiteren Zudringlichkeiten zu schützen, ist er handgreiflich geworden und hat dem Freier glatt den Arm gebrochen. Daraufhin hat der Kerl ein paar Schläger aus dem Ort angeheuert, die es ihm heimzahlen sollten.«

»Na, super.« Um Kendras Lippen zuckte es verräterisch. »Das ist ja wie in einem Gangsterfilm aus den dreißiger Jahren des letzten Jahrhunderts. Und was machen wir jetzt mit unserem Riesenbaby?«

Billie seufzte und ließ den Motors an. »Wir nehmen

ihn erst mal mit zu unserer Location. Ich halte es für besser, wenn er für ein paar Wochen untertaucht, vielleicht rafft er in der Zwischenzeit auch, dass ich auf mich selbst aufpassen kann.« Sie zog nachdenklich ihre Unterlippe zwischen die Zähne. »Ich tippe mal, Joel kriegt die Krise. Der reißt mir bestimmt den Kopf ab. Er ist sowieso sauer, wenn er merkt, dass ich mir den Jeep geschnappt hab, um Sie abzuholen.«

»Dann sollten Sie mich gar nicht vom Flughafen abholen?«, schloss Kendra. Ihre Augen weiteten sich vor Verblüffung.

Billie schüttelte den Kopf. »Ich bin kurzerhand losgefahren, als ich zufällig mitbekam, dass Joel aufgehalten wurde. Ron, sein Direktionsassistent, sollte eigentlich für ihn einspringen, war aber froh, als ich mich bereiterklärte, zu fahren.« Sie grinste scheinheilig. »Schließlich hat Dave Balding die Bungalows so verteilt, dass wir beide zusammenwohnen. Logo, dass ich meine Mitbewohnerin kennen lernen möchte, oder? Joel hatte natürlich bloß eins im Kopf, nämlich dass mir auf der Fahrt zum Flughafen irgendwas passieren könnte. Völlig abwegig diese Befürchtung!«

»Och, jaaa, völlig abwegig.« Kendra konnte sich das Lachen nicht mehr verkneifen. Joel Damon konnte einem fast ein bisschen leidtun. Billie war eine raffinierte kleine Amazone und arbeitete mit allen Tricks. »Was sollte Ihnen auf der Fahrt zum Flughafen schon groß passieren?«

»Eben, das hab ich mir auch gesagt.« Billie seufzte. »Ich bin vermutlich das personifizierte Verantwortungsbewusstsein. Jedenfalls konnte ich nicht untätig zusehen, wie jemand abgemurkst wird, oder? Und jetzt bekomm ich die Quittung dafür. Warum passieren solche Katastrophen ausgerechnet immer mir?«

»Keine Ahnung. Jeder hat mal Pech im Leben«, begütigte Kendra. Billie mochte eine kleine Exzentrikerin sein, dennoch hatte sie ein Gespür für die Nöte ihrer Mitmenschen und handelte, wenn es darauf ankam. Verantwortlichkeiten hin oder her, seufzte Kendra. Sie selbst hatte die leidenschaftliche Überzeugung, dass sie die Verantwortung für ihren Bruder trug, fast das Leben gekostet. Und was den Wilden auf der Rückbank anbelangte, hing sie jetzt gemeinsam mit Billie am Fliegenfänger. Man konnte ihr vieles nachsagen, einen Touch zu viel Begeisterungsfähigkeit und Impulsivität, aber bestimmt nicht, dass sie sich davor drückte, Verantwortung zu übernehmen. »Keine Sorge, wir stehen das gemeinsam durch. Irgendwie werden wir es schon schaffen, Yusef aus der Schusslinie zu bringen. Und ihm auf die Fingerchen klopfen, damit er Ihnen nicht an die Wäsche geht.«

Was faselte sie da? Wohinein ließ sie sich da bloß ziehen? Kendra schüttelte milde bestürzt den Kopf. Als wenn sie nicht schon genug mit sich selbst zu tun hätte! Zunächst musste sie Skip davon überzeugen, ihr die speziellen Stunts zu geben. Und dann türmte sich das Problem Joel Damon drohend vor ihrem geistigen Auge auf. Würde es ihr gelingen, ihre Beziehung auf einer rein professionellen Basis zu halten? Und jetzt ließ sie sich auf diese hübsche kleine Verrückte und ihren fragwürdigen Schutzengel ein, der sich vermutlich im Kriminellenmilieu tummelte.

»Du hast dir bei meinem Kamikaze-Wendemanöver doch nicht etwa einen Wirbel angeknackst oder sonst irgendwas?«, fragte Billie mit einem besorgten Stirnrunzeln.

Kendra zog mechanisch die Hand aus ihrer Kreuzgegend. Mist, die Stelle schmerzte schon wieder. »Nein, natürlich nicht.« Sie lächelte abwiegelnd. »Ich hatte vor ein paar Monaten einen kleinen Unfall und spür manchmal noch so ein komischen Klopfen und Ziehen im Rücken.«

»Ein Glück für mich.« Billie seufzte erleichtert auf. »Joel würde mich sonst vermutlich erwürgen. Du weißt doch, wie er ist.«

»Nein, keine Ahnung«, versetzte Kendra reserviert. »Wir sind nicht wirklich befreundet, bloß zufällige Bekannte.«

»Echt? Komisch, dann verstehe ich nicht, weshalb er so mies drauf war, als er dich nicht persönlich abholen konnte. Immerhin ist er ein viel beschäftigter Mann und nicht Taxifahrer – im Übrigen macht er das sonst auch nicht. Er hat nicht mal Brenna Donovan am Flughafen empfangen, als sie vor drei Wochen ankam, und sie ist immerhin der Star des Films.«

»Skip hat mir davon erzählt«, sagte Kendra hastig, in der Hoffnung, Billie abzulenken. »Wie ist sie denn so als Kollegin?«

»Super.« Billie strahlte übers ganze Gesicht. »Eine Klassefrau. Alle am Set schwärmen davon, wie toll die Zusammenarbeit mit ihr ist. Mit Ausnahme von Dirk Danford. Er hat die männliche Hauptrolle. Und meint, er wär ein Gottesgeschenk für uns Frauen.«

»Probleme?«

»Nöö, ich hab damit kein Problem. Weil ich nicht sexy genug bin, um bei dem *megageilen* Lover anzukommen, aber Brenna hat keine ruhige Minute mehr.«

Kendra pfiff leise durch die Zähne. »Er lebt wohl gern gefährlich, was? Ich hab läuten hören, dass Michael Donovan grotteneifersüchtig ist, wenn jemand seine Frau anmacht, und kein Pardon kennt. Einen Produzenten wie Donovan macht man sich nicht zum Feind. Wer bei dem auf der schwarzen Liste steht, kann einpacken – das ist so was wie beruflicher Selbstmord.«

»Dirk hat damit anscheinend nichts am Hut. Er glaubt allen Ernstes, dass ihm nichts passieren kann«, versetzte Billie schmallippig. »Donovan kommt vorübergehend nicht aus London weg, weil er sich um die Produktion von *Siren Song* kümmern muss, und Brenna ist zu sehr Profi, um sich bei Joel zu beschweren. Sie denkt, sie schafft es auch allein, sich Dirk vom Hals zu halten.«

»Und, was meinen Sie?«

»Puh, vielleicht. Der Typ ist jedenfalls ein harter Brocken. Wird nicht einfach für sie werden, den auf die elegante Tour abzuschmettern.« Billies lavendelblaue Augen wurden schmal und nachdenklich. »Brenna ist eine wirklich nette, umgängliche Kollegin. Und entschieden zu rücksichtsvoll. Sonst hätte sich das Problem mit diesem aufgeblasenen Wichser Danford längst erledigt. Sie braucht bestimmt ein bisschen zusätzliche Frauenpower.«

O Himmel, noch eine Rettungsaktion? Kendra stöhnte insgeheim auf. Kneifen ging nicht, immerhin war Billie Callahan ihre künftige Mitbewohnerin. Das Zusammenleben mit ihr entpuppte sich zunehmend als eine kritische Angelegenheit, schwante es Kendra, wahrscheinlich wäre es wesentlich ungefährlicher, den Jeep mit Vollgas in den Canyon zu stürzen.

4

Billie hielt vor einem der schmucklosen, weiß verputzten Häuser, die die staubige Straße säumten. Es war klein, mit Flachdach und gemauerten Fensterbögen, wie die in Marasef. Irgendwie sahen die Häuser alle gleich aus, fand Kendra. Dave Balding lehnte an der knallrot gestrichenen Haustür. Er straffte sich träge, wischte sich mit dem angewinkelten Unterarm den Schweiß von der Stirn. Sein warmes Willkommenslächeln verlor sich, sobald er das blutig geschlagene Gesicht des Hünen bemerkte, der auf der Rückbank thronte.

Als Kendra aus dem Jeep stieg, umarmte er sie abwesend und wandte sich stirnrunzelnd Billie zu. »Ich hab mich schon gewundert, warum ihr so lange braucht. Joel war drauf und dran, einen Suchtrupp loszuschicken. War ja klar, dass du wieder in irgendeinen Schlamassel gerätst.«

»Das ist nicht fair«, brauste Billie ärgerlich auf. »Ich konnte doch nichts dafür, dass ...«

»Schon klar, geschenkt«, unterbrach Dave mit einem resignierten Seufzen. »Du kannst nie was dafür, Billie. Sorry, ich hab's ein bisschen eilig, die Story musst du mir unbedingt nachher noch erzählen. Ich soll Kendra hier abholen und schleunigst zu Joels Trailer bringen.«

Ach du heiliges Kanonenrohr! Kendra zuckte zusammen, als hätte er ihr eine schallende Ohrfeige verpasst. Immer schön locker bleiben, redete sie sich zu. Irgendwann wäre die Konfrontation mit Joel ohnehin fällig gewesen. Wieso dann die plötzliche Panikattacke?

»Hey, langsam, ich muss auch zu Joel«, protestierte Billie. »Ich will ihm schnell das mit Yusef erklären. Joel muss ihn irgendwo unterbringen.«

»Du willst ihn behalten?« Dave bedachte den Araber mit einem skeptischen Blick. »Dein Knuddelteddy sieht nicht ganz ungefährlich aus.« Er zuckte mit den Achseln. »Genau wie das Löwenbaby, das du letzte Woche aus dem Basar angeschleppt hast. Den hier darfst du genauso wenig behalten, oder Joel flippt aus.«

»Das hier ist was anderes. Yusef kann unmöglich zurück nach Marasef«, erklärte Billie. Sie nagte nervös an ihrer Unterlippe.

»Was sie sagt, stimmt, Dave«, schaltete Kendra sich ein. »Lass Billie bei Joel den Vortritt. Es ist wichtig. Was er mir zu sagen hat, kann er auch später noch loswerden. Vermutlich will er bloß einen höflichen Palaver abhalten und mich als neues Teammitglied in Marasef willkommen heißen.« Ihr fiel ein zentnerschwerer Stein vom Herzen. Das war ein Supervorwand, um ihr erstes Gespräch mit Joel hinauszuschieben. »Ich mach mich kurz frisch, zieh was anderes an und komm dann nach. Wo steht sein Trailer?«

»Zwei Straßen weiter«, antwortete Dave, »am Dorfrand. Bis auf Billie und dich sind alle in Wohnwagen untergebracht. Sie wollte lieber in einem der landestypischen Häuschen wohnen, weil sie es romantischer und idyllischer findet.« Zwischen seine Brauen grub sich eine steile Falte. »Glaub mal ja nicht, dass Joel sonderlich wild darauf ist, diesen abgerissenen Typen kennen zu lernen. Damon will *dich* sehen, okay? Der zieht mir die Haut in schmalen Streifen ab, weil ich seine Anweisungen nicht befolge.«

»Unsinn«, wiegelte Kendra schroff ab. »Hilf mir mal kurz, mein Gepäck reinzubringen, und dann verschwindest du mit den beiden. Klär das Problem mit Joel. Das hat Vorrang.« Sie griff nach dem großen Koffer, der neben Yusef stand. Sofort war der Araber bei ihr, eine Tasche unter jedem muskelbepackten Arm, eine in jeder Hand. Er nickte auffordernd in Richtung Tür, und Kendra drückte brav die Klinke hinunter, trat beiseite und ließ ihn vorgehen.

Er stiefelte zielstrebig durch den zentralen Wohnbereich und durch einen Perlenvorhang, der das rückwärtige Zimmer vom Hauptraum abtrennte, und stellte die Koffer vor einem der beiden Betten ab. Die muteten eher wie schmale Liegen an, mit farbenfrohen Decken, die darauf verteilt lagen. Dann drehte er sich um, musterte Kendra mit unbewegter Miene. Mit seiner hünenhaften Statur füllte er optisch das kleine Zimmer aus.

»Danke«, murmelte sie unschlüssig, ihre dunklen Augen vor Verblüffung geweitet. Er schien zu verstehen, was sie sagte. Sein dunkles Gesicht blieb unbewegt, er nickte knapp und verschwand durch die Eingangstür ins Freie, wo Dave und Billie warteten.

Kendra folgte ihm nach draußen. »Jetzt begreif ich, was du vorhin gemeint hast. Der Kerl ist echt überfürsorglich«, meinte sie trocken zu Billie. »Typ zupackender Wachhund. Könnte ich mich dran gewöhnen.«

Billie strahlte wie eine stolze Mutter über ihren wohl geratenen Sohn. »Ich sag doch, der Typ hat es drauf. Yusef wird sich im Nu an uns gewöhnen. Komm, Dave, wir fahren zu Joel.«

Würde sich der Rest der Filmcrew denn auch an Yusef gewöhnen, überlegte Kendra belustigt, während sie dem Jeep nachblickte, der, eine dunkle Staubwolke aufwirbelnd, um die Ecke bog. Versunken lächelnd kehrte sie ins Haus zurück und schloss die Tür hinter sich.

Ihr Lächeln verlor sich, als sie abermals den großen Raum durchquerte und den bunten Perlenvorhang zu ihrem Schlafbereich beiseiteschob. Jetzt, wo sie sich unbeobachtet wähnte, spürte sie mit einem Mal den Jetlag, sie war groggy, jeder Muskel schmerzte. Sie spähte sehnsüchtig zu den schmalen Pritschen. Mal eine ganze Woche so richtig ausschlafen, das wär's doch, seufzte sie. Oder wenigstens ein Viertelstündchen Augenpflege? Sie wiegte unschlüssig den Kopf, hob einen der Koffer auf und schwang ihn auf ihr Bett. Merkwürdig, aber sie fühlte sich in letzter Zeit zunehmend schlapp. Trotzdem war ein kleines Nickerchen nicht drin. Nachher verschlief sie den ganzen Abend und kam überhaupt nicht mehr in die Gänge.

Eine Woge der Panik erfasste sie, ebbte aber rasch wieder ab. Mit ihr war alles okay, sie brauchte einfach mehr Ruhe. Sie nahm sich vor, sich demnächst mal eine kurze Auszeit zu gönnen. Wahrscheinlich war sie so fertig, weil die Zusammenarbeit mit Bodine ätzend anstrengend gewesen war. Skip hatte Recht, Bodine war als Stuntkoordinator ein inkompetentes Arschloch. Sobald *Venture* abgedreht war, wollte sie sich einen Monat frei nehmen und entspannen. Aber nicht jetzt. Erst die Arbeit, dann das Vergnügen, redete sie sich zu.

Sie öffnete den Koffer, nahm frische Unterwäsche, khakifarbene Shorts und ein zimtbraunes Wickeltop heraus. Als sie das Bad betrat, schwante ihr, was Dave vorhin gemeint hatte, von wegen Billie und ihr Faible für romantischen Wohnkomfort. Der kleine Alkoven, der an das Schlafzimmer angrenzte, enthielt lediglich Toilette und Waschbecken sowie eine Badewanne mit Klauenfüßen, die locker fünfzig Jahre auf dem Buckel hatte. Warmes Wasser durfte sie sich bei der mickrigen Ausstattung wohl abschminken, vermutete Kendra deprimiert. Sie zog ein Gesicht, als sie den Hahn aufdrehte und kaltes bräunliches Wasser aus der Leitung sprudelte. Okay, dann eben eine erfrischend kalte Dusche und nachher ein heißes Bad. Hoffentlich gab es hier irgendwo einen Badeofen und jemanden, der sich mit so einem Ding auskannte.

Sie duschte kurz, schlüpfte in die frischen Sachen und band ihr Haar zu einem hohen Pferdeschwanz zusammen. Dann hörte sie die Haustür aufschwingen und mit einem lauten Knall zufallen.

»Kendra!«

Die raue, ärgerliche Stimme war unschwer zu erkennen: Joel Damon. Sie seufzte resigniert. So viel zu ihrem Plan, ihm in der geschäftsmäßig kühlen Atmosphäre seines Büros zu begegnen. Sie rief zurück: »Warte, ich bin in einer Minute da!« Vielleicht glückte es ihr wenigstens, ihn vom Schlafzimmer abzulenken.

Vergebens. Als sie aus dem Bad kam, schob er sich eben durch den klirrenden Perlenvorhang hindurch. Seine finstere Miene verhieß nichts Gutes.

Bei seinem Anblick beschleunigte sich ihr Puls. Sie versuchte es zu ignorieren. Es war bestimmt keine Wiedersehensfreude; nein, es war eine rein chemische Reaktion auf ein attraktives männliches Wesen, beschwichtigte sie sich mental. Er trug knallenge dunkle Jeans, die sich an seine schmalen Hüften schmiegten, und dazu ein vanilleweißes Sweatshirt, das seinen braunen Teint unterstrich, und sah zum Anbeißen aus.

»Hallo, Joel«, sagte sie kühl. »Was verschafft mir die Ehre deines Besuchs? Wäre aber nicht nötig gewesen, dass du herkommst. Ich wollte mich bloß kurz umziehen, bevor ich zum Rapport bei dir antanze. Hat Dave dir das nicht ausgerichtet? Immerhin bist du schwer im Stress, und ich möchte deine kostbare Zeit nicht überstrapazieren.«

»Rapport?«, ätzte Joel. »Quatsch nicht so gestelzt, als hätte ich hier das Oberkommando. Ja, Dave hat es mir ausgerichtet, und ja, ich war verärgert. Zufrieden? Das hattest du doch beabsichtigt, oder? Teufel, wieso bist du nicht direkt nach deiner Ankunft zu mir gekommen, hä?«

»In gewisser Hinsicht hast du hier das Oberkommando«, sagte Kendra beschwichtigend. »Und Billies Geschichte schien mir dringlicher als mein absolut nebensächlicher Höflichkeitsbesuch.« Ihre Brauen hoben sich fragend. »Wo ist sie überhaupt?«

»Im Erste-Hilfe-Zelt. Sie kümmert sich um ihre Neuerrungenschaft.«

»Kann Yusef bleiben?«

»Hab ich eine Alternative? Sonst zieht Billie womöglich mit ihm in die Stadt, damit sie ihn beschützen kann«, brauste er auf. »Hier hab ich wenigstens ein Auge auf die beiden.« Er atmete tief durch. »Soviel zum Thema Billie. Und jetzt zu dir. Würdest du mir freundlicherweise erklären, wo du dich den ganzen letzten Monat rumgetrieben hast? Seit meiner Ankunft in Sedikhan hab ich jeden Abend bei dir angerufen, aber du hast nie abgenommen. Ich hab sogar bei der Auskunft gegenchecken lassen, ob ich mir womöglich eine falsche Nummer notiert hatte.«

»Du hast bei mir angerufen?« Kendra schaute ihn mit großen Augen an.

»Sprech ich Chinesisch oder was? Du wusstest verdammt gut, dass ich die Geschichte nicht einfach so auf sich beruhen lassen würde. Nachdem du meinen

Wagen stibitzt hattest, bin ich fünf Kilometer bis in den nächsten Ort gelaufen, um mir ein Taxi zu bestellen.«

»So weit?« Ein feines Lächeln glitt über Kendras Lippen. »Das tut mir aber leid für dich.«

»Ich seh schon, du zerfließt vor Mitleid«, meinte Joel trocken. »Als ich in meinem Haus im Laurel Canyon ankam und den Mercedes sah, aber keine Kendra Michaels, hatte ich große Lust, dich eiskalt umzubringen.«

»Geschieht dir ganz recht«, giftete sie. »Du bist ein arroganter Schuft. Bild dir bloß nicht ein, dass du immer deinen Willen kriegst, Joel Damon.«

»In jener Nacht vor vier Wochen fandst du nichts dabei, mir meinen Willen zu lassen«, sagte er weich. »Da hat es dir sogar Spaß gemacht.« Seine Züge verhärteten sich. »Wo warst du die letzten vier Wochen, Kendra?«

»Ich war in Colorado. Um dort ein paar Szenen zu doubeln, bevor die Dreharbeiten zu *Venture* starteten.« Der Blick seiner mystisch grünen Augen bohrte sich in ihre, und Kendra hatte Mühe, den Blickkontakt zu halten. »Ich finde, zwischen uns beiden war alles gesagt, was es zu sagen gab. Du brauchtest mich nicht mehr anzurufen, das war reine Zeitverschwendung. Bedaure, wenn dein Ego ein bisschen angekratzt war.«

»Himmel ja, ich war enttäuscht … und wütend«, versetzte Joel schroff. »Aber das war es bestimmt nicht, weshalb ich versucht hab, bei dir anzurufen.

Verdammt, ich wollte wissen, wie es dir geht. Ich hab mir Sorgen gemacht.«

Sie zog fragend die Brauen hoch. »Sorgen? Weswegen?«

»Na, weshalb wohl?«, platzte er leicht gereizt heraus. »Wir hatten ungeschützten Sex. Ich dachte natürlich, du nimmst die Pille. Konnte ich denn ahnen, dass du noch Jungfrau bist? Ausgerechnet in Hollywood?« Er raufte sich die Haare. »Ich hatte Sorge, du könntest schwanger sein.«

»Ah, verstehe.« Heimlich kämpfte sie mit ihrer Fassung. Schwanger? Von Joel? Hilfe, daran hatte sie gar nicht gedacht. Wahrscheinlich hatte sie eine mögliche Schwangerschaft genauso verdrängt, wie sie hartnäckig versucht hatte, Joel aus ihren Gedanken zu verdrängen. Trotzdem war die Möglichkeit sehr real, realisierte sie wie betäubt. So ein Quatsch, rückte sie sich mental den Kopf zurecht, kein Grund zur Panik. Bloß weil ihre Periode ein bisschen überfällig war? Das passierte ihr häufiger, besonders wenn sie Stress hatte, und den hatte sie in den vergangenen Monaten reichlich gehabt. Sie lächelte unsicher. »Und das hat dich schwer bedrückt? Du Ärmster, hast du etwa geglaubt, ich würde versuchen, dir eine Vaterschaftsklage anzuhängen? Oder wolltest du mir am Telefon mit einem dicken, fetten Scheck kommen und dem Namen einer kleinen, aber feinen Abtreibungsklinik in Beverly Hills?«

»Hör auf mit dem Scheiß!« Joels Stimme klang seltsam belegt. »Findest du es fair, auch noch darauf herumzutrampeln, dass ich mir echte Sorgen um dich gemacht habe? Wir hatten unseren Spaß zusammen, und ich wollte dir signalisieren, dass ich bereit bin, die Konsequenzen dafür zu tragen. Du solltest wissen, dass du dich, falls erforderlich, auf mich verlassen kannst.« Mit forschend grünen Augen tastete er ihr Gesicht ab. »Und, bist du schwanger, Kendra?«

»Nett, dass du so unverblümt danach fragst.« Sie wich seinem Blick aus. Wieso verspürte sie plötzlich einen schmerzhaften Stich in der Magengrube? Weil sie das Gefühl hatte, dass Joels Besorgnis bloß vorgeschoben war? »Das ist ja mal was ganz Neues, *du* und Verantwortungsbewusstsein, Joel? Findest du es nicht sehr konservativ und alt ...«

Sie hielt inne, denn er war mit drei ausholenden Schritten bei ihr. Packte sie bei den Schultern und schüttelte sie leicht. »Ich will eine Antwort, verdammt. Bist du schwanger?«

Sie funkelte ihn mordlustig an. »Natürlich bin ich *nicht* schwanger«, versetzte sie mit schmerzhaft verengter Kehle. »Keine Sorge, ich komm dir nicht mit irgendwelchen Forderungen nach materieller oder sonstiger Unterstützung.«

Sie sah die Erleichterung über sein Gesicht hinweggehen. Das gab ihr den Rest.

»Bist du sicher?«

»Ganz sicher«, schwindelte sie, untermalt von einem unsicheren kleinen Lacher. »Bedaure, wenn ich deine Mannesehre ankratze, aber es war immerhin nur diese eine Nacht.«

»Gott sei Dank«, platzte er heraus. »Du kannst dir nicht vorstellen, welche Sorgen ich mir gemacht habe, Schätzchen!« Er zog sie impulsiv in seine Arme und drückte sie mit einer Zuneigung an sich, die ihm selbst fremd war. »Ich hab mir die ganze Zeit über bittere Vorwürfe gemacht, dass ich dich mit deinen Problemen allein gelassen hab.« Seine Lippen streiften zärtlich ihre Schläfen. »Mein schlechtes Gewissen hat mich halb wahnsinnig gemacht. Aber aus Fehlern lernt man. So was passiert mir nie wieder, versprochen. Künftig passe ich besser auf dich auf.« Seine Hände tasteten über ihren Rücken, streichelten ihn halb begütigend, halb erkundend. »Hast du abgenommen? Du bist ja bloß noch Haut und Knochen. Hast du in Colorado nicht anständig gegessen?«

Sie schmiegte sich an ihn wie ein schutzbedürftiges kleines Mädchen. Seine Umarmung war weder fordernd noch provozierend, sie war Zärtlichkeit pur, signalisierte tiefe Zuneigung und liebevolles Verständnis. Kendra fühlte sich von ihm behütet, als wäre sie ein kostbarer Schatz. »Doch, aber unregelmäßig«, räumte sie ein. Sie vergrub ihr Gesicht in seiner Halsbeuge. »Manchmal war ich zu müde zum Essen. Der Job war höllisch anstrengend.«

Mit einer Hand massierte er sanft ihre Nackenmuskulatur. »Deine Jobs sind immer anstrengend«, meinte er gedehnt. »Ich hatte Ron Willet darum gebeten, mir mal ein paar Clips aus deinen letzten Filmen zu besorgen. Bei einigen deiner Stunts hab ich eine Mordsangst um dich gehabt.« Er öffnete die Spange, mit der sie den Pferdeschwanz fixiert hatte, woraufhin sich ihre Haare wie ein tizianschimmernder Vorhang um ihre Schultern fächerten. Seine Finger glitten andächtig durch ihre gewellten Strähnen. »Wunderschön. Duftig wie Seide. Ich erinnere mich, wie ich nachts neben dir im Bett lag und deine Haare gestreichelt habe. Meine Handflächen prickelten wie elektrisiert.« Er lachte rau. »Andere Teile meiner Anatomie aber auch.«

Joel streichelte ihre Haare mit hingebungsvoller Zärtlichkeit, und Kendra kuschelte sich inniger in seine Wärme – wie ein frierendes Kätzchen, das den wärmenden Ofen sucht.

»Ich erinnere mich an jede Rundung, jede Wölbung deines Luxuskörpers, aber deine Haare fand ich besonders faszinierend. Deine Haare und deine kehlige, kratzig sanfte Stimme, die meine Sinne streichelt. Gott, ich liebe deine Stimme.«

Sie fühlte sich himmlisch, als schwebte sie auf Wolken. »Mal im Ernst. Du hast Ron dazu verdonnert, diese Clips zusammenzustellen? Weißt du, was für ein Haufen Arbeit das ist?«, fragte sie versunken. »Wieso hast du das gemacht?«

»Das hab ich mich auch gefragt. Ich war verdammt im Stress, hab sechzehn Stunden am Tag an *Venture* gearbeitet und bin abends hundemüde ins Bett gefallen.« Er wickelte ihren kurzen lockigen Nackenflaum zärtlich um seine Finger. »Trotzdem konnte ich immer erst dann einschlafen, wenn ich mir meinen abendlichen Kick mit Kendra Michaels geholt hatte.« Seine

Stimme senkte sich zu einem missbilligenden Grummeln. »Mann, es war regelrecht pervers. Dein Gesicht war unter Make-up und Maske nicht wiederzuerkennen, und deine schönen Haare steckten dauernd unter irgendwelchen Perücken. Außerdem rutschte mir bei deinen Stunts das Herz in die Hose und mir brach der kalte Schweiß aus. Und bei jeder Einstellung dachte ich: Jetzt, wo ich mir diese verdammten Clips reinziehe, dreht sie schon wieder die nächsten gefährlichen Szenen. Es war der blanke Horror für mich.« Er tat einen langen, stockenden Atemzug. »Lass es, Liebes. Häng diesen Job an den Nagel. Ich pack das sonst nicht. Es wurde so schlimm, dass ich nachts Albträume bekam. Ich bin froh, dass du jetzt hier bist und ich dir die Entscheidung abnehmen kann.«

Sie fühlte sich mit einem Mal unbehaglich in seiner Umarmung. Ihre Euphorie wich leiser Skepsis. Was redete er da? »Entscheidung abnehmen? Du? Mir?«, stammelte sie verständnislos. »Ich weiß nicht, wovon du sprichst, Joel.«

»Es ist alles in trockenen Tüchern; Wendy Lynch hat gerade kein Engagement und ist bereit, die Stunts in *Venture* zu übernehmen«, sagte er mit einer Coolness, dass Kendra sprachlos war. »Ich kann sie von L. A. herfliegen lassen, dann ist sie übermorgen am Set.« Er setzte hastig hinzu: »Du hast dadurch natürlich keine finanziellen Einbußen. Du bekommst das vereinbarte Honorar und einen lukrativen Bonus.«

»Wendy Lynch«, wiederholte sie tonlos, »macht *meine* Stunts?« Sie versteifte sich in seiner Umarmung. »Hey, tickst du eigentlich noch ganz sauber? Ich mach diese Stunts und sonst niemand.«

»Wendy Lynch macht deine Stunts«, korrigierte er. Er hob den Kopf und fixierte Kendra, seine Miene grimmig entschlossen. »Gewöhn dich an den Gedanken, Kendra. Ich hab dir erzählt, wie es mir ging, nachdem ich mir die Videoclips mit deinen Gefahrenstunts angeschaut hatte. Glaubst du, ich möchte diesen Horror nochmal haben? Live dabei zusehen, wie du mit deinem Leben spielst? Null Chance, Regenbogenlady.«

Regenbogenlady. Auch das noch. Kendra kochte innerlich. Sie wand sich aus seiner Umarmung und wich unwillkürlich einen Schritt zurück. »Nenn mich nicht so«, fauchte sie. »Ich bin nicht das ätherische Wesen, das du gern in mir sehen möchtest. Ich brauche sicher nicht groß zu fragen, welche Rolle du für mich vorgesehen hast – als Ersatz für meinen vertraglich zugesicherten Stuntjob, meine ich.«

»Ich lass dich nicht im Regen stehen, das hab ich dir eben erklärt«, sagte er dumpf. »Ist es nicht letztlich egal, womit man sein Geld verdient? Hauptsache, du fühlst dich wohl dabei und brauchst keine tödlichen Risiken einzugehen, oder?«

»Wie beschränkt bist du eigentlich? Stell dir mal umgekehrt vor, ich käme dir mit dem Vorschlag, dass ich dich aushalten will, als meinen Gigolo oder als Mann für gewisse Stunden. Ist doch egal, womit du dein Geld verdienst«, höhnte sie. »Ich frag mich, was du davon halten würdest.«

Er wurde eine Spur blasser und räusperte sich betreten. »Mich? Als Gigolo?«

Ein bitteres Lächeln glitt über seine Lippen. »Vielleicht mehr, als du denkst. Ich glaube, mein Vater war in dieser Rolle unschlagbar.« Er machte eine wegwerfende Handbewegung. »Vergiss es. Das tut hier nichts zur Sache. Wir sprechen von dir … Ich hätte dich gern weiterhin an einem Stück und nicht in Einzelteilen.«

»Irrtum. Wir sprechen von Chancen. Von *meinen* Karrierechancen, und die willst du mir verbauen. Dazu hast du nicht das Recht«, warf sie ihm wütend an den Kopf, ihre Stimme zitterte vor Erregung. Ihre braunen Augen sprühten Blitze. »Von wegen, du sorgst dich um mich! Das ist bloß ein mieser kleiner Vorwand, den ich nicht gelten lasse. Weswegen solltest du dich um mich sorgen, hä? Du kennst mich ja kaum. Du weißt nicht, was ich denke oder wie ich fühle. Geht dir vermutlich auch am Arsch vorbei. Du fährst bloß auf meinen Körper ab und möchtest dich eine Weile mit mir amüsieren, bis du mich satthast. Aber dafür bin ich mir zu schade, Joel. Ich bin mehr wert, verdammt!«

»Du bist viel mehr für mich«, sagte er rau. »Glaubst du etwa, ich reagiere immer so, bei jeder Frau?« Er hob die Schultern und ließ sie resigniert wieder sinken. »Ich will dich. Ich begehre dich, aber da ist noch mehr. Ich möchte bei dir sein.« Er schüttelte frustriert den Kopf. »Meine Gedanken kreisen ständig um dich. Ich weiß vielleicht nicht, was du denkst oder fühlst, aber ich brenne darauf, es zu erfahren, verdammt. Gib mir die Chance dazu, Kendra!«

»Indem du mich in deinen Privatharem sperrst, weil ich etwas Besonderes für dich bin?«, gab sie spöttisch zurück. »Ich weiß deine Fürsorglichkeit zu schätzen, aber was soll es letztlich bringen? Du hast nicht gerade den Ruf, lange treu zu sein, Joel. Auch wenn dieses Arrangement verlockend klingt, es ist mir zu riskant. Du weißt selbst, wie groß die Konkurrenz in meinem Business ist. Und ein beschauliches Haremsdasein wäre definitiv das Aus für meine Karriere.«

»Ist dir der Job denn so wichtig? Wichtiger als ich?«, meinte er. »Kannst du mir mal erklären, was er dir bringt? Außer Geld und irgendeinem perversen Kick?«

»Für dich ist es vielleicht ein Scheißjob, aber ich verdiene damit meine Brötchen. Ich bin eine Stuntfrau und noch dazu eine verflucht gute«, kam es wie aus der Pistole geschossen von Kendra. »Stuntdarsteller sind keine inkompetenten Idioten, die sich waghalsig in jedes Risiko stürzen. Als Double muss man körperlich fitter sein als mancher Profisportler. Ich mache täglich mindestens drei Stunden Sport, um das nötige Standing für meinen Job mitzubringen. Ich kann am Trapez arbeiten, Rennwagen und Trucks steuern, ich habe eine Fluglizenz und einen Motorbootführerschein. Ich bin besser als viele Profis, die damit beruflich ihr Geld verdienen. Ich bin eine Expertin, ja, aber um so weit zu kommen, musste ich eine Menge einstecken.« Sie funkelte ihn vernichtend an. »Du findest meine Stimme sexy? Dreimal darfst du raten, wieso ich dieses rauchige Timbre habe.«

Er schüttelte den Kopf. »Keine Ahnung. Ich dachte, das wäre von Natur aus so.«

»Von wegen«, versetzte sie. »Als ich neunzehn war, musste ich eine Szene doubeln, wo ich von einem Pferd mitgeschleift wurde. Dabei rutschte mir das Lasso von den Schultern und verhedderte sich um meinen Hals. Die Crew konnte mich zwar rechtzeitig genug befreien, bevor ich mir das Genick brach, aber meine Stimmbänder waren auf Dauer geschädigt. Seitdem kann ich mich bloß noch mit diesem heiseren Flüstern artikulieren, lauter ist nicht drin, Joel. Von zahllosen Knochenbrüchen, Muskelzerrungen und blauen Flecken gar nicht zu reden. Trotzdem liebe ich meinen Job: Ich bin ein Profi und gebe immer mein Bestes. Ich bin stolz auf das, was ich bin.« Sie fixierte ihn fragend. »Glaubst du ernsthaft, ich würde meinen Job an den Nagel hängen, um mich von dir aushalten zu lassen?«

Das Letzte schien er gar nicht mehr zu hören, sein Gesicht war noch eine Spur blasser geworden. Er drängte einen Schritt näher, seine Augen klebten mit zwanghafter Faszination an Kendras Hals. Seine Hand, mit der er zaghaft die zarte Haut unter ihrem Kinn streifte, zitterte kaum merklich. »Du hingst an einem Lasso und wurdest von einem Pferd mitgeschleift?« Er kniff die Lider zusammen und schluckte, als kämpfte er gegen eine aufsteigende Übelkeit an. »Gott, ich seh es beinahe lebhaft vor mir.« Er klappte hastig die Augen auf und funkelte Kendra aus grünen Tiefen an. »Und jetzt willst du, dass ich zusehe, wie dir womöglich wieder so etwas passiert? Einen Teufel werde ich tun!«

Sie schüttelte ungnädig seine Hand ab. »Himmel noch, ja!«, konterte sie genauso nachdrücklich. »Ich habe einen Vertrag mit Donovan Limited, und solange ich meinen Teil der Abmachungen erfülle, kannst du mich gar nicht feuern, Joel.« Sie atmete tief durch. »Und ich beabsichtige, diesen Vertrag zu erfüllen, jeden einzelnen Stunt und jede Extraszene, die Skip mir gibt, einschließlich der speziellen Action am Canyon.«

»Nein!« In seiner Stimme schwang eine leise Drohung. »Du wirst diesen Canyon nicht mal zu sehen bekommen. Und wenn ich Skip Lowden und sein gesamtes Team rausschmeißen muss.«

»Du bluffst, Joel. So gemein kannst du gar nicht sein. Ich weiß zufällig, dass deine Crew große Stücke auf dich hält. Die Leute schwärmen in den höchsten Tönen von ihrem Superchef. Du bist zwar bisweilen ein Workaholic und treibst die Leute mit deinem Perfektionismus und deiner Detailversessenheit in die Verzweiflung, aber du bleibst immer fair. Und das zwischen uns beiden geht niemanden etwas an. Bitte, Joel, zieh keine Unbeteiligten mit hinein, ja?«

Sie sah, wie er die herabbaumelnden Hände unschlüssig zu Fäusten ballte und die Lippen aufeinanderpresste. »Darauf würde ich mich an deiner Stelle nicht verlassen, Kendra. Es kann nicht immer alles nur nach deinen Vorstellungen gehen. Ich sag dir gleich, ich werde nicht nach deiner Pfeife tanzen. Ich kann es dir am Set leicht oder schwer machen, und ich mache meinen Einfluss als Regisseur rücksichtslos geltend, wenn es um meine Interessen geht. Der knallharte Job, den du gerade hinter dir hast, wird dir wie ein Erholungsurlaub vorkommen, wenn ich mit dir fertig bin. Ich wette, in zwei Wochen bist du froh, wenn ich Wendy Lynch für dich einsetze.«

»Die Wette verlierst du, Joel. Du bist nicht der erste schwierige Regisseur, mit dem ich zusammenarbeite«, bekannte sie entwaffnend ehrlich. »Im Übrigen wäre ich dir dankbar, wenn du jetzt gehen würdest. Ich muss morgen schon sehr früh anfangen und ich würde vorher noch gern auspacken und mich mental auf meinen Stunt vorbereiten. Morgen kannst du mich meinetwegen mit Dreck bewerfen, aber jetzt hab ich frei. Auf Wiedersehen, Joel.«

Er stieß einen brutalen Fluch aus, und Kendra zuckte unwillkürlich zusammen, obwohl sie von der Crew einiges gewöhnt war. »Glaub ja nicht, dass du mich morgen am Set mal eben so einfach wegschicken kannst, Kendra«, knirschte er grimmig. »Pack deine Sachen aus und geh früh schlafen. Schon dich. Du hast morgen einen verdammt harten Tag vor dir.« Die Amberperlen schlugen klackernd aneinander, als er den Vorhang aufriss und durch den schmalen Korridor ins Freie stampfte.

Kaum war die Haustür hinter ihm ins Schloss gefallen, verschwand Kendras Selbstbeherrschung wie Eiskristalle in der Sonne. Mit einem Mal brach alles aus ihr heraus. Sie fühlte sich sterbenselend. Sie trottete mit hängenden Schultern zu der Liege und sank auf das weiche Polster. Du lieber Himmel, konnte sie denn ahnen, dass sie so fürchterlich mit Joel aneinanderrasseln würde? Sie war überzeugt gewesen, inzwischen immun zu sein gegen sein umwerfendes Charisma, dummerweise hatte sie jedoch nicht einkalkuliert, dass er, wenn es ihm darauf ankam, ungeheuer sensibel und zärtlich sein konnte. Mit seiner Arroganz und seinem Sexappeal wäre sie bestimmt locker fertig geworden, stattdessen hatte er Kendra mit seiner Fürsorglichkeit und Empathie eiskalt erwischt. Und der Gipfel war seine Frage nach einer möglichen Schwangerschaft! Heiliger Strohsack, womöglich war seine Sorge begründet. Nein! Nein, sie war bestimmt nicht schwanger. Ansonsten wäre es eine Katastrophe – bei dem, was sie sich alles aufgebürdet hatte. Casey brauchte sie. Es würde bestimmt noch Jahre dauern, bis ihr Bruder seine Therapie und sein Studium beendet hätte. Da konnte sie sich nicht auch noch die Verantwortung für ein Kind leisten.

Sie straffte entschlossen die Schultern und setzte sich kerzengerade auf. Vermutlich regte sie sich unnötig auf. Joel war momentan das viel größere Problem, denn er konnte ihr in den nächsten Wochen jede Menge Ärger machen. Sie rieb sich abwesend die Schläfen, wie um den dumpfen Schmerz hinter den Augenhöhlen zu vertreiben. Sie mochte nicht mehr kämpfen. Es war wundervoll gewesen, in Joels Armen zu entspannen und sich zärtlich von ihm verwöhnen zu lassen. Ihretwegen hätte es ewig so weitergehen können, aber *ewig* kam in Joel Damons Wortschatz leider nicht vor. Am Anfang ihrer Diskussion war er ausnehmend liebevoll zu ihr gewesen, dennoch hatte sie sehr schnell gemerkt, dass er bloß aus einer momentanen Laune heraus reagierte. Als sie nicht auf seine Vorschläge eingegangen war, hatte er brutal seine Krallen ausgefahren.

Wenn es ums Wesentliche ging, stand man mit seinen Entscheidungen allein da, war doch immer so, oder? Kendra gähnte herzhaft. Himmel, sie war sterbensmüde. Der morgige Tag versprach anstrengend zu werden. Zumal Joel sie bestimmt mit Argusaugen beobachten und zu allem seinen Senf dazugeben würde. Sollte er sie ruhig provozieren. Na und? Sie hatte ein dickes Fell. Wenn sie ausgeruht war, konnte er ihr gar nichts. Sie merkte, wie sich bleierne Müdigkeit in ihrem Körper ausbreitete, und die bequeme Polsterung der Liege zog sie fast magisch in die Horizontale.

Sie beschloss, sich hinzulegen und bis zu Billies Rückkehr ein bisschen zu dösen. Die Kissen waren himmlisch weich, und ihre Lider klappten zu, kaum dass sie sich wie ein kleines Kind hineinkuschelte.

Prompt geisterte ihr eine Miniaturversion von Joel Damon im Kopf herum. Sein Kind wäre zweifellos ein unwiderstehlicher Lausejunge, genau wie der Vater: wild gelockte Haare, geheimnisvoll grüne Augen und ein umwerfendes Lächeln …

5

Kendra schlug die Augen auf. Im Zimmer war es dämmrig; hinter dem Vorhang, der einen Spalt weit offen stand, war schwarze Dunkelheit in dem Fenster. Lediglich ein schmaler Streifen Licht tastete sich durch die Perlenschnüre in den Raum. Und die zauberhafte Stimme einer Frau, begleitet von den leisen Akkorden einer Gitarre, realisierte sie schläfrig. Billies Stimme. Sie stand auf und glitt durch den Perlenvorhang.

Es gibt eine Insel, vom Südwind verwöhnt,
Und einen Fluss ohne Wiederkehr,
Und Berge, glitzernd im Sonnenlicht.
Dort wohnt mein Liebster,
der zärtlich meinen Namen flüstert.
Meinen Namen, eingraviert in seinem Herzen.

Billie thronte im Schneidersitz auf einem der dicken ledernen Sitzkissen, die auf dem bunt gewebten Wohnzimmerteppich herumstanden. Sie trug ein verwaschenes Sleepshirt mit dem Aufdruck *Küss mich,*

ich bin Irin, der einem knallgrün ins Auge sprang. Sie blickte von der Gitarre auf und warf Kendra kurz ein warmes Lächeln zu. »Hi, hab ich Sie etwa geweckt?«

Kendra schüttelte den Kopf. »Ich wollte sowieso nur kurz relaxen. Das eben war aber eine schöne Ballade. Kenn ich, glaub ich, gar nicht.«

»Können Sie auch gar nicht kennen. Hab ich vor nicht mal einer Stunde getextet und komponiert.« Billies Finger strichen zärtlich über die Saiten. »Ich komponiere schon mal ganz gern. Kann man gut, wenn man allein ist.« Sie zuckte mit den Achseln. »Und wenn man unterwegs ist, ist man öfter allein.«

»Und Sie sind oft unterwegs?«

»Ich halt es nie lange irgendwo aus«, räumte Billie leise ein. Sie blickte auf ihre Gitarre, der Blick ihrer amethystblauen Augen seltsam entrückt. »Wissen Sie, ich hab manchmal das Gefühl, dass an der nächsten Ecke oder meinetwegen auch hinter dem Horizont irgendetwas Tolles auf mich wartet – Sie können es auch Erleuchtung nennen –, und dann werde ich kribbelig. Ich ziehe los, reise und begebe mich auf Selbstsuche. Dabei gewinnt man viele neue Eindrücke, aber ehrlich gesagt hab ich mich bislang noch nicht wirklich gefunden.« Sie schlug einen weichen Akkord an. »Folglich probier ich immer wieder, neue Wege zu beschreiten.«

»Ist bestimmt irre spannend und aufschlussreich«, meinte Kendra beiläufig. »Und, wie steht's mit Yusef? Konnten Sie das Problem endgültig klären?«

»Nöö, bloß provisorisch. Er hat es sich vorübergehend in einem Schlafsack bequem gemacht, direkt vor unserer Haustür. Dave erbot sich zwar, eine Liege im Garderobenzelt aufzustellen, aber da wollte er partout nicht hin. Yusef hat sich wohl fest in den Kopf gesetzt, als mein persönlicher Bodyguard zu fungieren. Ich hab mir den Mund fusselig gequatscht, um Joel davon zu überzeugen, hier im Haus ein Gästebett aufzustellen, wurde jedoch gnadenlos abgeschmettert. Und wissen Sie mit welchem Argument? Joel echauffierte sich, ob ich noch alle Latten am Zaun hätte! Er würde doch keinen Bordellrausschmeißer bei uns einquartieren! Yusef ist anscheinend nicht der Einzige, der an einem Beschützersyndrom leidet.«

»Trotzdem hab ich den Eindruck, dass Sie Joel ganz gut zu nehmen wissen«, stellte Kendra fest. »Kennen Sie sich schon lange?«

»Seit ungefähr drei Monaten«, antwortete Billie. »Niemand ›nimmt‹ Joel Damon wirklich. Dass ich ihn besser zu nehmen weiß als andere, hat damit zu tun, dass wir Freunde sind. Wir mochten uns spontan, als er mich auf dem Highway aufgabelte. So was gibt es schon mal.«

»Er hat Sie auf dem Highway aufgegabelt?«

»Nöö, nicht wirklich, war bloß so 'ne Redensart«, grinste Billie. Sie legte ihre alte Gitarre beiseite. »Ziehen Sie sich ein Kissen zu mir rüber, dann erzähl ich Ihnen, wie es war.« Sie schnippte mit den Fingern. »Moment, ehe ich es vergesse. Sie haben doch bestimmt Hunger, oder? Ich hab vorhin aus dem Essenszelt eine Thermoskanne Suppe und ein Paket Cracker für Sie mitgebracht. Steht alles da drüben auf dem Messingtischchen. Ich wollte Sie eigentlich wecken, aber Sie schliefen so fest, dass ich dachte, vermutlich brauchen Sie die Ruhe nötiger als einen Snack.«

»Ja, stimmt. Ich war fertig mit der Welt.« Kendra kehrte mit Thermoskanne, Plastiklöffel und Salzgebäck zu Billie zurück, schob mit dem Fuß einen Sitzpuff neben sie und setzte sich. »Danke, Billie. Ich hab echt ein bisschen Hunger.« Sie schraubte den Verschluss von der Kanne. »Ich bin mordsmäßig gespannt, wie Sie Joel kennen gelernt haben. Erzählen Sie mal.«

»Mein Motorrad hatte auf dem Highway nach Oregon den Geist aufgegeben, und ich versuchte, per Anhalter zur nächsten Tankstelle zu kommen. Da bremste auf einmal dieser sündhaft elegante Mercedes neben mir. Joel hielt mir erst mal einen langen Vortrag über die Gefahren des Trampens, dann fuhr er mich in die Werkstatt und bot mir eine Rolle in *Venture* an.«

Sie lächelte entrückt. »Erst dachte ich, der Typ spinnt, der will bloß einen auf dicke Hose machen. Dann zeigte er mir seine Codekarte für die Studios und überredete mich, mit ihm nach Twin Pines zu kommen, wo Michael Donovan seine Künstleragentur betreibt. Offen gestanden brauchte er mich nicht lange zu überreden. Ich kam gerade von den Rainbow People und hatte noch keine Pläne, was ich als Nächstes machen wollte.«

Kendras Augen weiteten sich vor Schreck. »Sie waren bei den Rainbow People?«

Billie musterte sie verdutzt. »Komisch, aber Joel reagierte fast genauso wie Sie«, sagte sie weich. »Die Rainbow People haben ihr Territorium am Puget Sound in Washington. Weil ihr indianischer Name ein absoluter Zungenbrecher ist, heißen sie allgemein Rainbow People. Ich hatte sechs Monate bei ihnen gelebt, bevor ich Joel auf dem besagten Highway nach Oregon traf.«

Rainbows – ich hör immer bloß Regenbogen, seufzte Kendra für sich. Als sollte sie zwanghaft an jene Nacht erinnert werden. Sie schlug die Augen nieder, konzentrierte sich auf die gehaltvolle Bouillon, die sie vorsichtig aus der Thermoskanne löffelte. »Demnach konnte Joel Sie überreden, die Rolle zu übernehmen«, schloss sie.

Billie nickte. »Ich hab ihm erklärt, ich könne nicht schauspielern und hätte null Talent, aber das ließ er nicht gelten. Es sei mehr oder weniger eine Actionrolle, und es gehe ihm vor allem um mein Gesicht, argumentierte er. Und dass die meisten Leute bloß das Gesicht sehen würden und nicht das Talent oder so. Bei einer Rolle mit auffallend vielen Stunts wie bei *The Perils of Pauline* sei es den Zuschauern ungeheuer wichtig, dass ich es über diesen Canyon schaffe.«

Sie grinste. »Oder, besser gesagt, dass Sie es über den Canyon schaffen. Wie dem auch sei, ich blieb eine Woche in Twin Pines, in der Zwischenzeit führten Joel und Michael heiße Debatten. In Oregon ist nicht besonders viel los, folglich saßen wir abends meist zusammen und erzählten uns Storys aus unserem Leben. Dabei hab ich eine ganze Menge über ihn erfahren.«

»Das kann ich mir vorstellen«, meinte Kendra gedehnt. Es war zwar lachhaft, aber sie empfand mit einem Mal so etwas wie Eifersucht. Sie mochte den Joel Damon gar nicht kennen lernen, mit dem Billie befreundet war. Solange sie für sich davon überzeugt war, dass sie bloß physisch auf Joel abfuhr, war sie auf der sicheren Seite. »Find ich echt erstaunlich, dass Joel jemanden hinter seine zynische Maske schauen lässt.«

»Eigentlich ist er gar nicht so«, meinte Billie mit ernster Miene. »Sein Zynismus ist reiner Selbstschutz. Wenn man ihn besser kennt, ist er ungeheuer zugänglich und aufgeschlossen, aber ich glaube, er hat Angst vor weiteren Enttäuschungen.«

»Angst vor *weiteren* Enttäuschungen?«

»Wer weiß, wie oft er schon enttäuscht wurde«, meinte Billie mitfühlend. »Seine Kindheit muss wohl ein emotionaler Horrortrip gewesen sein. Seine Mutter war sechs Mal verheiratet und schob ihn der Einfachheit halber auf irgendwelche Privatschulen und Internate ab. Ihr Vater war Giles Damon, der Stahltycoon, und sie hätte Joel bestimmt nie bekommen, wenn der Alte nicht auf einen Erben für sein Imperium gedrängt und ein bisschen Druck auf die dämliche Tussi ausgeübt hätte. Er hat ihr rigoros den Geldhahn zugedreht.« Ihre Lippen zuckten.

»Sind Sie nicht ein wenig hart mit ihr?«, fragte Kendra beiläufig. Gott, sie mochte sich Joel Damon nicht als verletzliches, sensibles Kind vorstellen. Ein einsames, verstörtes Kind, das sich als Erwachsener in einer normannischen Festung verschanzte, um in den dicken alten Mauern Kraft zu tanken. »Vielleicht wollte sie ja doch ein Kind.«

Billie schüttelte den Kopf. »Nein, sie ließ es Joel demonstrativ spüren, dass er kein Wunschkind war. Sie fand es superwitzig, auf Partys zu erzählen, dass sie sich einen Deckhengst geangelt habe, mit den richtigen Genen und allem Brimborium, der die Anforderungen ihres Vaters bravourös erfüllte. Joels Erzeuger war ein italienischer Prinz, der als Gigolo an der französischen Riviera ein Lotterleben mit allem Luxus führte. Sie heirateten sogar ganz legal, und Joel kam sieben Monate danach zur Welt. Dann bekam der Prinz eine gigantische Abfindung, und die beiden wurden wieder geschieden.« Billie lächelte grimmig. »O ja, sie behielt natürlich den Titel. Sie erzählte gern, dass der Titel das Einzige sei, was sie bei dieser Ehe Vernünftiges herausschlagen konnte. Mit so einem Background kann man es Joel nicht wirklich verübeln, dass er einen auf verschlossen und unnahbar macht, oder?«

Der Gigolo. Kendra hatte sich nichts dabei gedacht, als sie ihn scherzhaft als Gigolo bezeichnete. Joel war dabei zusammengezuckt, als hätte sie ihm eine schallende Ohrfeige verpasst. Einen Herzschlag lang hatte sich ein schmerzvoller Zug um seinen Mund gelegt, bevor er zynisch auflachte. Ich will nichts mehr davon hören, stöhnte Kendra stumm in sich hinein.

Am liebsten hätte sie sich die Ohren zugehalten. Bei Billies Beschreibung seiner Person bröckelte die Fassade des weltverdrossenen Magiers – und Joel wurde sympathisch menschlich. Für Kendra musste er jedoch eindimensional bleiben, denn sie wollte aus dieser Geschichte ohne Herzschmerz und emotional intakt herauskommen.

Sie sprang auf. »Ich denke, ich geh jetzt besser wieder schlafen, sonst bin ich morgen früh nichts wert«, sagte sie hastig. Sie schraubte den Verschluss der Thermoskanne zu und verschloss die Cracker-Packung. »Ich muss um sechs Uhr am Set sein.« Sie stellte die Sachen auf den kleinen Messingtisch. »Tut mir leid, aber ich hab gar nicht gefragt, welches mein Bett ist. Ich hab mich vorhin vor lauter Müdigkeit einfach auf eins der beiden drauffallen lassen.«

»Das macht gar nichts.« Billie griff nach ihrer Gitarre. »Stört es Sie, wenn ich noch ein bisschen spiele? Ich kann schlecht schlafen.«

»Kein Problem. Ich schlafe wie ein Murmeltier.«

»Das hab ich gemerkt.« Billies Finger strichen zärtlich über die Saiten. »Sind Sie sicher, dass Sie morgen fit genug sind, um zu doubeln?«

»Ganz sicher.« Kendra, die ins Schlafzimmer lief, drehte den Kopf und warf Billie über die Schulter ein Grinsen zu. »Wir Stuntleute sind zäh wie Leder. Wussten Sie das etwa nicht?«

»Versuch es noch mal, Kendra.« Joels Stimme klang kalt und emotionslos. Kendra biss die Kiefer aufeinander und verkniff sich eine wütende Bemerkung, die sie diesem Ekelmonster am liebsten entgegengeschleudert hätte. Seine Miene in Stein gemeißelt, lümmelte er sich auf der schwenkbaren Kamerabühne, die sechs, sieben Meter über ihr schwebte. Sie war jetzt *fünf* Mal den verdammten Hügel hinuntergerollt, und Joel hatte jedes Mal etwas anderes zu nörgeln gehabt. Sie setzte sich auf, klopfte sich den Staub von der Jeans und zupfte seelenruhig an den kupferroten Locken ihrer Perücke herum. Joel sollte nicht meinen, dass er sie nervte. Nein, den Gefallen tat sie ihm nicht. Wenn seine Majestät es befahl, würde sie noch hundert Mal den Abhang hinunterkugeln. Joel hatte sie die letzten beiden Wochen fröhlich mit Häme überschüttet, und sie hatte widerspruchslos jede Kröte geschluckt, denn sie war fest entschlossen, nicht klein beizugeben.

Schließlich konnte es so nicht ewig weitergehen. Jede Drehminute kostete Geld. Und Joel war ein Profi, der wusste, dass das Budget unnötig darunter litt, wenn er wertvolle Zeit mit ihren Stunts verplemperte, bloß weil er zu perfektionistisch war.

»Sind Sie okay?«, fragte Skip Lowden leise. Er reichte ihr eine Hand und zog sie auf die Füße. In seine kühlen grauen Tiefen mischte sich ein Hauch von Besorgnis. Er tastete fachmännisch ihre Rippen und Hüften ab. »Kommen Sie mit der wattierten Schutzweste klar?«

»Logo«, sagte sie knapp. »Ich bin besser ausgepolstert als ein ganzes Baseballteam, sonst könnte ich das gar nicht durchstehen.«

»Ich glaub auch.« Skip fasste ihren Arm und zog sie den Hügel hinauf. »Sie sind ein bisschen unkonzentriert, Kendra. Bei Ihrem letzten Sturz haben Sie vergessen, die Arme eng an Ihren Körper zu nehmen. Denken Sie das nächste Mal dran, sonst brechen Sie sich nachher noch einen Arm.«

»Mach ich.« Der Lapsus war ihr gar nicht bewusst, aber Skip hatte zweifellos Recht. Sie war müde und wütend gewesen, und mangelhafte Konzentration war nicht bloß unprofessionell, sondern im Ernstfall sogar tödlich. »Wird nicht wieder vorkommen, Skip.«

»Wollte Sie bloß kurz drauf hinweisen«, meinte Skip abwesend. »Ansonsten machen Sie eine gute Figur.« Er stockte, wirkte unschlüssig für jemanden, der im Allgemeinen mit überzeugender Selbstsicherheit punktete. »Sie stehen ziemlich unter Stress, nicht wahr, Kendra? Wenn ich könnte, würde ich Ihnen bestimmt helfen und den Druck rausnehmen, aber da ist nichts zu machen. Er hält sich streng an die Sicherheitsvorschriften. Bei den Einstellungen, wo's brenzlig werden könnte, ist er sogar übervorsichtig. Er lässt jedes Mal nur eine kurze Szene abdrehen.« Er legte die Stirn in Falten. »Und ein paar waren ehrlich gesagt grenzwertig. Bei anderen Regisseuren hätten Sie die genauso wiederholen müssen.«

»Oh, im Wiederholen ist er einsame Spitze.« Sie hatten den Kamm des Hügels erreicht, und sie drehte sich frontal zu Skip um, ihre Miene grimmig. »Schauen Sie mich an. Ich bin der lebende Beweis für seinen Tick, Einstellungen so lange zu wiederholen, bis sein

Perfektionsdrang befriedigt ist.« Sie schüttelte resigniert den Kopf. »Schon klar, dass Sie nichts für mich tun können, Skip. Wenn Sie sich mit dem Regisseur anlegen und ihm vorhalten, dass er Geld zum Fenster rauswirft, weil er Zeit und teures Filmmaterial verplempert, können Sie sich direkt einen neuen Job suchen. Und wenn ich mich bei der Schauspielergewerkschaft beklage, halten die mich für verrückt. Ob Joel Damon Leute kritisiert und anmeckert und triezt, steht natürlich auf einem ganz anderen Blatt!«

Skip nickte bekräftigend. »Vermutlich würde man Ihnen sowieso nicht glauben, wenn Sie sich über Ihre Arbeitsbedingungen beschweren würden. Wo Joel den Ruf hat, absolut fair mit seinem Team umzugehen.« Er schien irritiert. »Deswegen kapiere ich auch nicht, was hier plötzlich abgeht. Ich hab schon öfters mit ihm zusammengearbeitet, und er war immer verdammt nett zu seiner Crew. Ich respektiere ihn nicht bloß als Regisseur, eigentlich mag ich den Mann sogar.«

Das war ein schweres Lob für jemanden wie Skip, der nichts über sein Team kommen ließ. Hätte Joel sie nicht gnadenlos gepiesackt, würde sie den Mann bestimmt auch mögen, den sie in den vergangenen beiden Wochen besser kennen gelernt hatte. Sie selbst einmal ausgenommen, war er nämlich absolut fair und verständnisvoll im Umgang mit den Schauspielern und seiner Crew. Dem hohen Qualitätsanspruch, den er an seine Leute stellte, wurde er selbst ebenso gerecht. Wie Kendra richtig vermutet hatte, war er ein

Workaholic mit brillanten Ideen und der Gabe, sein Team zu begeistern. Er inspirierte sie bei ihrer Tätigkeit zu höchster Perfektion.

Sie hatte inzwischen entdeckt, dass er gern herumalberte. Bisweilen, wenn sich seine zynische Reserviertheit verlor, wirkte er jungenhaft ausgelassen. Als er mit Billie herumgeflachst hatte, hatte Kendra das erste Mal jenes durchtriebene Funkeln in seinen Augen bemerkt. Und prompt wieder so etwas wie nagende Eifersucht empfunden. Zum Glück war sie stocksauer auf ihn, so dass sein umwerfendes Charisma locker an ihr abprallte.

Skip kniff forschend die Lider zusammen. »Sie haben keine Idee, weshalb er dauernd auf Ihnen herumhackt?«

»Und wenn, würde das irgendwas ändern?«, gab sie ausweichend zurück. Sie überprüfte den korrekten Sitz ihrer Perücke und stopfte sich die Schöße ihrer blauen Bluse in den Jeansbund. »Wichtig ist bloß, dass ich diesen Stunt durchstehe. In ein paar Tagen ist die Sache gegessen. Ich muss bloß noch die Verfolgungsjagd mit dem Pferd doubeln«, sie machte eine vielsagende Pause, »und die halsbrecherische Fahrt über den Canyon.«

Skip lächelte schmallippig. »Fangen Sie nicht schon wieder davon an, Ken!« Das Lächeln verlor sich. »Damon war letzte Woche bei mir und hat mir strikt untersagt, Ihnen diesen Stunt zu geben.«

Kendra erstarrte. »Und?«

»Ich hab ihm daraufhin erklärt, dass er das gefälligst mir überlassen soll. Mir hat keiner zu sagen, wie ich meinen Laden zu führen hab.« Als sich ihr Gesicht hoffnungsvoll aufhellte, schob er eilends nach: »Das bedeutet nicht, dass Sie den Stunt machen, Ken. Ich hab mich noch nicht endgültig entschieden. Sprechen Sie mich nach der Doubleszene mit dem Pferd noch mal darauf an.« Er strich mit seinem Zeigefinger leicht über ihre Wange. »Sie machen einen guten Job, Ken. Weiter so.« Er schnellte herum und lief mit ausgreifendem Schritt den Abhang hinunter. Unterwegs drehte er sich noch einmal zu ihr um. »Und nehmen Sie die Arme an Ihren Körper.«

Sie lachte und nickte. »Mach ich.« Plötzlich war sie wie ausgewechselt, ihre Müdigkeit und Enttäuschung von vorhin wie weggewischt. Sie winkte Joel auf der Kamerabühne spöttisch zu. »Bereit, Mr. Damon?«

»Allzeit bereit, Kendra«, erwiderte er nicht minder spöttisch.

Sie ging in die Hocke, ihr Blick auf Joels grienendes Gesicht geheftet, halb verborgen hinter einer großen Sonnenbrille. »Na, dann los.«

Sie atmete tief ein, machte einen Satz nach vorn, drückte dabei das Kinn auf die Brust und presste die Arme vorsichtshalber dicht an ihren Oberkörper. Es war ein riskanter Sprung, selbst mit ihrer gepolsterten Prallweste und trotz speziellen Vorkehrungen, die eine weiche Landung am Ende des Hügels garantieren sollten. In dem Augenblick ihres Absprungs ging jedoch alles so schnell, dass sie sich der Gefahr erst bewusst wurde, als sie Skips lautes Brüllen vernahm.

»Passen Sie auf! Um Himmels willen, rollen Sie sich zusammen, Kendra!«

Irgendwas stimmte da nicht, sann sie mit einem Anflug eisiger Panik. Dann kam jeder Gedanke zu spät, denn der Boden unter ihr war plötzlich bretthart und sie fühlte einen scharfen Schmerz, als der Ärmel ihrer Bluse zerriss und die glatte Haut ihres Oberarms felsiges Terrain streifte.

Felsen! Seltsam, wie kamen die bloß auf dieses speziell für ihren Stunt präparierte Stück Weg? Dann fühlte sie einen heißen stechenden Schmerz im Kreuz und sah nur noch Sterne. Sekundenlang war sie sich nicht einmal bewusst, dass sie am Fuß des Hügels aufgeschlagen war, volle fünf Meter entfernt von ihrem eigentlichen Zielpunkt.

Skip erreichte sie als Erster. »Nicht bewegen«, befahl er knapp. Er kniete sich neben sie. Tastete hastig ihre Arme und Beine ab. »Wo haben Sie Schmerzen?«

»Im Rücken«, sagte sie halb ohnmächtig, »und mein Arm tut weh. Was ist passiert, Skip?«

»Sie sind nicht exakt parallel zu der präparierten Zone abgesprungen«, seufzte er. »Sie wissen selbst, dass die kleinste Ungenauigkeit zu Problemen führen kann. Auf halbem Wege den Hügel hinunter hat es Sie aus der regulären Bahn gekickt.« Er spähte nach oben. »Sie hätten Ihren Absprungwinkel vor dem Stunt kontrollieren müssen.«

Das wusste sie auch selbst, dachte Kendra zerknirscht. Sie checkte den Absprungwinkel immer ganz automatisch. Dieses Mal hatte sie sich jedoch nicht die Zeit dazu genommen, verdammt. Weil sie Joel Damon angehimmelt hatte, als wäre sie ein mondsüchtiger Teenager. Wie blöd konnte man eigentlich sein?

»Meinen Sie, Sie haben sich was gebrochen?«, wollte Skip wissen. »Soll ich vorsichtshalber eine Trage kommen lassen?«

Sie schüttelte heftig den Kopf. »Ich bekam bloß ganz kurz keine Luft mehr, als ich mit dem Rücken auf den Felsen aufschlug. Ich bin gleich wieder okay. Helfen Sie mir mal kurz, dass ich mich aufsetzen kann, ja?«

Er schlang einen Arm um ihre Schultern und zog sie behutsam in Sitzposition hoch. »Schreien Sie, wenn ich Ihnen wehtue, dann hör ich sofort auf.«

Es tat zum Glück nicht so weh, wie sie vermutet hatte, stellte sie erleichtert fest. Ihr Kreuz war okay, und der Schmerz resultierte vermutlich bloß aus dem harten Aufprall. »Ist schon okay«, murmelte sie. »Sobald ihr mir den Arm neu ausgepolstert habt, kann ich wieder loslegen.«

»Einen Teufel kannst du.« Joel schob sich durch die Menschentraube, die sich mittlerweile um Kendra scharte, und kniete sich neben sie. Er war leichenblass. Seine grünen Augen glühten. »Ich denke, du hast für heute genug Mist gebaut.« Er drehte sich zu Skip. »Braucht sie einen Arzt?«

»Ich glaub nicht«, antwortete der. »Wahrscheinlich sind es bloß ein paar Schürfwunden. Wenn sie sich ein bisschen ausgeruht hat, bekommst du deine Stuntszene.«

»Scheiß auf die Szene«, knurrte Joel. »Kendra macht heute nichts mehr.«

Er schob einen Arm unter ihre angewinkelten Knie, schlang den anderen um ihre Schultern und hob sie auf. »Ich kümmere mich um sie. Informier Ron, dass wir diese Szene erst mal zurückstellen und stattdessen was anderes vorziehen.« Er trug sie zu dem Jeep, der neben einigen anderen Fahrzeugen am Rande des Sets geparkt stand. Sekundenlang war sie zu verblüfft gewesen, um zu protestieren, aber als er sie behutsam auf den Beifahrersitz schob, zeterte Kendra los.

»Deine Fürsorglichkeit hättest du dir sparen können«, sagte sie kühl. »Weißt du, ich hab nämlich kein Problem damit, die Szene abzudrehen. Ich muss eben kurz die Kratzer auf meinen Armen auswaschen und mir eine andere Bluse anziehen, mehr nicht. Du willst doch bestimmt keine kostbare Drehzeit verplempern, weil ich den Stunt vermasselt hab, oder?«

»Halt die Klappe!«, stieß Joel zwischen zusammengebissenen Kiefern hervor. Er schwang sich auf den Fahrersitz und startete den Motor des Jeeps. »Wie kommst du überhaupt darauf? Aber du weißt ja immer alles besser. Du und dein idiotischer Dickkopf.« Er trat das Gaspedal durch, woraufhin die Reifen durchdrehend anfuhren und der Jeep in einer dichten Staubwolke verschwand. »Schau dich bloß mal an. Du bist verdreckt und blutverschmiert; wahrscheinlich hast du am ganzen Körper Schrammen und blaue Flecken. Du bist den ganzen Nachmittag den bescheuerten Hügel hinuntergerollt, weil ich immer wieder noch was auszusetzen hatte.« Er schlug mit der Faust auf das Lenkrad. »Verdammt, du hast es gemacht, ohne zu meutern. Du würdest so lange weitermachen, wie ich es dir sage.«

»Wieso bist du eigentlich so wütend?«, fauchte sie ihn an. »Du gibst schließlich die Anweisungen am Set, oder? Ich mach bloß das, was der Oberboss im Regiestuhl von mir verlangt.«

»Brauchtest du ja nicht. Du hättest jederzeit aussteigen können. Wenn du clever gewesen wärst, hättest du das gemacht.«

»Ich bin sicher, das hätte dir hervorragend in den Kram gepasst, was? Zumal es alle deine Vorurteile bestätigt hätte. Wieder eine schwache, klammernde Frau, die freudestrahlend ihre Unabhängigkeit aufgibt, um sich an deine starken Schultern anzulehnen. Bedaure, wenn ich dich da enttäuschen muss.« Sie stellte fest, dass sie zitterte, und schlang fröstelnd die Arme um ihren Oberkörper. »Ist mir schleierhaft, weshalb du dich so aufregst. Es war bloß ein Stunt und nicht mal ein besonders gefährlicher. Im Film wird es wie eine lustige Rutschpartie aussehen, wenn Billie den Abhang hinunterkugelt und dann wieder auf die Füße kommt, untermalt von fröhlicher Marschmusik im Hintergrund.«

»Eine lustige Rutschpartie«, wiederholte er zähneknirschend. »Ich glaub, du hältst besser die Klappe, Kendra. Noch mehr von dem Scheiß, und ich vergess mich. Hast du nicht schon genug Blessuren von deinen Stürzen?«

»Ich finde es hirnrissig von dir, den Dreh abzubrechen, ich bin topfit …«

»Kendra«, meinte er mordlustig, woraufhin sie widerwillig nachgab. Joel war zweifellos auf hundertachtzig und sie momentan nicht in der Verfassung, ihm Paroli zu bieten. Freu dich drauf, wenn der Schmerz nachlässt, ätzte sie stumm in sich hinein. Komm, es ist alles halb so wild. Es geht dir schon viel besser. Atme tief durch und entspanne deine Muskeln, beschwor sie sich.

Auf der Fahrt ins Dorf schwiegen sie. Joel parkte den Jeep vor einem langen Trailer, in dem er während der Dreharbeiten wohnte. Gleichzeitig benutzte er ihn als Büro. Kendra räusperte sich verlegen.

»Bringst du mich nicht zum Erste-Hilfe-Zelt?«

»Wie ich vorhin sagte, werde ich mich um dich kümmern.«

Joel war aus dem Jeep gesprungen und schloss die Tür des Wohnmobils auf. Er drehte sich zu ihr um. Bevor sie aus dem Landrover klettern konnte, war er bei ihr. Er hob sie in seine Arme und trug sie die Stufen hoch. »Ich möchte absolut sichergehen, dass dir nichts fehlt. Wetten, du würdest sogar mit ein paar gebrochenen Rippen weiterdoubeln, bloß um mir zu beweisen, wie tough du bist.« Er setzte sie behutsam auf einer langen, blau bezogenen Couch ab, die eine gesamte Wand des Wohnraums einnahm. »Bleib sitzen, ich hol eben Verbandszeug und Jodsalbe. Beweg dich nicht, okay?«

Er wartete ihre Antwort nicht ab, sondern lief hastig in den rückwärtigen Bereich des Trailers. Auf dem Weg dorthin schloss er die Eingangstür.

Mist, musste das sein? Solange die Tür aufstand, war die wärmende Nachmittagssonne in den Trailer geflutet und hatte die von der Klimaanlage erzeugte Kühle gemildert. Kendra fröstelte, dass ihre Zähne leise aufeinanderklapperten. Sie starrte mit leerem Blick auf den tragbaren Bildschirm gegenüber der Couch, während sie verzweifelt versuchte, sich zu kontrollieren, bevor Joel zurückkehrte.

»Verdammt nochmal!«, dröhnte Joels schroffe Stimme durch das Wohnmobil. Er tauchte mit einem Erste-Hilfe-Kasten, einem Handtuch und einer Schüssel Wasser wieder auf, stellte alles neben sie. »Du zitterst ja wie eine Malariakranke. Hast du nicht steif und fest beteuert, du wärst völlig okay?«

»Ich bin okay«, versetzte sie hastig. »Es liegt bloß an der Aircondition, die auf vollen Touren läuft. Nach der Hitze draußen muss sich mein Körper daran erst gewöhnen. Ich bin gleich wieder okay.«

»Dein Wort in Gottes Gehörgang.« Er erhob sich geschmeidig und lief zu dem eingebauten Kleiderschrank. Kam mit einer grauen Tweedjacke zurück, die er ihr um die Schultern legte. Sie duftete nach einem holzig-würzigen Aftershave und edler Wolle und war himmlisch warm. Trotzdem versuchte Kendra geistesgegenwärtig, das gute Stück abzuschütteln.

»Nein«, protestierte sie. »Nachher kommt noch Blut auf deine schöne Jacke.«

»Bleib still sitzen«, sagte er dumpf und kniete sich

neben sie. Er öffnete den Erste-Hilfe-Kasten, nahm Verbandszeug, Schere, Jodsalbe heraus und verteilte alles auf dem Boden. Dann nestelten seine Hände an ihrer Bluse, öffneten blitzartig die Knöpfe.

»Aber Blutflecke bekommt man schwer wieder raus …«

»Darin bist du bestimmt eine Expertin, aber das interessiert mich offen gestanden nicht die Bohne.« Er schob die Bluse auseinander und starrte Kendra verblüfft an. »Was hast du denn da an?«

»Gepolsterte Schutzkleidung.« Sie blickte an der dünnen langärmeligen Weste hinunter. »Kann ich nur wärmstens empfehlen. Ist nicht allzu sperrig, obwohl das Material extrem belastbar ist, und schützt besser, als man meint. Das Zeug wurde von der NASA entwickelt, für ihr Astronautenprogramm.«

»Ich bin hin und weg«, sagte Joel trocken. »Und was ist mit dem Riss im Ärmel? Ich meine von wegen extrem belastbar und so.«

»Das Ding ist keine Rüstung, sondern lediglich ein Aufprallschutz, eine Art Kissen. Konnte ich denn ahnen, dass ich auf Felsen auftreffe!?«

»Meinst du, mir wäre es anders gegangen?«, meinte er rau. Er öffnete die Weste und zog sie ihr behutsam über die Schultern. »Ich war fest davon überzeugt, dass für dich null Gefahr bestand. Meinst du, sonst hätte ich zugelassen, dass du die Szene wieder und wieder probierst?« Er starrte missmutig auf das weiße Stretchteil, das unter der Weste zum Vorschein kam. »Kruzifix, und was ist das hier? Noch 'ne Schutzweste?«

Sie schüttelte den Kopf. »Das ist eine Stretchbandage, um meine Brüste flacher zu machen. Ich muss sie die ganze Zeit tragen, wenn ich Billie double.« Sie schob eilends nach: »Lass sie ruhig dran. Ich hab sie mir unter den Achseln umgewickelt. Sie stört dich bestimmt nicht, wenn du meinen Arm verbindest.«

Seine Hände nestelten jedoch bereits an ihrem Rippenbogen herum, um den Verschluss zu öffnen. »Das kommt runter. Stell ich mir mörderisch unbequem vor, sich in dieser Zwangsjacke bewegen zu müssen. Keine Sorge. Ich hab nicht vor, über dich herzufallen. Ich kämpf zwar im Moment mit verdammt vielen Gefühlen, aber die Lust auf Sex ist mir erst mal gründlich vergangen.« Er entfernte schnell und geschickt die Bandage und betrachtete emotionslos ihre nackten Brüste, die ihm dank seiner Befreiungsaktion in ihrer ganzen Fülle entgegenhüpften. »Es grenzt an Körperverletzung, was du ihnen antust.« Er löste die Klämmerchen, mit denen die Perücke an ihrem Kopf befestigt war, und strich mit den Fingern über Kendras brünette Locken, die sich wild um ihre Schultern bauschten. »Na endlich. Ohne diese Kostümierung gefällst du mir entschieden besser. Ich dachte schon, ich krieg das ganze Zeug nie runter.« Er drückte den seifigen Waschlappen in dem warmen Wasser aus und fing an, ihr damit behutsam Gesicht und Hals abzutupfen.

Kendra fand es irgendwie entspannend, ganz still dazusitzen, während er mit dem Waschlappen über ihre Brüste und ihren Bauch strich und ihr dann das

Tweedsakko von den Schultern nahm. Kaum streifte die kühle Luft ihre feuchte Haut, begann sie wieder zu zittern. »Ich hol dir schnell was zum Überziehen, ich bin in einer Minute zurück«, sagte er, nachdem er ihr Schultern und Arme gesäubert hatte. »Diese Schnittwunde ist zum Glück halb so wild. Als ich vorhin das ganze Blut sah, dachte ich, du wärest ernsthaft verletzt. Dabei ist es bloß ein kleiner Kratzer.«

»Ich hab dir gleich gesagt, dass du dir unnötig Sorgen machst. Totaler Blödsinn, wegen so einer Lappalie den Dreh zu unterbrechen.« Sie sah ihm dabei zu, wie er Jod auf die ausgezackte Schnittwunde gab und dann den Verband anlegte. »Jetzt liegst du hinter dem Zeitplan, und das muss doch nicht sein, oder? Wenn du mich zurückfährst, bekommen wir die Szene garantiert heute Nachmittag noch hin.«

»Gibst du eigentlich nie auf?« Er trocknete sie mit einem weichen Frotteetuch ab. »Ich fahr dich gleich in deinen Bungalow, und dann legst du dich schön hin und ruhst dich aus. Wetten, du hast morgen dermaßen Muskelkater, dass du dich nicht rühren kannst?«

»Ein Grund mehr, die Szene *heute* abzudrehen«, beteuerte sie hartnäckig. Sie beobachtete, wie er zum Schrank ging und ein kragenloses schwarzes Hemd mit langen Ärmeln vom Bügel nahm. »Das mit dem Unfall hab ich durch eine blöde Nachlässigkeit verschuldet, und ich lasse mir nicht nachsagen, ich hätte bloß wegen ein paar kleiner Kratzer die Produktion aufgehalten.«

Daraufhin brummelte er irgendetwas Abfälliges

und lief zu ihr zurück. Er hielt ihr das Hemd hin, schob behutsam ihre Arme in die Ärmel. »Okay, vergiss es.« Er kniete vor ihr, seine Hände an den untersten Hemdknöpfen. »Du zitterst grottenerbärmlich, dass du kaum sitzen kannst, und trotzdem willst du mir erzählen, dass du so was wie ein weiblicher Superman bist.« Dabei würdigte er Kendra keines Blickes, sondern konzentrierte sich auf jeden einzelnen Knopf, den er schloss. »Man muss nicht jeden Tag vierundzwanzig Stunden lang stark sein.« Seine Stimme klang seltsam belegt. »Verdammt, man muss sich auch schon mal helfen lassen. Ich möchte, dass du dir von *mir* helfen lässt, Kendra.«

Sie fixierte seine Hände, die ihr gerade das schwarze Hemd zuknöpften, und bemerkte verwundert, dass sie nicht die Einzige war, die zitterte. Joels lange schlanke Finger zitterten so sehr, dass er es kaum schaffte, die beiden unteren Knöpfe zu schließen. Und er war schneeweiß im Gesicht, stellte sie fest. »Joel«, meinte sie nach kurzem Zögern, ihre Augen umwölkt vor Besorgnis. »Was ist denn los? Hast du irgendwas?«

Er tat einen tiefen zerrissenen Atemzug und wich ihrem Blick aus. »Das kannst du laut sagen. Ich fühl mich total mies.« Er gab den Kampf mit den Knöpfen auf, schloss frustriert die Augen und schmiegte seine Stirn an ihre Brust. »Grundgütiger, ich hab mich noch nie so mies gefühlt.«

Ihre Hände wühlten sich instinktiv in sein dunkles dichtes Haar, drückten ihn zärtlich an sich. »Oh, Joel, das kapier ich nicht …«

Er vergrub seinen Kopf wie ein furchtsamer kleiner Junge an ihrer Schulter, schob das offene Hemd auseinander und presste seine Wange an ihre warme nackte Brust. »Du bist so weich und weiblich. Das hatte ich in den letzten zwei Wochen fast verdrängt.« Seine Lippen streiften zart ihre winzige Knospe. »Ich hab das nicht gewollt, Kendra. Es lag mir fern, dich in irgendeine gefährliche Situation zu bringen. Bitte, du musst mir glauben.«

»Ich glaube dir.« Kendras Kehle war wie zugeschnürt. Sie streichelte ihm zärtlich übers Haar. »Und ich vertraue dir, Joel.«

»Ich weiß nicht, wie du mir noch vertrauen kannst.« Er strich mit der Wange sacht über ihre Brüste, und sie fühlte seinen rauen Bartansatz. »Nach dem Fiasko der vergangenen Wochen? Und dem, was ich dir heute eingebrockt hab? In einem täuschst du dich nämlich ganz gewaltig: Es war nicht deine Schuld, dass wir die Szene heute nicht abgedreht bekommen haben. Ich bin daran schuld. Ich hab heute Mist gebaut. Und wenn du dich ernsthaft verletzt hättest, ginge das genauso auf mein Konto.« Er lachte freudlos. »Ich hab mir eingeredet, ich müsste dir eine Lektion erteilen. Dir demonstrieren, dass du eine glatte Fehlbesetzung bist und das Geld nicht wert, das du für deinen Job bekommst. Das war borniert und hirnrissig von mir. Du lagst goldrichtig mit deiner Einschätzung. Ich wollte dich kleinmachen. Hatte es voll darauf angelegt, dass du vor dem großen Joel Damon kapitulierst. Ich hab es zwar so verkleistert, dass es zu deinem eigenen Schutz wäre, aber es war in erster Linie reiner Selbstschutz. Kendra, ich fühlte unterschwellig, dass ich mich bis über beide Ohren in dich verknallt hatte, und das mochte ich nicht wahrhaben. Das war mir noch bei keiner Frau passiert. Damit kann ich nicht umgehen. Kannst du das verstehen?«

O ja, sie verstand ihn. Was er da sagte, spiegelte den Kampf, den sie seit jener gemeinsamen Nacht mit sich ausfocht. Die Tatsache, dass der Mann in ihren Armen genauso empfand wie sie, brachte sie einander noch näher, fand Kendra. Es war schön und erhebend, Empfindungen zuzulassen und sich nicht mehr dagegen sträuben zu müssen. Seiner entwaffnenden Ehrlichkeit hatte sie nichts entgegenzusetzen. »Du hast bloß deinen Job gemacht«, versuchte sie ihn zu beschwichtigen. »Das ist mir inzwischen klar geworden.«

Er hob den Kopf und heftete seine dunklen Tiefen vorwurfsvoll auf ihr Gesicht. »Du schwindelst. Versuch ja nicht, mir ein X für ein U vorzumachen. Du wusstest genau, was Sache war. Das hab ich dir angemerkt, jedes Mal, wenn ich dich ein bisschen mehr schikanierte. Manchmal, wenn ich sah, wie ausgepowert du warst, hätte ich am liebsten Schnitt! gebrüllt und dich zärtlich in meine Arme geschlossen. Um dich vor den Schurken dieser Welt zu beschützen.« Seine Lippen verzogen sich zu einem bitteren Lächeln. »Ging bloß nicht, weil ich selbst einer von diesen Schurken bin. Folglich hab ich dich noch heftiger drangsaliert und dabei billigend in Kauf genommen, dass du immer dünner wurdest und mittlerweile dunkle Ringe unter den Augen hast.« Sein Finger strich über ihre eingefallene Wange. »Einerseits hab ich dir ganz bewusst Stress gemacht, andererseits hat es mir selbst wehgetan, wie ich mit dir umspringe.« Er schüttelte bestürzt den Kopf. »Mit einem Mal hatte ich das Gefühl, dass wir irgendwie miteinander verbunden sind und dass ich deine Gedanken lesen kann. Mannomann, Freud hätte an mir in den letzten zwei Wochen ein dankbares Forschungsobjekt gehabt.«

»Weißt du, du hättest jederzeit einlenken können«, versetzte sie mit einem matten Lächeln. »Ich hatte es so satt. Ich wäre garantiert auf jedes Friedensangebot eingegangen.«

Er schüttelte den Kopf. »Das packte ich schlichtweg nicht.« Sein Finger zeichnete zärtlich ihre Unterlippe nach. »Verstehst du, ich war nicht mehr Herr meiner Entscheidungen. Das Ganze hat sich irgendwie verselbstständigt. Ich verlor jeden Tag an Bodenhaftung, jeden Augenblick, den ich mit dir verbrachte. Meine Zuneigung zu dir wuchs, aber das wollte ich nicht akzeptieren. Stattdessen hab ich mich abgelenkt, indem ich deine Nehmerqualitäten und deine Frustrationstoleranz austestete – ich beobachtete, wie du *leidest*. Trotzdem warst du stark und diszipliniert und immer freundlich zu allen am Set.«

Er legte die Stirn in Falten. »Du warst freundlich zu allen, bloß nicht zu mir. Gott, war ich eifersüchtig, wenn ich dich mit Billie sah. Wenn ihr gelacht und rumgealbert habt. Dein Gesicht strahlte wie das eines unbekümmerten jungen Mädchens. Kaum hast du mich angesehen, hast du dichtgemacht. Keine Ahnung warum, aber es ging mir verdammt an die Nieren. Wie alles, was du gesagt und gemacht hast.«

Wie sich die Bilder gleichen, seufzte Kendra insgeheim. »Ich musste dichtmachen«, räumte sie ein. »Weil ich unter allen Umständen vermeiden wollte, dass du mir wehtust. Ich hab es schon schwer genug im Leben, da brauch ich mein Herz nicht auch noch an einen Mann zu hängen, der mich nicht so sehen mag, wie ich wirklich bin.«

»Was du sagst, stimmt«, räumte er zerknirscht ein. »Ich Idiot mochte nicht wahrhaben, dass ich mich Illusionen hingebe, aber inzwischen hab ich es gerafft. Du bist nicht mehr meine Regenbogenlady.« Seine Augen blickten ernst. »Du bist für mich real. Realer als jede andere Frau. Und ich mag nicht mehr kämpfen, Ken. Nachdem ich dich da unten am Fuß des Abhangs liegen sah, wusste ich, dass ich den Kampf verloren hatte.« Er umschloss mit seinen Händen zärtlich ihr Gesicht. »Ich werde dir nie wieder wehtun. Ich möchte dir leidenschaftlich gern zeigen, dass ich in Wirklichkeit ganz anders bin als am Set, wo ich voll den Chauvi hab raushängen lassen. Darf ich es dir beweisen?«

»Und, würde das etwas ändern?«, gab sie unschlüssig zurück. »Glaub mir, eine Beziehung zwischen uns beiden kann nicht funktionieren. Dafür gibt es zu viele Faktoren, die gegen uns arbeiten.«

»Ich weiß nicht, wie du empfindest, aber ich habe

mich entschieden.« Er fixierte Kendra beschwörend. »Ich verlang ja gar nicht, dass du gleich bei mir einziehst. Ich denke, ich kenne dich inzwischen gut genug, um zu wissen, dass du mir diesbezüglich ganz rigoros einen Korb geben würdest.« Seine Lippen zuckten. »Ehrlich gesagt will ich das auch erst mal gar nicht.«

Sein Blick heftete sich auf die reizvolle Wölbung ihrer Brüste, die das aufklaffende Hemd entblößte. »Ich kann dir jedoch nicht garantieren, dass mein Enthaltsamkeitstick noch lange trägt. Dir ist sicher klar, wie sehr ich dich begehre.« Ein kleines Lächeln huschte über seine Lippen, als er Kendras unmissverständliche Reaktion auf seinen sehnsuchtsvollen Blick gewahrte. Er neigte sich vor und hauchte einen fedrigen Kuss auf ihre harte, dunkle Spitze. »Du willst es auch, nicht wahr, Liebes? Keine Ahnung, wer von uns beiden eher schwach werden wird, trotzdem finde ich, wir sollten auf jeden Fall mal versuchen, wie lange wir es ohne aushalten.«

Seine Hände lösten sich von ihrem Gesicht und widmeten sich abermals den Hemdknöpfen. »Sex hat die unangenehme Nebenwirkung, dass die Realitäten verwischen, und ich möchte, dass zwischen uns beiden künftig absolute Klarheit herrscht.« Der letzte Knopf war zu, und er sank auf die Fersen zurück. »Du bist mir noch eine Antwort schuldig.«

Kendra wollte etwas entgegnen, doch dann las sie das stumme Flehen in seinem Blick: *Bitte, Ken, sag jetzt nicht Nein!* Jeglicher Widerspruch erstarb auf ihren Lippen. Ob es klug war von ihr, hätte sie nicht zu sagen vermocht. Sie wusste ohnehin, wie ihre Antwort lauten würde. Er hatte etwas in ihr zum Schwingen gebracht, sie tief berührt, dass sie gar nicht anders konnte.

»Mmh, dann musst du die Frage klarer formulieren«, zog sie ihn auf. »Du hast mir bislang bloß aufgezählt, was du alles nicht willst.«

Sie fühlte geradezu körperlich, wie die Spannung von ihm abfiel. »Wenn du Klarheit willst, okay, dann sag ich es dir eben auf meine Art.« Er schloss sie zärtlich in seine Arme und schmiegte sie für einen langen, friedvollen Augenblick an sich. Dann hob er ihr Kinn an, suchte ihren Blick.

»Ich will, dass du bei mir bist. Ich werde die Stunts auf die nächste Woche verschieben, trotzdem möchte ich dich am Set dabeihaben. Ich möchte dich jede Minute um mich haben, mit dir den Tag beginnen. Ich möchte dich so wie jetzt in meinen Armen halten, wann immer es möglich ist, und dich küssen.« Seine Lippen bedeckten ihre mit einem zarten, sehnsuchtsvollen Kuss, und Kendra fühlte spontan ein warmes erregendes Prickeln, das sich in ihrem Schoß ausbreitete. Er hob den Kopf. »So wie jetzt. Alles andere überlassen wir der Zeit und dem Schicksal. Okay?«

»Okay«, flüsterte sie weich. Obwohl sie weiterhin zitterte, war ihr bestimmt nicht mehr kalt. Eine angenehme Wärme durchflutete ihren Körper, als würde sie von einem strahlenden Sonnenaufgang geküsst. »Wir überlassen es dem Schicksal.«

Er küsste sie abermals, sinnlich, zärtlich. »Und das aus dem Mund meiner höchst pragmatischen Lady.« Er atmete tief ein und ließ sie los. »Ich glaub, es wird Zeit, dass ich dich in deinen Bungalow fahre. Du gehörst ins Bett.« Er zog eine Grimasse. »Und ich fahr zurück zum Set und kümmere mich um den Drehplan für die nächste Woche.« Als sie protestieren wollte, winkte er ab. »Keine Widerrede. Soweit es möglich ist, arrangiere ich natürlich alles nach deinen Wünschen.« Er schlang fürsorglich einen Arm um ihre Taille und zog sie auf die Füße. »Du zitterst ja noch immer«, stellte er stirnrunzelnd fest.

»Ach, das ist halb so wild«, sagte sie gespielt locker. »Ich werde Yusef nachher bitten, mir eine Tasse Tee zu machen, und dann bin ich wieder okay.«

»Yusef?« Er blies die Backen auf. »Ach ja, Billies Überraschungsei, den hatte ich ganz verdrängt. Er macht euch doch hoffentlich keinen Ärger, oder?«

»Nöö, für meinen Geschmack ist er bloß ein bisschen arg anhänglich«, giggelte sie. »Wenn Billie irgendwohin geht, folgt ihr treuer Bernhardiner, Rettungsbrandy und gefletschte Zähne inklusive. Er bezeichnet sich selbst hochtrabend als *Majordomo*. Er macht sauber, wäscht unsere Sachen, meckert rum, wenn Billie irgendwelchen Junkfood in sich hineinstopft. Er kocht mindestens einmal am Tag ein Dreigängemenü für sie.« Sie lachte. »Ich bekomm natürlich immer was ab und fühle mich geschmeichelt.«

Er schmunzelte. »Ich kann mir lebhaft vorstellen, wie die verrückte kleine Amazone darauf reagiert. Inzwischen schläft er doch bestimmt nicht mehr vor eurer Haustür, oder?«

Kendra schüttelte ausgelassen ihre dunklen Locken. »Billie hat ihm ein Eckchen im Wohnzimmer überlassen, wo er seinen Schlafsack ausrollen kann. Weil sie schwerste Bedenken hatte, dass der Ärmste sich draußen erkälten könnte. Ich bin mir nicht wirklich sicher, wer hier eigentlich wen bemuttert. Nachdem sie weiß, dass Yusef ein paar Brocken Englisch spricht, gibt sie ihm fleißig Nachhilfeunterricht. Damit er das mit dem Bordellrausschmeißer knicken und sich irgendwann um einen besseren Job bewerben kann, schätze ich. Mach dich darauf gefasst, dass sie dich demnächst darauf anspricht, ob du nicht was Passendes für ihn hast.«

»Bei Billie wundert mich so schnell nichts mehr«, sagte Joel trocken. »Ich hoffe bloß, dass sie bei *was Passendem* nicht an meinen Job denkt.« Er öffnete die Tür und half ihr die Stufen hinunter. »Momentan wäre es mir gar nicht unrecht, wenn dieser Yusef ein bisschen mehr auf dich aufpassen würde.«

6

»Das lasse ich mir nicht bieten«, bellte Dirk Danford. »Ich steige aus. Haben Sie mich verstanden, Damon?«

Kendra und Billie blickten verdutzt auf. Sie saßen am Set, ein paar Meter von den Kameras und der Beleuchtung entfernt. Der dunkelhaarige Adonis und Traummann von Millionen Frauen sah momentan alles andere als attraktiv aus. Sein Gesicht rot wie eine reife Tomate, seine Lippen zu einer schmalen Linie zusammengepresst, baute er sich vor Joel auf und wedelte ihm mit einem schwarzseidenen Fummel vor dem Gesicht herum. Kendra schüttelte bloß den Kopf, als sie sah, dass Joel sich von dem Beleuchtungsdirektor abwandte, mit dem er gerade diskutierte, und Danford fixierte, seine Augen frostig wie Eisnadeln. Nach den letzten Wochen konnte sie Billies Urteil vollkommen bestätigen: Dirk Danford war ein eingebildeter Schönling und – wie sich eben herausstellte – ein kompletter Vollidiot. In dem Ton, den er da anschlug, kommunizierte man nicht mit Joel Damon, auch nicht, wenn man ein Superstar war.

»Joel«, schob Dirk nach, »wenn Sie das nicht umgehend klären, bin ich weg.«

»Das nehm ich Ihnen nicht ab«, versetzte Joel gefährlich sanft. Schlagartig war die sonst freundlich-kollegiale Atmosphäre am Set um ein paar Grad kälter. »Einfach die Brocken hinschmeißen wäre eine grobe Vertragsverletzung. Nee, ich glaube, dafür sind selbst Sie zu intelligent, Dirk. Ich plane, nachher die letzte Liebesszene mit Ihnen und Brenna zu drehen, und die will ich heute Abend im Kasten haben. Danach können Sie meinetwegen machen, was Sie wollen.« Er spähte auf den Fummel in Danfords Hand. »Hat dieses Ding etwa mit dem Schwachsinn zu tun, den Sie da faseln? Verdammt, was ist das?«

»Meine Boxershorts.« Danford hielt sich das Teil vor den Bauch und strich es mit einer dramatischen Geste glatt. »Schauen Sie sich das an. Ich werde Stunden dafür brauchen, um all die Knoten wieder rauszumachen. Und meine anderen Shorts sehen genauso aus. Irgendjemand meint, mir eins auswischen zu müssen! Es ist eine dreiste Unverschämtheit – hinter meinem Rücken wird eiskalt gegen mich gemobbt!«

»Wow, schwarzseidene Boxershorts?«, flüsterte Kendra.

»Hat er Ihnen das nicht verklickert? Dirk ist ein Sexgott«, murmelte Billie.

»Und das ist längst nicht alles«, wetterte Dirk weiter. »Vor zwei Tagen hat mich irgendjemand in meinem Trailer eingeschlossen. Ich hab eine geschlagene

Stunde lang geklopft und gerufen, bis jemand kam und mich rausließ.«

»So beliebt, wie Dirk hier ist, kann er von Glück sagen, dass es bloß eine Stunde war und nicht ein ganzer Monat«, raunte Billie mit gesenkter Stimme.

»Sie werden es nicht glauben, was ich gestern Morgen entdeckte, als ich meine Schuhe anziehen wollte. Weg, weg, einfach weg«, tobte er mit sich überschlagender Stimme. »Wie kann von jedem Paar, das ich besitze, ein Schuh spurlos verschwinden?« Er hob einen Fuß. »Sehen Sie mal. Ein Tennisschuh und ein Mokassin. Ich seh verboten aus, echt zum Piepen!«

Kendra konnte nicht mehr, sie begann zu kichern. Das blieb dem aufgebrachten Schauspieler nicht verborgen. Sein Blick schoss in die Ecke, wo die beiden jungen Frauen saßen. Als er Billie erspähte, die sich neben Kendra auf einem Stuhl fläzte, sah er rot.

»Sie!« Er stampfte zu ihr und funkelte sie vernichtend an. »Sie wissen von der Sache, nicht? Wer war es? Wer hat das gemacht?«

»Mmh, womöglich irgendein Poltergeist?«, gab Billie scheinheilig zurück und blinzelte ihn aus treuherzigen Augen an.

»Unverschämtheit«, stieß Danford zwischen zusammengebissenen Kiefern hervor. »Sie finden das wohl auch noch lustig, was?« Er steckte seine Hand in die Jackentasche und kramte ein paar Notizzettel hervor. »Und davon haben Sie sicher auch nicht die leiseste Ahnung, hä?« Er las stirnrunzelnd die erste Notiz vor. »Dir gehört der Schwanz abgeschnitten,

Danford.« Er las die nächste vor. »Wenn du keinen Ärger haben willst, behalt deine Finger bei dir und lass die Frau deines Produzenten in Ruhe.« Er zerknüllte die Zettel und warf sie auf den Boden. »Ich hab diese Dinger in meiner Garderobe gefunden, sie klebten an meinem Spiegel. Als ich gestern aus der Dusche stieg, klebte einer an der Duschkabinentür.«

Kendra torpedierte Billie mit einem argwöhnischen Blick. Hatte ihre engagierte Mitbewohnerin nicht erwähnt, dass Brenna ein bisschen Unterstützung nötig hätte? Himmel, das mit dem Poltergeist war der Witz schlechthin.

»Tsts, selber schuld, wenn Sie sich den Schuh anziehen«, meinte Billie gedehnt. Sie presste eine Hand vor den Mund. »Huch! 'tschuldigung! Hatte ich glatt vergessen, aber Sie sind ein bisschen empfindlich, was das Thema Schuhe betrifft, stimmt's?«

Joel trat zu ihnen. »Wollen Sie mein Team noch länger aufmischen, oder sind Sie allmählich durch mit Ihren Anschuldigungen? Ansonsten wäre ich Ihnen dankbar, wenn Sie sich woanders austoben würden, Dirk.« Seine Stimme troff vor Sarkasmus. »Was halten Sie übrigens davon, mal langsam Ihren Text zu lernen? Zumal Sie heute Morgen dauernd gepatzt haben, als Sie dran waren.«

»Ich hab genau gesehen, dass Ihr arabischer Schlägertyp dauernd vor meiner Umkleide herumlungerte«, ätzte Dirk und zeigte mit dem Finger auf Billie. »Ich weiß, dass Sie ...«

»Dirk, bitte!«, sagte Joel leise bedrohlich.

»Verdammte Ratten, alle, wie sie da sind!« Danford drehte sich auf dem Absatz um und entschwand wutschnaubend in seine Garderobe.

Joel kniff die Augen zusammen und fixierte Billie skeptisch. »Ich tippe mal, du hast nicht den Schatten einer Ahnung, was da abgeht, Süße?«

»Wer, ich?« Billie machte große Augen. »Sehe ich so aus, als würde ich in die Privatsphäre fremder Männer eindringen und ihnen in der Dusche auflauern?« Sie grinste naiv. »Ich bin schließlich kein Spanner. Obwohl, wenn ich genauer darüber nachdenke, bin ich wahrscheinlich die einzige Frau, die Dirk Danford nicht anmachen würde. Es sei denn, bei ihm bräche der sexuelle Notstand aus«, giggelte sie.

»Der soll sich mal nicht so künstlich aufregen. War doch nicht gelogen, was auf den Zettelchen stand«, meinte Kendra augenzwinkernd.

»Billie, ich weiß zwar nicht, was du damit bezweckst, aber lass diesen arroganten Affen in Ruhe«, schaltete Joel sich ein, seine Stimme warnend. »Ich hab einen Film fertigzustellen und will keinen Ärger, okay?«

Billie sprang auf und drückte überschwänglich Joels Arm. »Mach dir keinen Kopf, Joel«, meinte sie begütigend, bevor sie sich zum Gehen wandte. »Der Mann hat offensichtlich null Standvermögen. Das regelt sich von selbst, wart's ab.«

Joel sah Billie halb skeptisch, halb belustigt nach. »Was meinst du damit: Das regelt sich von selbst?«

»Ich glaube, das fragst du besser nicht«, sagte Kendra trocken.

»Da hast du wahrscheinlich Recht.« Er ließ sich in den freien Regiestuhl sinken. »Das hat mir gerade noch gefehlt, persönliche Konflikte am Set.« Er zog eine Grimasse. »Und wenn Billie ihre Finger im Spiel hat, eskaliert das Ganze bestimmt in einem riesigen Tohuwabohu.«

»Das packst du schon«, beschwichtigte Kendra. Im Laufe der letzten Woche hatte sie beobachten können, dass Joel so ziemlich alles managte. Er stellte sich Problemen, die andere Regisseure in den Wahnsinn getrieben hätten. »Wie ich dich inzwischen kenne, brauchst du diese kleinen Krisen wie die Luft zum Atmen.«

»Ja, ja, ich pack das schon«, meinte er abwesend und fasste ihre Hand. »Obwohl ich auf Probleme momentan gut verzichten kann. Ich hatte mir von dieser Woche mehr versprochen. Ich hatte kaum eine Minute mit dir allein, von allem anderen mal ganz abgesehen.«

»Von allem anderen mal ganz abgesehen?«, wiederholte Kendra mit einem koketten Lächeln.

Die sexuelle Anspannung zwischen ihnen hatte sich in den letzten paar Tagen merklich gesteigert, auch bedingt durch den eng gesteckten Drehplan. Sie hatten kaum Zeit füreinander. Eigentlich war sie froh um diesen Aufschub. Sie freute sich, wenn er während der Einstellungen von seinen Regieanweisungen aufschaute und ihr warm zulächelte. Es gefiel ihr, wenn er in den Pausen kurz zu ihr kam, ihre Hand fasste und sie zärtlich drückte. Bisweilen erklärte er ihr einzelne Szenen; bisweilen schwieg er, als versuchte er, eines von zig Problemen zu lösen, mit denen er tagtäglich konfrontiert wurde. Sie mochte es sogar, wenn er ihr einen zarten Kuss auf die Wange hauchte, obwohl er in Gedanken ganz woanders war. Es war eine liebevoll vertraute Geste, wie bei einem Ehepaar, das seit Jahren verheiratet war.

»Du weißt genau, wie ich das meine.« Seine intensiv grünen Augen klebten an ihren Lippen. »Ich hatte in den letzten drei Tagen keine Gelegenheit, mit dir zusammen zu sein.« Mit seinem Daumen strich er zärtlich über ihren Handballen. »Und ich möchte mit dir zusammen sein, Kendra. Ich brauche dich.«

Sie spürte, wie ihre Lippen unter seinem Blick vibrierten, und löste hastig den Blickkontakt. »Du warst schwer im Stress. Der Film ist so gut wie abgedreht, oder?«

Er nickte. »Heute Nachmittag drehen wir die letzte Dialogszene.« Er drückte ihre Hand. »Am Abend schaue ich mir sämtliche Clips an und entscheide, ob einzelne Einstellungen nachgedreht werden müssen. Wenn nicht, können Brenna und Dirk morgen fliegen«, versetzte er mit Bestimmtheit. Zwischen seine Brauen schob sich eine steile Falte. »Ich hoffe schwer, dass wir alles im Kasten haben. Zumal Michael Donovan es nicht gern sieht, dass Brenna Schlafzimmerszenen dreht, wenn er nicht am Set ist. Falls wir einzelne erotische Einstellungen noch mal filmen müssen, bringt der mich glatt um!« Er neigte sich vor und hauchte Kendra einen fedrigen Kuss auf die Stirn. »Morgen hab ich Zeit«, versprach er, als er sich zu seiner vollen Länge aufrichtete. »Und wenn ich die ganze Nacht durcharbeiten muss. Morgen nehmen wir uns ein bisschen Zeit füreinander.« Er schnellte herum und lief mit ausgreifenden Schritten zu der zweiten Kamera, die neben dem breiten Doppelbett aufgebaut stand, das die Kulisse für die nächste Szene dominierte.

Vielleicht, sinnierte Kendra trocken. Sie beobachtete, wie Joel mit hoch konzentrierter Miene dem Kameramann Anweisungen gab. Er war zweifellos ein Perfektionist, und als solcher hatte er es nicht immer einfach.

»Hi, ist es okay, wenn ich mich zu Ihnen setze? Oder kommt Joel noch mal zurück?«

Kendra blickte auf. Brenna Donovan strahlte sie an.

»Nein, erst wenn die Szene im Kasten ist. Und das kann noch Stunden dauern, meinte er.« Sie mochte Brenna gern. Leider hatten sie selten Gelegenheit, miteinander zu plaudern. Kein Wunder angesichts von Joels Mammutdrehplan. Kendra fand, dass Brenna absolut professionell arbeitete, außerdem war sie eine warmherzige, charmante Frau. Sie trug ein gelbseidenes Negligee und sah darin hinreißend aus. Ihre kräftig braunen Haare hoben sich schimmernd von dem zarten Mimosengelb ab. »Sie sehen absolut toll aus, Brenna.«

Brenna setzte sich und wiegte skeptisch den Kopf. »Na ja, wenigstens ist es nicht durchsichtig«, konterte sie. »Dirk wäre bestimmt happy, wenn er bei unseren Erotikszenen eine Gratispeepshow bekäme. Den Gefallen tu ich ihm aber nicht. Igitt, allein bei der Vorstellung krieg ich Gänsehaut.«

»Sind Sie nervös bei solchen Szenen?«

»Ein bisschen«, räumte Brenna ein, ihr Blick zielte vielsagend auf das Bett. »Sonst ist Michael immer dabei, wenn ich so was drehe. Dieses Mal fand er wohl, dass er nicht mitzukommen braucht, zumal Joel der Regisseur ist. Er hält große Stücke auf Joel.«

»Billie erzählte mir, dass Sie Probleme mit Dirk hätten.«

»Das ist noch milde ausgedrückt.« Brenna seufzte. »Der Typ hat so viele Arme wie ein Oktopus und kennt echt null Schamgefühl! Ich hab die ganze Woche Muffe vor dieser Szene gehabt. Sie machen sich gar keine Vorstellung davon, was unter einer Bettdecke alles abgehen kann, obwohl dreißig oder vierzig Leute am Set rumgeistern.«

»Beschweren Sie sich bei Joel«, schlug Kendra vor. »Sobald er davon erfährt, wird er entsprechend reagieren und Dirk mal empfindlich die Meinung geigen.«

Brennas Lippen wurden schmal. »Nein, ich möchte meine Probleme nicht dauernd auf Michael und Joel abwälzen. Mit Dirk werde ich schon selbst fertig.«

»Weil der sonst ordentlich eins auf die Mütze bekäme?« Kendra grinste wissend. »Ihr Mann soll angeblich nicht lange fackeln – wird zumindest gemunkelt.«

Ein zärtliches Lächeln huschte über Brennas Lippen. »Was Sie sagen, stimmt haargenau. Wenn Michael davon wüsste, würde er total ausflippen.« In ihre braunen Augen mischte sich ein Hauch von Sehnsucht. »Grundgütiger, ich vermisse meinen Mann! Bin ich froh, wenn ich morgen den Flieger nach London nehmen kann! Wir sind das erste Mal getrennt seit unserer Hochzeit. Und führen jeden Abend stundenlange Ferngespräche. Letzte Woche war Michael drauf und dran, die Kinder in ein Flugzeug zu packen und mit ihnen herzufliegen. Ich hab ihm das gerade noch ausreden können.«

»Sie haben Kinder?«

Brenna nickte. »Hmm, zwei, Randy und Janine. Für gewöhnlich reisen sie mit, der weite Flug nach Sedikhan war jedoch viel zu anstrengend für die Kinder. Folglich hab ich sie schweren Herzens bei Michael in London gelassen.«

Kendra fühlte mit ihr. Allmählich verstand sie Billies Entrüstung. Brenna war sehr unglücklich ohne ihre Familie, und anstatt dass Dirk Danford sie moralisch aufbaute, machte er ihr mit seinen blöden Avancen zusätzlich das Leben schwer. Das war echt nicht fair.

»Oh«, sagte Brenna düster. »Da kommt Mr. Macho persönlich.« Sie beobachtete resigniert, wie Danford den Set ansteuerte, in dem weinroten Frotteebademantel, in dem er schon den ganzen Morgen herumlief. Sie stand auf und schlang das Verschlussband ihres Negligees fester um ihre Taille. »Wünschen Sie mir Glück. Ich kann es gebrauchen.«

Kaum war Brenna gegangen, fläzte Billie sich in knallengen Jeans auf den frei gewordenen Stuhl neben Kendra und streckte lässig die Beine aus. »Brenna sieht einsame Spitze aus, oder?«, fragte sie und grinste breit. »Sehen Sie, sie hat auch nicht viel in der Bluse. Das macht mir ein wenig Hoffnung.«

»Ah, da sind Sie ja wieder. Ganz schön mutig«, zog Kendra sie auf. »Meinen Sie, Joel ist zu beschäftigt, um Ihnen noch mal auf den Zahn zu fühlen?«

Billie nickte. Ihr Blick hüpfte zu Joel und dann zu Brenna und Dirk. Ihre veilchenblaue Iris funkelte erwartungsvoll. »Ja, und wenn nicht, geh ich halt früh genug in Deckung. Aber das, was gleich kommt, möchte ich mir auf keinen Fall entgehen lassen. Ich wollte unbedingt einen Platz in der ersten Reihe, wenn nachher der Mordsknaller kommt.«

»Der Mordsknaller?«

»Psst, warten's Sie's ab«, raunte Billie. »Eine von den Stylistinnen, die schon im letzten Film für Dirk gearbeitet hat, hat mir da was gesteckt. Angeblich hat Dirk einen Extrastunt eingebaut, der selbst Sie vom Hocker reißen wird. Ich wette, er macht es heute wieder. Der Mann ist verdammt unoriginell.«

Kendra schoss ihr einen fragenden Blick zu, ehe sie sich voll auf die Action am Set konzentrierte.

Brenna, die ihr Negligee ausgezogen hatte, legte sich in das Filmbett. Joel gab ihr die letzten Anweisungen. Dann schweifte Kendras Blick zu der anderen Seite des Bettes, wo Danford stand, und schnappte nach Luft. Danford schüttelte eben den Bademantel von den Schultern … Darunter war er splitternackt!

»Was hab ich Ihnen gesagt?«, murmelte Billie.

Auf dem Set tobte der Mob. Brenna fielen fast die Augen aus dem Kopf vor Empörung, Joel blieb indes völlig cool. »Dirk, haben Sie es immer noch nicht kapiert? Es ist nicht vorgesehen, dass Sie Ihren Luxuskörper für diese Szene komplett entblättern, okay? Hier geht es nicht um Sex. Ich filme keine Nackteinstellungen, sondern bloß Ihren Oberkörper.«

»Ich weiß«, erwiderte Dirk herablassend. »Trotzdem habe ich für mich entschieden, dass ich mich in meinen Rollen immer voll einbringen sollte.« Das Gejohle der Crew, das daraufhin losbrach, quittierte er mit einem müden Achselzucken. »Wenn ich mich authentisch geben kann, spiele ich erheblich besser.«

»Meinetwegen können Sie sich die Eier piercen oder ein Arschgeweih stechen lassen«, versetzte Joel erkennbar verärgert. »Wir fangen jetzt an.« Er spähte fragend zu Brenna. »Oder haben Sie irgendwelche Einwände?«

Brennas Augen brannten vor Zorn, ihre Stimme blieb jedoch gelassen kühl. »Ich und Einwände?« Ihr Blick glitt über Danfords nackten Körper und blieb an seinem besten Stück hängen. »Bei dem kleinen Ding da?«

Dieses Mal bekam sich die Crew vor Lachen gar nicht mehr ein, und Danford lief feuerrot an. Er öffnete die Lippen zu einer Erwiderung, aber Joel hatte sich bereits abgewandt und verkniff sich ein Grinsen. »Gut. Nachdem alles geklärt ist, fangen wir an. Ab ins Bett, Dirk.«

»Mit dem größten Vergnügen«, meinte Dirk. Er setzte sich auf den Bettrand und schlug das Laken zurück. Sein Lächeln wie aufgemalt, glitt er unter die Decke und drängte sich anzüglich nahe an Brennas Körper. »Auf diese Szene freue ich mich schon den ganzen Film.«

Wie auf Knopfdruck beugte Billie sich ruckartig vor, ihre Miene mordlustig gespannt. »Mach ruhig weiter so«, fauchte sie weich. »Noch ein paar Zentimeter, Dirky-Baby.« Als hätte er Billie gehört, schenkte Dirk Brenna einen schmachtenden Blick à la Richard Gere und rutschte dabei noch näher an sie heran.

Plötzlich weiteten sich seine Augen vor Entsetzen. Er stieß einen gellenden Schrei aus, dass die Kulissen wackelten. Joel schwenkte zu ihm herum. Danford hetzte eben hektisch aus dem Bett und umklammerte seine nackten Pobacken wie ein kleiner Junge, der eine Tracht Prügel bezogen hat. »Hilfe, Feuer! Ich verbrenne! Verdammt, steht nicht blöd rum! Helft mir doch endlich!«

Feine Rauchnebel stiegen mitten aus dem Bett an die Decke, und Kendra war einen kurzen Moment lang überzeugt, dass es tatsächlich brannte. Dann bemerkte sie das kristalline Glitzern in der Besucherritze, präpariert auf einem Stück Öltuch. Das Ganze war fein säuberlich mit Plastikfolie abgedeckt.

»Trockeneis!«, japste sie. »Billie, waren Sie das?« Sie drehte sich zu dem Stuhl neben ihr, aber der war leer. Billie verdrückte sich eben ins Freie, das Sonnenlicht zauberte tausend Sterne auf ihre roten Locken. Aha, der Scherz ging eindeutig auf das Konto der jungen Nachwuchsschauspielerin. Als Kendras Blick abermals das Ausmaß des Desasters einfing, das ihre findige Mitbewohnerin angerichtet hatte, konnte sie nicht mehr an sich halten. Sie brach in schallendes Gelächter aus.

Da war sie nicht die Einzige. Das komplette Casting und die Crew bogen sich vor Lachen. Danfords blindwütige Miene bot ein Bild für die Götter. Brenna sank in die Kissen zurück, ihr Körper von Lachkrämpfen geschüttelt, und Joel feixte von einem Ohr zum anderen.

»Wo ist sie hin?«, tobte Danford. Er torpedierte die Filmcrew mit wirren Blicken. »Wo ist Billie Callahan? Ich bring dieses Luder um!«

Nachdem Joel sich leidlich wieder gefasst hatte, trat er zu Danford und reichte ihm den Bademantel. »Hier. Ich glaube, die Lady hat sich clevererweise verdrückt«, meinte er insgeheim schmunzelnd. »Und ich geb Ihnen einen guten Rat, Danford. Lassen Sie die Finger von der Dame, sonst bekommen Sie Ärger mit ihrem muckibepackten Bodyguard. Der fackelt bestimmt nicht lange. Besser, Sie ziehen sich in Ihre Garderobe zurück und holen sich einen runter ... äh ... ich meine ... kommen wieder auf den Teppich.« Abermals wieherten alle los. Um Joels Lippen zuckte es verräterisch. »Sorry, war bloß ein Freudscher Versprecher. War echt keine Absicht.«

»Neee, bestimmt nicht«, ätzte Danford angesäuert. Er warf sich in seinen Bademantel und stampfte leise fluchend vom Set.

»Okay, das war's«, rief Joel. »Wir machen für heute Schluss. Keine Chance, mit Danford eine vernünftige Szene abzudrehen. Nicht in seiner Verfassung. Erst mal muss der Typ sein angeknackstes Ego aufpäppeln. Morgen früh, sechs Uhr, alle in alter Frische hier am Set, Leute«, blökte er. Er drehte sich zu Brenna um, reichte ihr eine Hand und half ihr beim Aufstehen. »Tut mir aufrichtig leid, Brenna, dass ich deine Pläne durchkreuzen muss. Ich weiß, du hattest morgen die erste Maschine nach London gebucht.«

»Das ist es mir fast wert«, giggelte Brenna. »Es war zum Schreien. Grundgütiger, schade, dass die Kamera das nicht gefilmt hat. Ein heimlicher Mitschnitt von Dirk, der wie eine nackte Kanone aus dem Bett hochschießt, würde mich schon reizen.« Sie streifte den duftigen Mantel des Negligees über und tätschelte Joels Arm. »Spring nicht zu hart mit Billie um, okay, Joel? Du hast zwar einen Nachmittag Drehzeit verloren, aber ich wette, wir werden morgen einen völlig verwandelten Dirk Danford zu sehen bekommen. Der brauchte mal einen kleinen Denkzettel. Wie ich anfangs schon sagte, wenn er daraus gelernt hat, ist es mir die Sache wert.« Ihre Miene umwölkte sich. »Puh, ich muss dringend Michael anrufen und versuchen, ihm die schlechte Nachricht so schonend wie möglich beizubringen. Meine bessere Hälfte wird darüber bestimmt nicht begeistert sein.«

Mit diesen Worten verschwand sie eilends vom Set, und Joel ging mit ausgreifenden Schritten zu Kendra. Er grinste kopfschüttelnd.

»Wahnsinn, wo hatte Billie bloß das Eis her?«, wollte Kendra leise giggelnd wissen.

»Keine Ahnung.« Joel zwinkerte ihr zu. »Wahrscheinlich hat sie so lange mit den Köchen geflirtet, bis die sich erweichen ließen und etwas davon rausgerückt haben.« Er zog sie auf die Füße. »Wie Brenna schon sagte, vielleicht hat es ja auch sein Gutes. Wie schnell bist du umgezogen und ausgehfertig?« Er zog sie zur Tür.

»Wir gehen aus?«

Er nickte. »Klar, ich muss heute nicht mehr drehen und mir folglich auch keine Kopien anschauen.« Er betrachtete sie von oben bis unten, und Kendra zog scharf den Atem ein. In seinen Augen zeigte sich glutvolles Begehren. »Das heißt, ich hab frei und kann tun und lassen, wozu ich Lust hab.« Er zeichnete mit zärtlichem Finger den Schwung ihrer Wange nach. »Natürlich nur, wenn die Lady möchte. Na, was meinst du, Kendra?«

Ihr stockte unversehens der Atem. Er ließ keinen Zweifel daran, wie *er* das meinte. Dass es zwischen ihnen elektrisierend funkte, war seit Tagen unverkennbar. Kendra fieberte darauf, mit ihm zu kuscheln. Beide sehnten sich nach der Nähe und Zärtlichkeit des anderen. »O ja, die Lady möchte«, antwortete sie weich.

»Wow, das war genau die Antwort, die ich hören wollte! Dein Glück. Ein Nein hätte ich nämlich nicht akzeptiert. Sonst hätte ich dich an den Haaren gepackt und in die nächste Kneipe geschleift. Ich hab mir für heute Abend noch viel vorgenommen. Gemeinsames Diner, anregende Konversation, Romantik – in der Reihenfolge.« Er gab ihr einen zärtlichen Klaps auf den Po. »Ich mach hier noch ein bisschen Ordnung und hol dich in einer Stunde ab. Okay?«

»Okay.« Sie glitt durch die Tür auf die sonnenbeschienene Straße, ihre Schritte beflügelt wie ihre aufgepeitschten Sinne.

Kendra betrachtete sich in dem Spiegel, der über dem Waschbecken hing. Sie hatte sich für ein weißes trägerloses Kleid mit eingearbeitetem Bustier entschieden, das eine schöne schmale Taille machte, der weite Flatterrock à la Marilyn Monroe umschmeichelte ihre Beine. Das unschuldige Weiß brachte ihre goldfarbene Haut und die tizianschimmernden Locken super zur Geltung. Zudem fühlte sie sich in dem Kleid himmlisch feminin, nachdem sie seit ihrer Ankunft in Sedikhan bloß in Jeans und Hosen herumgelaufen war.

Und sie wollte heute Abend aufreizend feminin wirken, überlegte sie euphorisch. Sie bürstete ihre Haare, bis sie verführerisch glänzten, dann glitt sie in ihre hohen weißen Slingpumps. Sie fühlte sich leicht berauscht, so ähnlich wie an dem Abend in Joels Chalet, aber dieses Mal wusste sie, dass es nichts mit Drogen oder Alkohol zu tun hatte. Nein, es lag an Joel Damon, dass sie wie auf Wolken schwebte. Eigenartig, aber die Vorstellung, die Nacht mit Joel zu verbringen, war ihr kein bisschen peinlich oder unangenehm. Oha, nicht dass sie sich mit einem Mal als Nymphomanin entpuppte!? Und das, nachdem sie zeitlebens kein Interesse an Sex oder Männern gehabt hatte. Nein, unmöglich, sie war ausschließlich auf Joel fixiert. Bei keinem anderen hatte sie Schmetterlinge im

Bauch, Joel war der Einzige, der sie zu schwindelerregender Lust befeuerte.

Sie besprühte Hand- und Halspuls leicht mit Joy, entschied sich für einen weißen Spitzenschal, passend zum Kleid, und glitt durch den Perlenvorhang. Yusef stand im Wohnzimmer am Tisch.

»Bitte sagen Sie Billie, dass ich ...« Ihre Stimme verebbte. Der Raum wurde mit einem Mal gleißend hell, um im nächsten Augenblick zu einer winzig dunklen Kiste zusammenzuschrumpfen, als würden die Wände bedrohlich zusammenrücken. Kendra schrie panisch auf und sah noch, wie Yusef verblüfft die Augen aufriss. Er fing sie geistesgegenwärtig auf, hob sie in seine Arme und trug sie zu dem Holzstuhl, der am Tisch stand. Er drückte sie vorsichtig sanft auf das Möbel und kniete sich neben sie, hielt sie fest, während der Raum vor ihr Karussell fuhr. Sie klammerte sich Halt suchend an seine breiten Schultern, zog hektisch den Atem ein, bemühte sich, tief durchzuatmen, um das gruselige Ohnmachtsgefühl zu verscheuchen.

»Brauchen Sie ...«, Yusef stockte und suchte krampfhaft nach dem richtigen Wort, »einen Arzt?«

»Nein«, versetzte Kendra hastig. Puh, es ging schon wieder besser. Ein Glück, dass ihr nicht mehr schwarz vor Augen war. Zumal sie sich fest vorgenommen hatte, sich durch nichts und niemanden diesen Abend mit Joel durchkreuzen zu lassen. »Mir war bloß kurz schwindlig. Ich hab in letzter Zeit wahrscheinlich zu viel gearbeitet.« Dabei hatte sie die ganze letzte Woche nicht gearbeitet. Außerdem hatte sie vor ein paar

Tagen einen ähnlichen Schwächeanfall gehabt, realisierte sie dumpf. Obwohl kürzer als dieser hier, wo sie fast ohnmächtig geworden wäre, waren die Symptome ziemlich identisch gewesen. Ach, Quatsch, daran mochte sie jetzt nicht denken. Sie fühlte sich schon wieder halbwegs fit.

Sie setzte sich kerzengerade auf und lächelte betont munter zu Yusef, der sie mit sorgenvoller Miene beobachtete. »Ich bin schon wieder okay«, strahlte sie und schob sich eine lockige Haarsträhne hinters Ohr. »Tut mir echt leid, dass Sie sich meinetwegen unnötig Sorgen gemacht haben. Sie können mich loslassen, Yusef.«

Er zog widerstrebend seine Arme weg. »Sind Sie auch ganz sicher?«, fragte er stirnrunzelnd. Sein scharfsichtiger Blick flog von der aufreizenden Wölbung ihrer Brüste zu ihrem Gesicht. »Ist sicher besser, wenn Sie sich hinlegen und ein Weilchen ausruhen. Mit so was darf man nicht spaßen.«

Sie stand auf und legte den Kopf schief, warf ihm einen verblüfften Blick zu. Das klang beinahe so, als hätte er richtig Ahnung, sann sie belustigt. Er hatte seine Erfahrungen bestimmt in dem Bordell gesammelt, in dem er gearbeitet hatte. Wahrscheinlich betrachtete er alle Frauen als schwache Wesen, wehrlose Geschöpfe, die reihenweise in Ohnmacht fielen. Tja, sie gehörte definitiv nicht in diese Kategorie.

»Mir fehlt nichts. Ich bin topfit«, sagte sie mit Nachdruck. »Ich geh schon mal raus und warte draußen auf Mr. Damon.« Yusef wiegte skeptisch den Kopf.

Hoffentlich gingen seine Beschützerinstinkte nicht so weit, dass er das mit ihrer kurzen Schwindelattacke brühwarm vor Joel ausplauderte! Kendra knabberte leicht bestürzt an ihrer Unterlippe. »Bitte richten Sie Billie aus, dass sie sich nicht beunruhigen soll, wenn ich heute Nacht nicht hier schlafe.« Ihre Lippen formten sich zu einem strahlenden Lächeln. »Keine Sorge, Yusef. Mr. Damon passt gut auf mich auf.«

»Mr. Damon«, wiederholte er nachdenklich. Sein Gesicht hellte sich unversehens auf. »Stimmt, zu Mr. Damon kann man Vertrauen haben.« Erleichterung mischte sich in seine Züge. »Er passt bestimmt gut auf Sie auf.«

»Korrekt, Yusef. Also, machen Sie sich meinetwegen keinen Kopf. Passen Sie lieber auf, dass Billie nicht wieder irgendwas Verrücktes anstellt.«

»Ja, es stimmt, auf Billie muss man höllisch achtgeben«, meinte er fast zärtlich. »Aber ich passe auch auf Sie auf, Miss Kendra. Ich mach das gern, wenn Ihr Mann mal nicht kann.«

Ihr Mann. Joel und sie hatten in der vergangenen Woche keinen Hehl aus ihrer wachsenden Zuneigung füreinander gemacht. Und Yusef hatte blitzschnell registriert, dass da etwas lief. Vergiss es, er ist nicht *dein Mann,* du dusselige Kuh! Das ist ja lachhaft, beschwor sie sich. Und trotzdem, die beiden Worte brachten ihr Herz zum Schwingen. Sie zog leise die Tür hinter sich ins Schloss. Ihr Mann.

7

Joel riss schwungvoll die Tür zu dem Hotelzimmer auf und ließ ihr höflich den Vortritt. Er grinste breit, als er Kendras verdutzte Miene registrierte.

»Ich kann mir denken, was in deinen grauen Zellen abläuft, Ken. Um deine Frage vorwegzunehmen: Nein, ich habe dieses Hotel nicht ausgesucht. Ich hab den großen Fehler gemacht, Billie die Reservierung zu überlassen. Und statt im Marasef Hilton zu buchen, bin ich hier gelandet. *Wenn man in einem Land lebt, muss man sich auch die Kultur des Landes reinziehen, von wegen Lokalkolorit und Folklore und so,* meinte Billie glatt, als ich sie darauf ansprach. Alles andere wäre ein *sündhaftes* Vergehen. Du kennst ja ihre Sprüche.« Er deutete eine übertrieben ausladende Geste mit den Händen an und meinte spöttisch: »Darf ich bitten, das wahre, echte Marasef.«

»Mir gefällt es hier«, bekannte Kendra. Es war zweifellos kein Fünfsternehotel, aber das Zimmer war sauber und gemütlich und hatte einen einnehmend schlichten Charme. »Trotzdem ist es Geschmacksache. Ich tippe mal, dass der Laden nicht unbedingt deine Kragenweite ist.« Sie musterte ihn mit schief geneigtem Kopf. »Wieso bist du nicht direkt wieder ausgezogen, als du das Zimmer gesehen hattest, und hast dich stattdessen im Hilton einquartiert?«

»Das hatte ich auch ursprünglich geplant, aber dann fand ich, dass ich die paar Tage auch hier wohnen bleiben konnte. Ich musste ja sowieso weiter an den Drehort.« Um seine Lippen zuckte es amüsiert. »Dieses Einfache und Ehrliche hat etwas sehr Anziehendes für einen Mann, der wie ich dauernd von Illusionen umgeben ist.«

»Etliche von diesen Illusionen schaffst du dir immerhin selbst«, gab Kendra zu bedenken. »Dein Regenbogen-Haus macht auf Außenstehende bestimmt nicht den Eindruck, als wohnte dort ein Mann mit einem ausgeprägten Sinn für Realität.« Sie öffnete eine Glasschiebetür und trat auf einen schmalen Balkon. Der Blick war traumhaft: Zu Kendras Füßen lag die Stadt in einen atmosphärisch schönen Sonnenuntergang getaucht, als wäre sie einem Märchen aus Tausendundeiner Nacht entsprungen.

»Deshalb bin ich heute Abend mit dir hergefahren.« Er trat hinter sie, schlang die Arme um ihre Taille, schmiegte seine Wange an ihre und knabberte zart an ihrem Ohrläppchen. »Irgendwann weicht jede Illusion der Realität. Wir haben uns zur falschen Zeit am falschen Ort kennen gelernt, Kendra. Unsere erste Nacht war ein einziges Missverständnis … einmal ausgenommen die himmlisch schöne Erfahrung, dass mit uns beiden etwas ganz Besonderes passiert ist.«

Er drehte sie in seinen Armen zu sich um; seine Miene feierlich ernst. »Was es genau war, wussten wir beide nicht – immerhin war es überwältigend genug, um uns innerlich aufzuwühlen. Seitdem ist mein Leben grundlegend aus der Bahn geworfen.« Seine Lippen hauchten einen federleichten Kuss auf ihre Schläfe. »Heute Abend sind sämtliche Missverständnisse ausgeräumt, keine falschen Identitäten, keine Regenbogen-Illusionen.« Er küsste sie auf die Nasenspitze. »Du bekommst höchstens ein Glas Wein von mir. Damit alles authentisch, ehrlich und real ist und sonnenklar wie ein strahlender Sonnenaufgang.« Seine Lippen eroberten ihre mit einem verstörend zärtlichen Kuss. »Bevor dieser Abend vorüber ist, werden wir Antworten auf unsere Fragen finden, auf alles, was uns besonders am Herzen liegt.«

Sie lachte unsicher. »Ich dachte, du hättest mich in deinen Sündentempel gebracht, um mich zu vernaschen. Sind feurige Frauenvernascher eigentlich immer so ernst, bevor sie zur Sache kommen?«

»Verführungsaktionen sind eine ernste Sache, das Glück seiner Partnerin sollte man nämlich nicht auf die leichte Schulter nehmen«, konterte er grinsend. »Aber das hier hat mit Vernaschen nichts zu tun, es ist etwas anderes, oder, Kendra?«

Seine grünen Augen senkten sich hypnotisierend in ihre. Sie nickte zaghaft. »Ja, Joel, das zwischen uns ist etwas völlig anderes.«

Sie liebte ihn. Kaum hatte sie das gesagt, war es ihr sonnenklar. Wieso hatte sie nicht schon viel früher realisiert, dass sie sich in ihn verliebt hatte? Jetzt schien es ihr unbegreiflich, dass sie das nicht gleich an ihrem ersten Abend im *Illusion de l'Arc en Ciel,* seinem versteckten, verträumten Anwesen, gemerkt hatte. Die Chemie ihrer Körper war so extrem gewesen, dass alles andere in den Hintergrund getreten war, gleichwohl hatte Kendra heimlich ein Kaleidoskop tiefer Emotionen empfunden, die in den Sex mit hineinspielten. Vielleicht hatte sie bloß Angst gehabt, sich selbst einzugestehen, dass sie dem Magier ins Netz gegangen war. In Sedikhan hatte sie festgestellt, dass Joel zwar Magier war, aber auch ein Mann: ein Mann mit Ecken und Kanten, der über sich selbst lachen konnte, ein umsichtiger und rücksichtsvoller Mann. Der Magier vermochte glutvolles Begehren zu entfachen, aber der Mann in ihm war willens, Liebe zu geben.

»Hey, was hast du? Müde oder was?«, grinste Joel und schüttelte sie leicht. »Bin ich etwa *sooo* eine Schlafpille? Das darfst du mir nicht antun! Hmm, da muss ich mich heute Nacht aber besonders anstrengen, um dich vom Gegenteil zu überzeugen.« Eng umschlungen schob er sie durch die Terrassentür zurück ins Zimmer.

»Der Roomservice bringt das Diner nachher aufs Zimmer. Ich hab vorhin unten beim Einchecken Bescheid gesagt. Ich möchte dich mit köstlichen Häppchen verwöhnen.« Dabei musterte er sie kritisch von oben bis unten. »Ich dachte, wenn der Druck raus ist und du dich eine Woche ausruhst, würdest du ein bisschen zunehmen, aber ich glaub, du hast nicht ein Gramm mehr auf den Rippen.«

»Auch wenn ich nicht arbeite, trainiere ich meinen Körper, damit ich in Form bleibe«, meinte sie beiläufig. »Ich mach jeden Tag drei Stunden Fitnesstraining, bevor ich zum Set komme. In meinem Business kann man es sich nicht leisten, eine ganze Woche die Seele baumeln zu lassen.«

»O ja, dein Business«, versetzte er wenig begeistert. »Zu dem Punkt kommen wir heute Abend auch noch. Das bedarf dringend der Klärung.« Als er ihre bestürzte Miene sah, grinste er. »Aber nicht unbedingt heute. Weißt du, dass du wunderschön bist? Ich verzehre mich danach, dein sinnlich kratziges Flüstern zu hören.« Er ließ sich auf die breite polsterbezogene Ottomane sinken, von der aus man einen zauberhaften Blick auf den Balkon genoss, und zog sie auf seinen Schoß. Schloss sie zärtlich in seine Arme. »Ich möchte dich in meinen Armen spüren und mit dir gemeinsam zusehen, wie Marasef in einem funkelnden Lichtermeer versinkt.«

Ihre Wange rieb sich an seinem lässig eleganten Leinensakko, während sie seinen vertrauten Duft inhalierte, würzig, holzig. Er lachte leise und drückte sie impulsiv an sich. »Jetzt erinnerst du mich an eine kleine Schmusekatze. Sobald ich dich in meinen Armen spüre, verdränge ich, wie viel Mumm und Elan in diesem schlanken Persönchen steckt. Ich denk ehrlich gesagt auch lieber nicht daran.« Seine Lippen streiften die bläulich pulsierende Ader an ihrer Halsbeuge. »Gott, bist du süß.« Er seufzte. »Sag was, Liebes. Irgendwas, was mich ablenkt, sonst schieße ich meine sämtlichen guten Vorsätze in den Wind und falle augenblicklich über dich her. Das wird dann sehr unromantisch.«

Sie lachte und kuschelte sich inniger an ihn. »Und sehr befriedigend«, zog sie ihn mit einem lasziven Augenaufschlag auf. »Auch wenn ich in unserer ersten Nacht ein wenig neben mir stand, kann ich mich noch gut erinnern, dass du meine erste Erfahrung ziemlich befriedigend hast werden lassen.«

»Befriedigend?« Er zog in gespielter Verärgerung die Brauen hoch. »Ich bin nicht befriedigend, ich bin ein *sehr guter* Lover.« Er umschloss mit seinen Händen ihre Brüste, und seine grüne Iris flackerte verheißungsvoll. »Vielleicht brauchst du einen kleinen Vorgeschmack, damit du dich daran erinnerst, wie talentiert ich bin. Bleib ganz still sitzen und entspann dich, Schätzchen. Zu Demonstrationen bin ich immer aufgelegt.«

Sie fühlte die Glut seiner Hände durch den dünnen Baumwollstoff ihres Kleides hindurch und japste automatisch nach Luft. »Ich ... ich finde es ein bisschen schwierig, so zu entspannen«, hauchte sie atemlos. Ihre Augen folgten seinen starken, sensiblen Händen, die sie streichelten, als wäre sie tatsächlich das Schmusekätzchen, von dem er gesprochen hatte.

Sein Atem ging genauso flach wie ihrer, bemerkte Kendra entrückt, sie gewahrte seinen aufgewühlten Halspuls, synchron zu seinem Herzrasen. »Macht nichts, ich fänd's echt jammerschade, wenn ausgerechnet jetzt gewisse Teile deiner Anatomie entspannt wären«, flüsterte er mit kratzig belegter Stimme, seine Augen klebten auf ihren Brüsten, die er erotisierend in seinen Händen wog. Mit Daumen und Zeigefinger rieb er die empfindlichen Spitzen. Eine glutheiße Woge brandete durch Kendras Schoß, und sie stöhnte unwillkürlich.

Schimmernd wie dunkle Smaragde flogen seine grünen Augen über ihr Gesicht. »Hab ich dir wehgetan?« Kaum bemerkte er ihre Wangen, zart gerötet vor Erregung, lachte er jungenhaft. Er senkte den Kopf, küsste ihre Lippen honigsüß, während seine Hände ihre Brüste fester stimulierten, so intensiv, dass Kendra sich leise stöhnend an ihn presste. »Ich liebe deinen Busen und wie du auf meine Zärtlichkeiten abfährst. Das Gefühl, dass du wie Wachs in meinen Händen bist.« Seine Hände lösten sich von ihren Brüsten und umschlangen ihre Taille. Er zog sie auf seine Erektion. »Spürst du, wie geil ich auf dich bin, Ken? Willst du mich auch, Schätzchen? Ich will, dass du dich an mich verschwendest, mit allen Sinnen«, murmelte er dicht an ihren Lippen, ehe er wilde Küsse auf ihre Wangen, ihren Hals, ihr Dekolletee drückte. »Das war mir vorher nie wichtig. Ich hab mir genommen, was ich von einer Frau wollte, und dabei versucht, ihr zu geben, was sie wollte. Aber bei dir ist es anders. Ich bin heiß auf dich und werde dich entflammen wie eine Kerze, die an beiden Seiten brennt.« Seine Hände befeuerten ihren Körper wie eine wilde, glutvolle Symphonie, glitten über ihre Hüften, streichelten mit sinnlich kreisenden Bewegungen ihren Bauch, schoben sich zwischen ihre Lenden. Er presste Kendra leidenschaftlich an sich, verbarg sein Gesicht an ihrer Schulter, sein Körper angespannt und erregt von schierer Lust. »Und, fühlst du es? Wenn nicht, werde ich verrückt, Süße!«

»Ja, ich fühle es«, seufzte sie, dabei kreisten ihre Hände hingebungsvoll über seine Brust, seine Schultern, getrieben von dem Wunsch, Joel intensiver zu spüren. Ihre Finger rissen an seinem Hemd. »Joel, ich möchte dich streicheln.« Ihre Stimme zitterte nervös, da sie mit einem Mal zehn Daumen zu haben schien. »Hilf mir, bitte, damit ich dich streicheln kann!«

Er schob ihre Hände weg, ehe er sich kurz entschlossen das weiße Oberhemd von den Schultern riss. Sie vergrub ihr Gesicht an seiner starken, warmen Brust. Fast hatte sie vergessen, wie erregend sinnlich sich sein raues Brusthaar an ihrer Wange anfühlte und wie sein donnernder Herzrhythmus an ihrem Ohr vibrierte. Sie streichelte ihn, erotisch lasziv, und schloss entrückt die Augen, genoss jede Berührung, jedes Stöhnen von ihm. Er zog scharf den Atem ein, während sie jeden Zentimeter seines himmlisch gut definierten Körpers erkundete, und spannte sich an, als wäre ihre zärtliche Entdeckungsreise eine sinnliche Qual. Sein Herz trommelte unter ihren sensiblen Fingerspitzen, als wollte es jeden Augenblick Joels Brustwand durchstoßen.

»Los, mach mal die Augen auf und schau dir an,

was du mit mir angestellt hast, kleine Teufelin«, wies er sie an, in seiner dunklen Stimme schwang ein Hauch von Belustigung. Als Kendra die Lider aufklappte, bemerkte sie das schalkhafte Lächeln in seinen Mundwinkeln. In seinen Augen stand glutvolle Leidenschaft.

»Bevor du mich in ein menschliches Feuerwerk verwandelst und ich dich gleich hier auf dem Sofa vernasche, schlage ich vor, dass wir ins Schlafzimmer umsiedeln. Sonst kann ich für nichts garantieren …« Ein lautes Klopfen erschütterte die Tür, und er hielt abrupt inne.

Kendra hob den Kopf. »Was ist das?«, stammelte sie verdutzt.

Joel verdrehte die Augen. »Vermutlich so was Ähnliches wie ein eingebauter Warnmechanismus, bevor ich komplett die Kontrolle über mich verliere.« Er klappte seufzend die Lider auf. »Scherz beiseite, ich vermute, es ist der Zimmerservice, nachdem ich vorhin in einem Anfall geistiger Umnachtung Abendessen für uns bestellt hab.« Es klopfte erneut.

»O nein, ich könnte mir jetzt etwas viel Schöneres vorstellen«, protestierte sie durchtrieben lächelnd. »Was meinst du? Wenn wir nicht reagieren, gehen sie vielleicht wieder.«

Er hob sie geschmeidig von seinem Schoß. »Nein, lass mal.« Er stand widerstrebend auf und knöpfte sein Hemd zu. »Ich hatte mir schließlich vorgenommen, dass es für uns beide ein unvergesslich schöner Abend wird – mit allem Drum und Dran.« Er strich sich mit den Fingern durch die zerwühlten Haare, bevor er wiederholte: »Gemeinsames Diner, anregende Konversation, Romantik. Das muss ich mir hinter die Ohren schreiben. Ich weiß nicht, ob ich das in der Reihenfolge durchhalte, Süße.«

Das verlangte doch auch niemand von ihm!, seufzte Kendra etwas geknickt, während sie beobachtete, wie er zur Tür lief und dem Service aufmachte. Sie war nicht minder erregt als er, auf das Diner hätte sie gut verzichten und stattdessen Joel vernaschen mögen. Nach ihrem kleinen Vorspiel würde sich bestimmt keiner von ihnen auf das Essen konzentrieren können. Der Typ war total verrückt! Aber genau diese Verrücktheiten liebte sie an ihm. Ihr Herzschlag beschleunigte sich. Bei ihren Vorgängerinnen war Joel immer aufs Ganze gegangen. Und hatte sich genommen, was er brauchte. Es war zwar lieb und anrührend, wie umsichtig er sich dagegen bei ihr verhielt, aber das fand Kendra reichlich übertrieben. Da half bloß eins: Sie würde ihre sämtlichen Verführungskünste mobilisieren und ihm demonstrieren, dass seine Rücksichtnahme unnötig war.

Ein geheimnisvolles Lächeln stahl sich über ihre Lippen. Der Keller legte eben ein blütenweißes Damasttischtuch auf den kleinen Tisch, der auf dem Balkon stand, und stellte einen mehrarmigen Kerzenleuchter darauf, aus funkelndem Kristallglas und mit weißen Kamelien geschmückt. Richtig schön romantisch, dachte sie amüsiert. Hatte Joel das alles vorher so arrangiert und bestellt? Ein Gefühl tiefer

Zuneigung erfüllte ihren Körper, überlagerte die lustvolle Erregung. Er hatte ihr zärtliches Rendezvous höchst ungern unterbrochen, das merkte man ihm an, trotzdem drängte es ihn, mit seiner höflichen, schwärmerischen Seite bei ihr zu punkten. Mit zärtlicher Besorgnis registrierte sie seine äußere Anspannung. Um seine Mundwinkel herum lagen auffällige Falten, während er dem jungen Kellner Anweisungen gab, der eben eine große Deckelschüssel von dem Servierwagen nahm und auf den Tisch stellte. O ja, ganz klarer Fall. Joel brauchte dringend ein bisschen positiven Input.

Ein milde wissendes Lächeln auf dem Gesicht, setzte sie sich ihm gegenüber und nahm sich von dem exotischen Gericht in der großen Schüssel, die mitten auf dem Tisch stand. Es duftete himmlisch.

»Du bist echt die Gelassenheit in Person«, meinte Joel stirnrunzelnd. Er hob sein mit Wein gefülltes Glas. »Du hast offenbar kein Problem damit, ein paar Gänge runterzuschalten. Da geht es mir anders.«

»Nöö, täusch dich da mal nicht. Ich bin aus demselben Holz geschnitzt wie du«, strahlte Kendra und nahm ihre Gabel. »Hoffentlich lässt du dich von mir überzeugen, dass wir diesen Punkt erst mal auslassen und uns schleunigst dem nächsten Punkt zuwenden.« Sie ließ den ersten Bissen genießerisch im Mund zergehen. »Mmmh, schmeckt das lecker. Was für eine Soße ist das? Geht irgendwie in die süßliche Richtung.«

»Wegen der pürierten Datteln, die sie dem Fond zugeben«, meinte er beiläufig, sein Blick auf ihr Gesicht geheftet. »Und, was schwebt dir da so vor? Ich hoffe, du hast nicht vor, eine Verführung à la Kim Basinger in 9 ½ Wochen hinzulegen?«, versetzte er trocken. »Kommt gar nicht gut nach dem Essen.«

»Sei nicht so neugierig«, sirrte sie zuckrig. »Ich lass mir was Schönes einfallen.« Sie schaute verträumt über anmutige Minarette und flache Hausdächer, violett verschattet im frühabendlichen Dämmerlicht. »Ehrlich gesagt gehen meine Vorstellungen eher in deine Richtung, von wegen offene und ehrliche Beziehung und so.«

»Ach ja?« Aus Joels Stimme klang Skepsis. »Würdest du die Güte haben, mir das mal genauer zu erklären?«

»Mit dem größten Vergnügen.« Kendras Blick konzentrierte sich abermals auf sein Gesicht, ihre samtweiche Stimme verschaffte ihm eine wohlige Gänsehaut, als würde sie ihn so hingebungsvoll streicheln wie vorhin. »Ich will dir bloß ganz offen sagen, wie sehr ich mich nach allem sehne, was wir in deinem Haus gemacht haben. Ich möchte deine Hände fühlen, wie sie jeden Zentimeter meines Körpers verwöhnen. Wie einsam und allein ich mich fühle und dass du diese Leere füllen, die Sehnsucht stillen kannst.« Ihre samtig braunen Augen glühten. »Und ich möchte dir ehrlich und unverblümt erzählen, was ich gern mit dir machen würde. Wie ich mit meinen Händen über deine Brust streichle, dann über deinen Rücken und zu deinem …«

»Stopp«, entfuhr es Joels Kehle. Seine Kinnbacken waren fiebrig gerötet vor Erregung. »Ich glaub, das ist mehr Ehrlichkeit, als ich spontan verkraften kann.«

»Hey, du warst doch derjenige mit der anregenden Konversation.«

»Das schon, aber ich hatte dabei offengestanden nicht an erotische Themen gedacht«, bekannte er. »Meine Vorstellung ging eher so in Richtung essenzielle Fragen, die uns beide betreffen. Wir hatten diese Woche wenig Zeit, einander besser kennen zu lernen.«

Kendra sah das anders. Sie hatte ihn bei den Dreharbeiten beobachtet und dabei eine ganze Menge über ihn erfahren. Inzwischen wusste sie, wie komplex Joel Damon war. Der Humor gehörte genauso zu ihm wie die schonungslose Selbstkritik; er war ein Mann mit Visionen und einer fast kindlichen Begeisterungsfähigkeit, wenn eine Szene exakt seinen Vorstellungen entsprach.

»Schau mich nicht so an«, meinte Joel dumpf. »Das ist noch erotischer als deine Vorstellung von ehrlicher Konversation.« Er trank einen Schluck Wein. »Ich schlage vor, dass du mir nach dem Diner die Initiative überlässt, okay?«

»Supi, Initiative klingt gut!«, giggelte sie. »Das ist genau das, was ich dir verklickern will. Soll ich dir mal detailliert beschreiben, an welchen Stellen ich deine Initiative am liebsten hätte?«

»Nein!«, versetzte er eilends. »Deine Familie. Erzähl mir von deiner Familie. In deiner Bewerbungsmappe steht, dass deine Eltern tot sind, aber du hast noch einen Bruder. Wie heißt er? Steht ihr euch sehr nahe?«

Da war er wieder, der grässliche Schmerz. Unvermittelt fühlte Kendra sich, als hätte sie einen Eimer eiskaltes Wasser über den Kopf bekommen. Das Lächeln entglitt ihr. Sie mochte jetzt nicht an Casey denken. Der Gedanke an Casey und ihre Verantwortung gegenüber ihrem kranken Bruder verpasste ihrer Hochstimmung einen empfindlichen Dämpfer. Sie hatte zwar dunkel geahnt, dass sie sich letztlich einer Illusion hingab, aber durfte sie nicht wenigstens heute Abend ein Mal, ein einziges Mal glücklich und unbeschwert sein?

»Er heißt Casey. Und ja, wir stehen uns sehr nahe.«

Seine Augen wurden schmal. »Du bist aber nicht sonderlich gesprächig, was deinen Bruder betrifft, hm? Ist er älter oder jünger als du?«

»Casey ist sechsundzwanzig«, antwortete sie tonlos. »Du isst ja gar nicht«, fuhr sie fort und nötigte sich ein Lächeln ab. »So viel zu deinem Dreistufenplan. Wir haben Romantik und Konversation, aber du hast bisher bloß ein paar Schluck Wein getrunken und das Diner nicht angerührt.«

»Was macht er beruflich?«

Himmel, war der Typ hartnäckig. »Jetzt bin ich erst mal an der Reihe mit Fragen stellen«, warf sie hastig ein. »Leben deine Eltern noch?« Als sie sah, wie seine Miene erstarrte, hätte sie sich auf die Zunge beißen mögen. »Entschuldige, ist nicht wichtig. Frag ich dich eben was anderes.«

»Du brauchst dich nicht zu entschuldigen.« Joel presste die Lippen aufeinander. »Billie hat dir bestimmt von meinen fabelhaften Eltern erzählt.« Er blickte in sein Rotweinglas. »Meine Supermom ist fit wie ein Turnschuh und lebt in Nizza. Was meinen Vater betrifft …« Er zuckte mit den Achseln. »Das Letzte, was ich von ihm weiß, ist, dass es ihn nach Argentinien verschlagen hat. Tja, er hatte immer schon ein Faible für die heißblütigen südamerikanischen Señoras.«

»Das klingt, als würdest du ihn gut kennen«, bemerkte Kendra leise. »Ich dachte, er hätte sich noch vor deiner Geburt verdünnisiert.«

»Hat er auch«, seufzte Joel. »Als er merkte, dass mein Großvater ein alter Knauser war, von dem er nicht viel zu erwarten hatte, hat er schleunigst die Flatter gemacht.« Er starrte weiterhin mit leerem Blick auf das Weinglas. »Ich war jedoch ein neugieriges Kerlchen und wollte ihn unbedingt mal kennen lernen. Also hab ich ihn irgendwann in den Sommerferien besucht. Ich glaube, es war in meinem Juniorjahr am College. Er lebte in Barcelona und ließ sich von der stinkreichen Witwe eines Weinhändlers aushalten. Ich verbrachte fast einen ganzen Monat bei den beiden.« Er lächelte bitter. »Mein Vater ist ein ungeheuer charmanter Mann mit der Gabe, Menschen für sich einzunehmen. Er ließ während meines Aufenthalts nichts unversucht, mir weiszumachen, dass man ihn brutal manipuliert habe und *er* letztlich das Opfer sei. Wenn er ein bisschen überzeugender gewesen wäre und seinen Egoismus eine Spur zurückgeschraubt hätte, hätte ich ihm vielleicht sogar geglaubt.« Er lachte spöttisch auf. »Und ich dachte, er freut sich, mich zu sehen! Gott, war ich naiv!«

»Vielleicht freute er sich wirklich«, sagte sie weich. »Fast alle Männer entwickeln so was wie Vatergefühle.«

»Ach nee?« Er zog die Lippen zynisch nach unten. »Das wüsste ich aber. Für viele Frauen, auch aus meinem Bekanntenkreis, ist die Schwangerschaft ein Druckmittel oder eine Form der Erpressung. Und für etliche Männer schnappt dann die Beziehungsfalle zu. Mein Vater hat sich seiner Verantwortung damals wohlweislich entzogen. Ungeheuer clever, der Typ, aber eben auch temperamentvoller Italiener. Als er merkte, dass von meinem Erbe nichts zu holen war, weil es bis zu meinem fünfundzwanzigsten Lebensjahr fest in Aktien angelegt war, gab er mir buchstäblich den Laufpass. Weil er keine Lust hatte, noch jahrelang seinen geballten Charme und sein Charisma zu investieren, zumal er wenig Chancen hatte, von den Damons auch noch einen müden Cent zu bekommen.« Joel hob sein Glas und prostete ihr zu. »Trotzdem hab ich in dem einen Monat eine Menge gelernt. Er gab mir den letzten Schliff hinsichtlich zwischenmenschlichen Beziehungen.«

Kendra hielt es nicht mehr aus. Die Kälte in seinen Augen war schlimmer als physischer Schmerz. Nein,

Irrtum, es war echter physischer Schmerz, der sich in seinem Blick spiegelte, und sie fühlte mit ihm. Er brauchte ganz dringend ihren Trost, damit er endlich wieder auf andere Gedanken kam.

Sie schlug einen beiläufigen Tonfall an, dennoch klang ihre Stimme merkwürdig belegt. »Weißt du was, ich hab dich lange genug mit Fragen gelöchert.« Sie legte ihre Gabel beiseite. »Jetzt bin ich mal wieder an der Reihe. Dein Ego braucht mal eine kurze Auszeit. Sonst wirst du mir noch größenwahnsinnig.« Sie schob ihren Stuhl zurück und stand auf. »Konversation, Diner und Romantik sind definitiv abgehakt.« Sie lief zur Tür und winkte ihm über ihre Schulter hinweg zu. »In zwei Minuten liege ich in deinem Hotelbett. Und du liegst in drei Minuten neben mir, ist das klar?«

»Du bist ganz schön tough, Kendra.« In seiner Stimme schwang ein Hauch Zärtlichkeit mit.

»Das kommt von meinem Job. Stuntfrauen müssen mutig und unerschrocken sein. Steht auch in dem Vertrag, den ich mit deinem Filmstudio abgeschlossen habe.« Die Tür klickte leise hinter ihr ins Schloss.

Von wegen mutig und unerschrocken. Nicht lange, und sie saß wartend auf dem Doppelbett, ihre Nacktheit lediglich von einer dünnen Decke verhüllt. Eigenartig, wieso war sie bloß mit einem Mal so schamhaft? Sie zitterte wie eine Jungfrau in der Hochzeitsnacht. Als hätte es den denkwürdigen Abend in seinem Chalet nie gegeben.

»Drei Minuten und keine Sekunde länger«, rief Joel.

Er stand im Türrahmen. Aha, er hatte sich das Hemd wieder aufgeknöpft, stellte Kendra fest. Ihr stockte der Atem. Er sah umwerfend aus. In dem stimmungsvoll weichen Dämmerlicht signalisierte sein durchtrainierter Körper raubtierhafte Geschmeidigkeit.

Er löste sich von der Tür, schritt auf Kendra zu, seine grünen Augen glitzernd wie die eines Panthers. »Bei einer heißen Lady wie dir würde ich es nie wagen, mich auch nur eine Minute zu verspäten. Ein erregtes Stuntgirl ist bestimmt zu allem fähig«, meinte er. »Ich hab noch schnell das Diner abgedeckt, das du kaum angerührt hast, den Korken in die Weinflasche gedrückt und …« Sein Blick glitt zu ihr, und er stockte mitten im Satz. Sie sah ihn mit ihren samtbraunen Augen groß an, unschlüssig, schwankend. Er setzte sich neben sie auf das Bett und pfiff leise bewundernd. Mit seiner Hand streichelte er ihr Haar, schob ihr eine seidig glänzende Strähne hinters Ohr. »Ich hab den dunklen Verdacht, dass meine Stuntfrau sich nicht vertragsgemäß verhält.« Er hob fragend die Brauen. »Was ist mit dem Mut und der Unerschrockenheit, Süße?«

Sie schüttelte den Kopf. »Ich bin bescheuert, nicht wahr?« Sie befeuchtete sich nervös die Lippen. »Es ist nicht mal mein erstes Mal. Tut mir leid, Joel.«

»Es muss dir nicht leidtun.« Er neigte sich zu ihr, küsste sie zart, dass ihr der Atem stockte. »Ich mag dich so, wie du bist.« Er zeichnete mit einem Finger behutsam den Schwung ihres Wangenknochens nach, sein Blick senkte sich in ihren. »Es streichelt mein

Ego, zu wissen, dass ich eine Tigerlady wie dich bändigen kann.«

»O, Joel.« Sie stürzte sich in seine Arme und klammerte sich stürmisch an ihn. O Gott, sie war bis über beide Ohren in ihn verliebt. »Ich bin weder eine Tigerlady noch eine Regenbogenlady, ich bin überhaupt keine Lady. Ich bin eine Frau, die verführt werden will. Bitte verführe mich, ja, Joel?«

»Das hab ich fest vor.« Er lehnte sich zurück, sein Atem ging aufgewühlt, in seinen Zügen zeigte sich unverstelltes Begehren. »Ich reiß mich bloß zusammen, weil ich dir vorher noch etwas sagen möchte, Liebes. Du hast es nie gemocht, wenn ich dich Regenbogenlady genannt habe«, raunte er weich an ihrem Ohr. »Ich tippe mal, weil es anfangs einen schalen Beigeschmack für dich hatte.« Er sah auf, seine Augen ernst. »Ich möchte, dass du weißt, dass es für mich inzwischen eine andere Bedeutung hat. Du bist und bleibst meine Regenbogenlady, weil du die Schönheit und Ausstrahlung hast, die ich zeitlebens gesucht habe. Von dir geht ein Strahlen aus wie von einem leuchtenden Regenbogen. Und das wird für immer so bleiben, Ken.«

Er verstummte, doch sein Schweigen sagte mehr als tausend Worte. Kendras Herz drohte vor Glück zu zerspringen. Gott, ich wünschte, dieser Augenblick würde nie zu Ende gehen, dachte sie.

Die Ernsthaftigkeit wich aus Joels Blick, und er zwinkerte ihr zu. »Findest du mich nicht genial, wie ich das rübergebracht hab? Okay, okay, du brauchst mir nicht zu antworten.« Seine Hände schoben behutsam das Laken bis zu ihrer Taille hinunter, enthüllten Kendras Brüste. »Mal schauen, wie lange ich brauche, um den goldenen Gral zu finden, Regenbogenlady.«

Sein warmer Atem streifte sanft ihre Haut, seine Lippen knabberten an einer rosigen Spitze, woraufhin Kendra glutheiß erschauerte. »Wahnsinn«, hauchte er, seine Augen lustvoll umwölkt. »Du bist so wahnsinnig sexy, dass es mir den Atem nimmt.« Er pustete zart auf ihre Brust und lachte rau, als ihre Knospen darauf reagierten, indem sie spontan hart wurden. »Die Dinger wachsen wie Früchte, die an der Sonne reifen«, lachte er. Er fasste ihre Hand, presste sie auf seine Erektion. »Fühlst du es, Liebling? Komm, streichle mich. Damit du spürst, wie ich wachse.«

Seine Lippen umschlossen ihre Knospe, saugten sanft, seine Zähne knabberten hingebungsvoll, dass sie sich leise stöhnend unter Joel aufbäumte. Jede zärtliche Berührung war elektrisierend wie ein Stromstoß, der ihren Körper durchzuckte, ihr den Atem raubte und die quälende Leere zwischen ihren Schenkeln verstärkte.

Als Joel den Kopf hob, las sie in seiner Miene alles beherrschende Lust. »Gott, ich bin verrückt nach dir. Ich kann es kaum erwarten, tief in dich einzudringen, zu fühlen, wie du mich umschlingst. Wie deine Hände mich stimulieren und deine langen schönen Beine mich umklammern …«

»Pssst«, japste sie atemlos. Sie bebte vor Erregung. »Bitte, sei still. Nimm mich!«

»Gleich.« Er atmete schwer. Die winzige Ader an seiner Schläfe pulsierte hektisch. »Ich möchte, dass wir uns dieses Mal viel, viel Zeit lassen. In der Nacht in Rainbow Keep war ich dermaßen scharf auf dich, dass ich mich nicht mehr kontrollieren konnte. Ich konnte nicht schnell genug kommen, und ich konnte nicht genug von dir bekommen.«

Er stand auf und zog sein Hemd aus. Dann griff er nach oben. Die kupfergehämmerte Deckenlampe flammte auf, tauchte das Bett in einen See aus goldenem Licht. »Traumhaft. Bei diesem Licht glüht dein Haar wie ein Sonnenuntergang.«

Er nestelte hektisch an seinem Gürtel. Kendra bewunderte seine nackten bronzefarbenen Schultern, die tintenschwarzen Haare, auf die der Lichtkegel silberne Sterne tupfte.

»Okay, kommen wir zurück auf die nette kleine Konversation, die wir vorhin bei Tisch hatten.« Er zog sich hastig aus, ließ sie dabei nicht aus den Augen, seine Stimme ein seidiges Flüstern. »Spitz deine Ohren, Schätzchen, ich erzähl dir nämlich alles, was ich heute Nacht mit dir machen werde. Ich hab ein paar Sachen von meinem Vater gelernt, und das hat mich letztlich für die fiese Lektion, die ich eben erwähnte, entschädigt. Dad wusste eine ganze Menge darüber, wie man Frauen beglückt, zudem war er begeistert von mir, weil ich ein begnadeter Schüler war. Du wirst es heute Nacht selbst merken, verlass dich drauf.« Sein Blick glitt begehrlich über ihren Körper und blieb an ihrem kleinen runden Nabel hängen.

Kendra erschauerte wohlig. »Ich will sämtliche süßen kleinen Geheimnisse deines Körpers erforschen. Gleich werde ich diese hübsche Öffnung mit meinem Finger erkunden, meinen Kopf auf deinen glatten straffen Bauch legen und deinen Nabel behutsam mit meiner Zunge streicheln. Ich möchte dich ausgiebig schmecken und dabei in tiefen Zügen deinen Duft einatmen.«

Kendra rutschte unruhig auf dem Laken hin und her. Es war verrückt, aber sie fühlte buchstäblich, wie sein Kopf auf ihrem Bauch ruhte, seine leicht kratzige Wange, die feuchte Wärme seiner Zunge. Ein sehnsuchtsvolles Ziehen beherrschte ihren Unterleib, so stark, dass es fast schmerzte. »Joel, bitte komm ins Bett. Ich halt es kaum noch aus.«

»Gleich.« Er lächelte entschuldigend. »Ich will es genauso wie du, Liebes, aber der Sex wird umso besser, je länger man den Orgasmus hinauszögert.« Er hatte sich nackt ausgezogen und setzte sich neben sie. Er fasste sie nicht an, stattdessen befeuerte er mit seinen Augen und seinen Worten Kendras Sinne.

Als er entschlossen das Laken zurückschlug, fieberte sie vor Ungeduld. »Du hast hinreißende Beine, weißt du das? Lang und schlank, dabei ist die Haut weich und warm. Ich erinnere mich noch ganz genau an das Gefühl, als du deine Muskeln anspanntest, um die Schenkel für mich zu spreizen. Dann umschlangst du mich mit deinen Beinen. Ich war zu erregt, um mir anzuschauen, wie schön du da unten bist. Das werde ich jetzt nachholen, Ken. Ich werde deine glatten

Schenkel spreizen und dich lange, lange anschauen. Und mir jede Wölbung, jede Linie einprägen.«

Eine heiße Röte huschte über Kendras Wangen, seine Worte befeuerten ihre Leidenschaft. Manche waren zauberhaft und poetisch wie ein Gedicht, andere unverblümt und plastisch wie ein mittelalterliches Minnelied für eine angebetete Lady. Für Kendra machte es keinen Unterschied, sie glaubte beinahe zu explodieren vor Erregtheit und sehnte sich nach seinen kosenden Händen.

Als sie es fast nicht mehr aushielt, verstummte Joel mit einem Mal. Er holte tief Atem und schenkte ihr ein Lächeln voller Liebe. »Hoffentlich hast du auch gut aufgepasst, mein Schatz, denn jetzt kommt die Action.« Er senkte seine Lippen auf ihren streichelzarten Bauch.

In den Stunden, die dann folgten, machten sie alles, was er ihr versprochen hatte, und noch viel mehr. Joel und Kendra waren derart erregt, dass jede Berührung, jeder Kuss, jede Bewegung süße Qual und gleichzeitig sinnliche Erlösung war. Kaum versank er in ihren feuchten Tiefen, vergaß Kendra jedes Tabu. Ihre Vagina umschmiegte seinen Penis, umschlang ihn in der intimsten aller Umarmungen. Sie hörte sein leises gutturales Stöhnen, bevor er tief in ihre Mitte stieß.

Ihre Suche nach dem goldenen Gral führte sie durch intime Täler, von dunkler Passion verschattet, über Gipfel, strahlend vor Verheißung. Sie durchsegelten Meere, getrieben von Ebbe und Flut, schaukelten sie auf den Wogen der Glückseligkeit. Es war für beide eine ganz neue und unbekannte Reise, und als sie endlich den Schatz fanden, war er golden und schön wie ihre gesamte Odyssee.

Joel umklammerte sie hungrig, seine Brust hob und senkte sich unter seinen aufgewühlten Atemzügen. »Beweg dich nicht«, raunte er. »Ich will noch nicht, dass du kommst.« Seine Hände umschlossen ihren Po, er presste Kendra noch enger an sich. »Ich möchte noch ein bisschen weitermachen. Verdammt, wieso kann es nicht ewig so weitergehen?«

Kendra lachte atemlos und schlang die Arme um seinen Nacken. »Wenn wir so weitermachen, riskieren wir einen Herzstillstand.« Sie stöhnte, da er sich unversehens in ihr anspannte. »Mmmh, wenn ich genauer überlege, ist es das vermutlich wert.«

Er rollte auf sie, betrachtete ihr Gesicht, ihre Körper wie magisch miteinander verbunden. »Stimmt.« Er umschloss mit seinen Händen ihre Brüste, kitzelte mit der Zungenspitze die kleine Mulde, die sich dazwischen bildete. »Kann es sein, dass du ein bisschen zugenommen hast? Diese hübschen Dinger fühlen sich schwerer an als vorher.«

»Der Horror meines Lebens«, sagte sie und schnitt eine Grimasse. »Am Busen nehme ich immer als Erstes zu.«

»Also, ich find's spitzenmäßig.« Er senkte den Kopf und hauchte auf jede der beiden Spitzen einen Kuss. »Gegen so einen Horror hab ich nichts einzuwenden.« Er kuschelte sie an sich. »Ruh dich aus, Regenbogenlady, die Nacht ist noch lang.«

Sie rekelte sich wohlig in seinen Armen. »So lang nun auch wieder nicht«, seufzte sie schläfrig. »Du musst um sechs am Set sein.«

»Dann sollten wir bis dahin jede Minute auskosten, hm?«

O ja, denn jeder Augenblick war kostbar, sann sie mit Bedauern. Die Realität würde sie schon bald wieder einholen.

»Komm, Liebes. Zeit zum Aufstehen.«

Kendra grummelte verschlafen, während sie versuchte, sich eng in Joels Wärme zu kuscheln. Sie tastete vergeblich nach ihm. O Schreck! Wo war er? Alarmiert riss sie die Augen auf. Und entspannte sich, als sie sah, dass Joel mitten im Zimmer stand und eben seine Schuhe anzog.

Bis auf sein Sportsakko war er komplett angezogen, die obersten Knöpfe seines weißen Hemdes waren lässig geöffnet. Sie setzte sich behäbig auf, zog das Laken um ihre Brüste und schob sich die zerwühlten Haare aus dem Gesicht. »Muss ich schon aufstehen?«

Er nickte und straffte sich. »Es ist gleich vier und ich möchte, dass du gegen fünf wieder in eurem Bungalow bist.« Er durchquerte das Zimmer und setzte sich zu ihr auf das Bett. Seine grünen Augen schimmerten zärtlich, als er ihr Gesicht betrachtete. »Du siehst aus wie ein süßes kleines Baby, das gerade wach geworden ist.«

Sie unterdrückte ein Gähnen. »Ein Baby, das lieber

weiterschlafen möchte. Mir fallen gleich die Augen wieder zu.«

»Kein Wunder. Ich hab dich ja kaum schlafen lassen.« Joel hauchte einen fedrigen Kuss auf ihre Schulter. »Gott, bist du süß. Ich kann gar nicht genug von dir bekommen. Ich bin froh, wenn der Film fertig ist. Dann nehmen wir uns eine kleine Auszeit und fahren weg.« Seine Lippen zupften zart an ihrem Ohrläppchen. »Ich hab einen Freund, der leiht mir manchmal seine Jacht, die *Sea Breeze*. Warst du schon mal auf den griechischen Inseln, Kendra? Die Griechen haben eine besondere Schwäche für Regenbogenladys, ganz ohne Scherz. Sie haben sogar eine Göttin des Regenbogens.«

»Das klingt himmlisch«, sagte sie verträumt. »Ich kenn bislang bloß den Athener Flughafen, von irgendeiner Zwischenlandung.«

»Gut. Dann ist das geklärt.« Er küsste sie kurz auf die Stirn und stand geschmeidig auf. »Schätze mal, dass ich *Venture* in vier Tagen fertig hab. Es sind bloß noch die Liebesszene und die restlichen Stunts abzudrehen. Wir machen die Pferdejagd am Mittwoch, und danach setz ich dich in den nächsten Flieger nach Athen. Ich komm dann am Sonntag nach.«

»Wart mal kurz.« Das ging ihr alles zu schnell. Mit voller Wucht wurde sie aus ihren Wunschträumen in die kalte Realität gestürzt. »Ich glaub, du hast da was missverstanden. Was ich meinte, war, dass ich zwar gern fahren würde, aber nicht, dass ich fahren kann.« Schließlich kam ihr ein Gedanke. »Ich könnte sowieso nicht am Mittwoch fliegen. Ich hab noch immer die Chance, mir den Jeepstunt an Land zu ziehen.« Sie schaute in sein Gesicht. Ihre Augen wurden schmal. »Oder steckt das dahinter? Willst du mich deswegen nach Griechenland abschieben, Joel?«

»Ich will nicht abstreiten, dass ich den Hintergedanken hatte, auf diese Weise zwei Fliegen mit einer Klappe zu schlagen«, gab Joel unumwunden zu. »Außerdem ist die Chance minimal, dass Skip dir den Stunt gibt, zumal es nicht nötig ist. Er hat zig andere Bewerberinnen, die sich um den Job reißen.«

»Ich brauche den Job«, sagte Kendra leise. »So gern wie ich mit dir einen Segeltörn zu den griechischen Inseln machen würde, Joel, aber es ist momentan nicht drin, dass ich mir frei nehme. Mir bleibt nur eine Woche Pause bis zu meinem nächsten Job.« Sie versuchte ein Lächeln. »Was hältst du stattdessen von einem verlängerten Wochenende in Athen?«

»Bist du sicher, dass das in deinen Terminplan passt?«, versetzte Joel sarkastisch. »Vielleicht kannst du mich irgendwo einbauen, zwischen irgendeinen Fallschirmabsprung und einen rasanten Autostunt von einer Brücke in einen reißenden Fluss? Oder kam das in deinem letzten Film?«

»Im vorletzten«, sagte sie dumpf. Es war so schön gewesen, und jetzt machte Joel mit seiner ätzenden Kritik alles kaputt. »Bedaure, aber ich hab leider nicht so viel Zeit wie deine sonstigen Begleiterinnen, Joel, ich hab Verpflichtungen.«

»Einen Teufel hast du.« Joels Stimme klang so vernichtend hart, dass sie unwillkürlich zusammenzuckte. Er atmete tief durch. »Sorry, meine Nerven sind mit mir durchgegangen. Dabei hatte ich mir fest vorgenommen, ruhig und sachlich zu bleiben. Dummerweise hab ich ein Problem damit, wenn ich mir vorstelle, dass du irgendwelche extrem motorisierten Sportflitzer von irgendwelchen Brücken ins Wasser jagst. Komisch, nicht?«

»Unsere Diskussion führt zu nichts.« Kendra schwang die Beine auf den Boden und wickelte das Laken wie einen Sarong um sich. »Ich zieh mich schnell an, und dann können wir fahren. In ein paar Minuten bin ich fertig.«

»Nein, du bleibst hier. Du ziehst dich erst an, wenn wir das geklärt haben«, bemerkte er grimmig. »Warum gibst du nicht einfach zu, dass du bloß deinen Dickkopf durchsetzen willst? Es gibt nämlich keinen logisch nachvollziehbaren Grund, weshalb du weiterhin Jobs annehmen müsstest, die dich Kopf und Kragen kosten können. Wenn du Geld brauchst, geb ich es dir, so einfach ist das.«

»Das Thema haben wir längst durch«, versetzte Kendra. »Ich bin nicht käuflich, Joel.«

»Verdammt, glaubst du etwa, ich will dich als meine Geliebte aushalten?« Er raufte sich die Haare. »Hast du mir eigentlich heute Nacht nicht zugehört?« Seine Stimme klang mit einem Mal seltsam belegt. »Ich will dich für mich, Ken. Du bist mir wichtig, und mir liegt sehr viel an unserer Beziehung. Ich wollte bloß nicht mit der Tür ins Haus fallen, sondern dir Zeit lassen, dich an die Vorstellung zu gewöhnen.« Er zögerte. »Ich meine, was hältst du davon, wenn wir in Griechenland heiraten?«

»Heiraten!« Sie japste nach Luft. Ihre Augen weiteten sich vor Verblüffung. Ihr war plötzlich schwindlig vor Glück.

»Keine Frage, es kommt ein bisschen plötzlich für dich.« Er blieb hartnäckig wie ein trotziger kleiner Junge, der sein Spielzeug verteidigt. Kendra fand das total süß. »Du hast mir deutlich zu verstehen gegeben, wie wichtig dir deine blöde Unabhängigkeit ist. Aber verdammt, du weißt auch, dass das zwischen uns etwas Besonderes ist. Es ist nicht bloß Sex; da ist eine ganze Menge mehr, und ich lasse nicht zu, dass du mir wieder wegläufst.«

Ihm weglaufen? Bestimmt nicht. Am liebsten hätte sie sich in seine Arme geflüchtet, als wäre er der einzig sichere Hafen in einer stürmischen Welt. Gütiger Himmel, wie sie sich danach sehnte! Aber wie sollte das funktionieren, immerhin trug sie die Verantwortung für Casey. Seitdem sie Joel kannte, hatte sie das erfolgreich verdrängt, doch jetzt sprang ihr die Realität förmlich ins Gesicht. Unmöglich, dass sie ihre Probleme auf Joel abwälzte, Probleme, die sie nachts kaum schlafen ließen. Bei einer Heirat würde sich ein Teil der Verantwortung automatisch auf ihren Ehemann übertragen, aber das hätte Kendra nie gewollt, selbst wenn Joel bereit war, alles mit ihr zu teilen. Die Situation war frustrierend! Kendra schloss bestürzt die Augen und rang mit ihrer Fassung. Was also tun?

Das dürfte dir doch nicht schwerfallen, sann sie bitter; immerhin war sie inzwischen eine Weltmeisterin, wenn es galt, sich den Realitäten zu stellen und Nägel mit Köpfen zu machen.

»Kendra?« Sie schlug die Lider auf. Joel stand vor ihr, seine Augen sorgenvoll verschattet. »Was hast du?«

Sag es ihm. Na, sag's schon. Besser, die Worte sind raus und stehen zwischen euch. Sie schüttelte energisch ihre Haare zurück und nötigte sich ein Lächeln ab. »Ach, nichts. Mit mir ist alles okay. Es ist bloß ... ich glaube, wir haben unterschiedliche Vorstellungen von unserer Beziehung. Ich hab nicht die Absicht, dich zu heiraten, Joel. Ich dachte, du wüsstest das.«

Seine Miene verdunkelte sich, und Kendra sah hastig weg. O nein, bitte, es reichte, dass sie am Boden zerstört war. Nicht auch noch Joel, das wäre zu viel für sie. Er hatte ihr kein einziges Mal gesagt, dass er sie liebte, sondern nur, dass das mit ihnen etwas Besonderes sei. Folglich war es für ihn bestimmt nicht so schlimm wie für sie.

»Versteh mich bitte nicht falsch«, haspelte sie verzweifelt weiter, »ich will unsere Beziehung nicht beenden. Sexuell klappt es einsame Spitze zwischen uns. Ich mag dich wirklich, Joel, und ich bewundere dich. Ich bin sehr glücklich mit dir und möchte bei dir sein, so viel Zeit mit dir verbringen, wie es unsere jeweiligen beruflichen Engagements zulassen.« Sie zwang sich, seinem Blick standzuhalten. »Aber irgendwas Festes und Dauerhaftes zwischen uns ist nicht drin.«

Sie wiederholte mit mehr Nachdruck: »Es ist echt nicht drin, Joel.«

Statt mit Betroffenheit oder Unverständnis zu reagieren, erstarrte sein Gesicht zur zynischen Maske, und das schmerzte Kendra beinahe noch mehr. »O ja, deine Karriere. Die hatte ich glatt vergessen. Verzeih mir, dass ich Emotionen einbringe, wo es für dich bloß Sex ist.« Sein Lächeln war bitter. »Es ist nicht wirklich schmeichelhaft für mich, zu erfahren, dass du lieber deinen Hals riskierst als eine Ehe mit mir. Das ist ganz schön heavy für mein Ego.«

»Joel«, rutschte es ihr impulsiv heraus. »Es ist nicht so, dass ich …«

»Hör auf!« Die Heftigkeit seiner Äußerung verblüffte Kendra. Seine Augen blitzten ärgerlich auf. Er atmete tief durch und schob auffallend gefasst nach: »Okay, zieh dich an, und dann verschwinden wir hier. Verständlicherweise reagiere ich nicht besonders positiv auf deine Abfuhr. Bescheuert, nicht, nachdem du mir in der Hinsicht anscheinend Profiqualitäten attestierst?«

Sie starrte ihn für eine lange Weile fassungslos an, dann raffte sie das Bettlaken um ihren Körper und ging zur Badezimmertür. Auf halbem Weg rief er ihr nach: »Das mit deinem Angebot, unsere Affäre nach deinen Bedingungen weiterzuführen, muss ich mir noch reiflich durch den Kopf gehen lassen.« Kendra warf einen Blick über ihre Schulter. Er lächelte spöttisch-verbittert. »Eigentlich möchte ich dich am liebsten in die Wüste schicken, aber das überleg ich mir noch. Einerseits könnte ich dich erwürgen, andererseits begehre ich dich, dass es mich halb umbringt. Gibt das deinem Ego Auftrieb, Ken?«

»Nein!« Es tat weh, aber das durfte er nicht merken. Sie versuchte mit zitternden Lippen ein strahlendes Lächeln. »Keine Sorge, jede Schwärmerei geht vorbei. Jede Illusion zerplatzt. Denk mal darüber nach, was du bei unserem ersten Mal in puncto Regenbogenladys gesagt hast. Vielleicht findest du ja immer noch, dass du damit Recht hattest.«

»Schon möglich.« Ein Hauch von Betroffenheit zeigte sich in seinen Zügen, und er seufzte: »Nein, es wäre gelogen, wenn ich das behaupten würde. Mir war es ernst mit jedem verdammten Wort, das ich heute Nacht gesagt habe, das kannst du mir glauben, Ken.« Er wandte sich ab. »Trotzdem darfst du dir sicher sein, dass ich über diese ›Schwärmerei‹, wie du sie nennst, hinwegkomme. Irgendwann, irgendwie. Ich hab mittlerweile begriffen, dass es eine ganz bestimmte Regenbogenlady gibt, die mich nicht ganz kaltlässt.« Er stand an der Tür. »Ich warte unten in der Hotelhalle auf dich.« Die Tür klickte leise hinter ihm ins Schloss.

8

Die Übelkeit kam so plötzlich, dass Kendra es mit letzter Not bis ins Bad schaffte. Sie musste sich wieder und wieder übergeben, und als der eklige Würgereiz endlich nachließ, lehnte sie sich erschöpft an das Waschbecken. Ihr fehlte die Kraft, wieder ins Bett zu gehen.

»Kendra, sind Sie okay?« Billie stand an der Tür zum Bad, ihre Miene besorgt, und musterte ihre Mitbewohnerin aus schläfrigen veilchenblauen Augen. »Kann ich Ihnen irgendwie helfen?«

»Nein«, murmelte Kendra. »Vermutlich hab ich irgendwas gegessen, was mir nicht bekommen ist. Legen Sie sich ruhig wieder hin, Billie. Tut mir leid, dass ich Sie geweckt hab.«

»Ist sowieso Zeit zum Aufstehen.« Billie spähte zum Fenster; die Sonne ging eben auf, und der nachtschwarze Himmel färbte sich verwaschen grau. »Wir müssen in zwei Stunden am Set sein.« Sie legte die Stirn in sorgenvolle Falten. »In Ihrer augenblicklichen Verfassung können Sie heute unmöglich den Stunt mit den Pferden drehen. Ich sag Joel Bescheid, dass er die Szene verlegt, bis es Ihnen wieder besser geht.«

»Nein!« Kendra schüttelte heftig den Kopf und bekam postwendend die Quittung dafür. Und dieses Mal war es noch schlimmer, da sie nichts mehr im Magen hatte. Sie hörte Billies mitfühlendes Seufzen; schließlich umfingen sie tröstlich starke Arme, aber es waren nicht die von Billie. Als sie benommen aufsah, gewahrte sie Yusef. Seine Haare wild vom Kopf abstehend, hatte er hastig seine Hose übergestreift, das Hemd nicht zugeknöpft, und betrachtete sie mit seinen dunklen verständnisvollen Augen. O Himmel, sie hatte das gesamte Haus aufgeweckt! Kein Wunder, nachdem sich die drei in dem winzigen Haus pausenlos auf die Pelle rücken mussten. »Es ist nichts, Yusef! Ich bin gleich wieder okay.«

Er ging über ihren Einwand hinweg und drückte stattdessen den Stöpsel in den Ausguss. Er stützte sie mit einem Arm, während er Wasser in das Becken einlaufen ließ und ein Gästetuch anfeuchtete. Dann wischte er Kendra mit dem Tuch das Gesicht, und die Kühle tat himmlisch gut auf ihrer heißen Stirn.

»Wundervoll«, murmelte sie.

Er grinste milde. »Bald geht es Ihnen wieder besser.« Er hob sie mühelos hoch, als wäre sie leicht wie eine Feder, und trug sie zum Bett zurück. Billie folgte ihnen leicht panisch. Er setzte Kendra vorsichtig auf dem Bettrand ab, strich ihr das Baumwollnachthemd glatt und schob ihr die Haare aus dem Gesicht, so sanft, wie eine Mutter es bei ihrem kranken Kind machen würde.

»Bleiben Sie erst mal ganz ruhig sitzen.« Seine tiefe

Stimme klang begütigend. »Dann lässt die Übelkeit bestimmt nach. In der Zwischenzeit mache ich Ihnen einen schönen Tee und einen trockenen Toast. Das nächste Mal, wenn Sie rausmüssen, sagen Sie mir vorher Bescheid. Ich helfe Ihnen. Sonst wird Ihnen nachher noch schwindlig, und dann fallen Sie womöglich hin und verletzen sich.«

»Das nächste Mal«, echote Billie stirnrunzelnd. »Soll heißen, es war keine einmalige Sache?«

Yusef schüttelte bekräftigend seinen wild zerzausten Schopf. »Nein, es ist das Kind.« Daraufhin strahlte er Kendra an. »Stimmt doch, oder?«

Kendra starrte ihn wie betäubt an. Nach dem ersten Schock realisierte sie, dass sie weniger die Schwangerschaft selbst erstaunte als vielmehr Yusefs schonungslos offene Art, wie er sie mit dieser Tatsache konfrontierte. Sie selbst hatte einfach den Kopf in den Sand gesteckt wie ein Vogel Strauß und die Realität nicht wahrhaben wollen, weil sie einfach nicht weiterwusste. Sicher, sie hatte die Anzeichen registriert, sie jedoch in ihr Unterbewusstsein verbannt und sich hartnäckig gesträubt, auch nur einen Gedanken daran zu verschwenden. »Ja, es ist das Kind«, meinte sie mit schleppender Stimme.

»Ein Baby? Sie sind schwanger?« Billies Gesicht hellte sich auf. »Das ist wundervoll!« Sie stockte, ihre Miene umwölkte sich. »Na ja, wie man's nimmt. Ich tippe mal, nicht jede Frau ist so verrückt auf Babys wie ich. Freuen Sie sich auf das Kind, Kendra?«

Besser, du bindest der unkonventionellen Billie erst

mal nicht auf die Nase, dass das Baby unehelich ist, überlegte Kendra voller Zuneigung. Billies einzige Sorge galt der Frage, ob Kendra das Kind wollte oder nicht. Und ich will dieses Baby, wurde es ihr schlagartig klar. Ich will es mit jeder Faser meines Herzens. Joels Baby, dachte sie träumerisch. Mit grünen Magieraugen und dunkel glänzenden Locken ... aber nicht mit seinem zynischen Lächeln, das von Kummer und Desillusionierung herrührte. Sie würde ihr Baby mit so viel Liebe umgeben und es vor allem Schlimmen beschützen – ihr Kind sollte glücklich und behütet aufwachsen.

»Ich freue mich wahnsinnig auf das Baby, Billie«, antwortete sie leise. »Es ist total verrückt. Eigentlich müsste ich vor Sorge halb umkommen, zumal ich den Kopf mit anderen Dingen voll habe. Dieses Kind wird mein Leben noch komplizierter machen!«

»Casey?«, fragte Billie sanft. Sie waren in den letzten Wochen fast so etwas wie Freundinnen geworden, und Kendra hatte Billie die Geschichte mit ihrem Bruder anvertraut. »Ich sehe zwar das Problem, aber das lässt sich bestimmt lösen.«

Kendra strich sich abwesend die Haare zurück. »Nicht mehr lange, und ich kann keine Stunt-Engagements mehr übernehmen. Das wäre zu gefährlich für das Baby. Ich muss irgendetwas finden, irgendeinen Job, den ich bis nach der Geburt machen kann.«

»Ihr Mann wird Ihnen helfen«, warf Yusef ein. »Mr. Damon würde es nicht billigen, dass Sie sich Sorgen machen müssen, weil Sie ein Kind von ihm erwarten.«

»Wissen Sie, er hat Recht«, meinte Billie weich. »Das Kind ist von Joel, nicht wahr, Kendra?«

Kendra nickte. »Ja, Joel ist der Vater.« Sie presste die Lippen aufeinander. »Aber ich bitte ihn nicht um Hilfe, niemals. Ich schaff das allein.« Sie bedachte Billie mit einem vernichtenden Blick. »Joel darf nichts davon erfahren. Wehe, Sie sagen es ihm, Billie!«

Billie nickte. »Von mir erfährt er nichts. Das ist Ihre Sache und Ihre ganz persönliche Entscheidung. Sie wissen, wenn Sie Hilfe brauchen, können Sie sich jederzeit an mich wenden.«

»Ja, das weiß ich«, antwortete Kendra warm.

»Sie sollte es Ihrem Mann sagen«, versetzte Yusef hartnäckig.

»Er ist nicht mein Mann«, wiegelte Kendra ab. »Und ich will nicht, dass er denkt, ich hätte ihn reingelegt. Er soll nicht glauben, dass er mir in irgendeiner Weise verpflichtet ist.« Unvermittelt erinnerte sie sich an Joels zynische Äußerung, als sie über Vaterschaft und dergleichen diskutiert hatten. Vaterschaft sei »eine Falle«, hatte er behauptet. Es war bestimmt nicht ihre Absicht gewesen, Joel in eine Falle zu locken.

»Sind Sie sicher, dass Joel es so sehen würde?« Billie war skeptisch. »Ich hab Sie beide zusammen beobachtet. Sie müssen blind sein, wenn Sie nicht merken, was dieser Mann für Sie empfindet.«

»Das mag ja sein«, seufzte Kendra unschlüssig. »Vielleicht mag er mich ja irgendwie, aber für wie lange? Wenn er das mit dem Kind merkt, ist es bestimmt aus zwischen uns.«

»Sie verhalten sich ganz, ganz falsch«, beteuerte Yusef. »Ein Mann hat das Recht zu erf...«

»Klappe, Yusef«, schnaubte Billie. »Sie hat auch ihre Rechte.« Sie blickte zu Kendra und rollte die Augen. »Yusef hat zwar in einem Puff gearbeitet, wo er 'ne Menge mitbekommen hat, trotzdem hat er die Mentalität eines hinterwäldlerischen Dorfheinis. Kein Wunder, wenn man bedenkt, dass er in einem winzigen Wüstendorf aufgewachsen ist und erst vor Kurzem das erste Mal Stadtluft geschnuppert hat.«

»Er ist immer sehr nett zu mir«, nahm Kendra den arabischen Hünen in Schutz und schenkte ihm ein dankbares Lächeln. »Ihr beide. Es tut mir leid, dass ich euch in meine persönlichen Probleme mit reingezogen hab.«

»Meine Freunde haben keine persönlichen Probleme«, erklärte Billie begütigend. »Ich lass es erst gar nicht so weit kommen. Freunde teilen alles, sag ich immer.« Sie zog Yusef eine Schnute. »Was unseren gemeinsamen Freund angeht, wird er Sie in den kommenden Tagen vermutlich in den Wahnsinn treiben mit seiner Überfürsorglichkeit. Er hat mir gesteckt, dass er sieben Schwestern hat.«

»Acht«, korrigierte Yusef. »Und vierzehn Nichten und Neffen.«

»Kein Wunder, dass Sie sich mit Schwangeren bestens auskennen«, meinte Kendra trocken. Sie fühlte sich ein wenig besser, nachdem der erste Schock und das Unwohlsein abgeebbt waren. Zweifellos standen ihr Probleme bevor, aber sie würde mit Sicherheit eine

Lösung finden. Erst mal musste sie sich einen neuen Job suchen, bis sie wieder als Stuntfrau tätig werden konnte. »Ich danke euch für die angebotene Unterstützung, aber ich …«

»… schaff das schon allein«, beendete Billie den Satz für sie. »Da wäre ich mir an Ihrer Stelle nicht so sicher. Was ist beispielsweise heute Morgen mit der Wüstenjagd? Sie können kaum gerade sitzen, wie wollen Sie da einen wilden Ritt auf einem Pferd überstehen?«

»Ich trink erst mal einen Tee und verdrück einen trockenen Toast und ruh mich noch ein Weilchen aus. Nachher bin ich bestimmt wieder fit.«

»Kendra, Sie sind schwanger, verflixt nochmal. Sie können das nicht mal eben locker ignorieren und Ihre Stunts machen. Das ist viel zu gefährlich in Ihrem Zustand.«

»Ein, zwei Monate schaff ich das mit links«, beteuerte Kendra. »Meine Mutter hat noch gedoubelt, als sie im vierten Monat mit mir schwanger war. Das hat sie mir erzählt. Ich muss eben umsichtiger sein mit der Auswahl meiner Engagements.« Sie lächelte. »Nichts mehr von wegen Abhänge runterkugeln oder gekonnt vom Pferd fallen.«

»Was ist mit diesem Jeep-Stunt, den Sie unbedingt übernehmen wollten?«, bohrte Billie, ihre Veilchenaugen dunkel vor Mitgefühl. »Knallen Sie nicht mit ziemlicher Wucht auf, wenn Sie auf der anderen Seite des Canyons aufkommen?«

»Wird bestimmt nicht angenehm, aber wenn die

Stelle vernünftig präpariert ist, ist das Ganze halb so wild.«

»Und wenn nicht?«

»Dann können die Jungs was erleben«, antwortete Kendra grimmig. »Aber keine Sorge, Skip kümmert sich darum, dass alles gut läuft.«

»Ach, du liebe Güte, ich bin halb tot vor Sorge, bis das alles vorbei ist.« Billie zog skeptisch die Unterlippe zwischen die Zähne. »Es macht mich wahnsinnig, bloß zuzuschauen und nichts machen zu können. Ich wünschte, ich könnte das für Sie übernehmen.«

»Besser nicht«, giggelte Kendra. »Das ist meine Show, Billie. Sorgen Sie lieber dafür, dass Joel nicht mitbekommt, dass ich schwanger bin. Und drücken Sie mir die Daumen, wenn ich über den Canyon brettere.« Sie schnitt ein Gesicht. »Immer vorausgesetzt, dass ich den Job kriege. Skip hat mir hoch und heilig versprochen, dass er sich heute entscheiden will. Nach meinem Pferdestunt.«

»Ich tu, was ich kann«, seufzte Billie.

»Mehr kann man nicht von einem verlangen.« Kendra streckte sich wohlig auf dem Bett aus und versuchte sich zu entspannen. Die aufgehende Sonne tauchte den Morgenhimmel in ein Pastell aus zarten Rosatönen. Verdammt, mir bleibt nicht mehr viel Zeit, dachte das junge Stuntmodel für sich. Ich muss schleunigst wieder fit werden.

Kendra neigte sich so dicht über den Hals des schwarzen Hengstes, dass ihr Gesicht fast in der wilden

Mähne verschwand. Sie versuchte mental, die Kamerateams auszublenden, die auf Pritschenwagen neben und hinter ihr herfuhren. Sie brauchte ihre ganze Konzentration, um diesen Ritt in einem Dreh hinter sich zu bringen. Sie musste es mit einem Dreh schaffen. Sie glaubte nämlich nicht, dass sie diesen Stunt ein zweites Mal packen könnte.

Der heiße Wind riss unnachgiebig an ihrer Perücke, der Wüstensand floss wie ein goldglitzernder Strom an ihr vorüber. Los, tempo, galoppier weiter. Ein Schuss aus dem Hinterhalt war das Signal für sie, die Füße aus den Steigbügeln zu nehmen, den Sattelknauf zu umklammern und auf eine Seite des Hengstes zu gleiten, sodass sie nicht mehr sichtbar war. Es war ein alter Apachenstunt, der in Actionfilmen immer gut kam und den sie praktisch im Schlaf beherrschte. Also kein Grund zur Panik. Er würde ihr auch dieses Mal glücken, und dann hätte sie es hinter sich.

Die Felsen neben ihr schienen in einem rotglühenden Feuerball zu explodieren. Das Special-Effects-Team hatte zu diesem Zweck Streifen mit Zündmaterial präpariert; sobald der Pseudo-Schusswechsel losging, war das ihr Signal, mit dem Stunt loszulegen. Die Zündladungen hörten sich an wie Maschinengewehrsalven, die auf Ross und Reiter abgefeuert wurden. Sie rutschte blitzschnell auf eine Seite des Pferdes, schwer darauf bedacht, ihre Balance zu halten, während sie mit den Schenkeln scheinbar mühelos den Sattel umklammerte. Es kam ihr entsetzlich lang vor, bis der Hengst die karstige, holprige Felslandschaft passiert hatte und sie wieder durch weiche goldene Sanddünen ritt. Sie glitt geschmeidig wieder auf den Sattel und duckte sich abermals über die Mähne des Hengstes. Noch eine knappe Meile, und sie erreichte eine Markierung, der Hinweis, dass der Ritt endete. Kaum war das Pferd dort angekommen, erspähte sie Billie und Skip, die neben einem Jeep am Straßenrand standen. Gottlob, es war vorbei!

Sie straffte die Zügel, lenkte den Hengst in leichtem Trab zu den Fahrzeugen. Ihr Atem ging in kurzen, japsenden Stößen, Schweißperlen glitzerten auf ihrer Stirn. Wieso war es bloß so verdammt heiß? Der Stunt war anstrengend genug, auch ohne diese brütende Hitze. Joel sprang von dem Kamerawagen, der neben dem Jeep zum Stehen gekommen war. Sie verfolgte, wie Skip auf ihn zuhielt. Leider war sie noch zu weit weg, um irgendetwas von ihrem Gespräch mitzubekommen. Schließlich drehte Skip sich zu ihr um und machte mit zwei Fingern das Victoryzeichen. Gott sei Dank! Sie brauchten den Stunt nicht zu wiederholen. Joel hatte die Szene mit einem Dreh eingefangen. Sie fühlte die Spannung von sich abfallen. Am liebsten wäre sie vor Erleichterung aus dem Sattel geplumpst, aber das durfte sie nicht zeigen.

Der Pferdetrainer tauchte vor ihr auf, griff in das Zaumzeug des Rappenhengstes, sein Blick fragend auf Kendra geheftet. »Wie war er, Kendra?«

»Super. Ganz brav. Es hätte nicht besser laufen können, Jim«, lobte sie das Pferd. »Er hat nicht mal mit den Ohren gewackelt, als das Feuerwerk losging.« Sie saß ab und tätschelte den warmen Pferdehals. »Er galoppierte wie geschmiert weiter, als ich …« Ihr versagte die Stimme, vor ihren Augen drehte sich plötzlich alles. Sie umklammerte Halt suchend den Sattelgurt. Schon war Billie bei ihr und hielt sie fest.

»Billie, mir ist auf einmal sooo schwindlig«, flüsterte sie, ihr Mund staubtrocken. »Sag irgendwas, bitte, lenk sie von mir ab. Ich brauch ein paar Minuten, bis ich wieder klar bin.« Sie schloss die Augen und atmete tief durch.

»O, Scheiße«, zischte Billie bestürzt. »Hab ich's nicht gesagt? Sie hätten sich heute besser den ganzen Tag geschont.«

Kendra klappte die Lider auf. Puh, ein Glück, das eklige Wackelbild vor ihren Augen hatte sich auf wundersame Weise verflüchtigt. Sie sah wieder ganz normal. Dafür gewahrte sie Skip und einen auffallend grimmig dreinblickenden Joel, die mit ausgreifenden Schritten zu ihr gelaufen kamen, und geriet erneut in Panik. Ihre Knie fühlten sich plötzlich an wie weichgekochte Spagetti, und sie zitterte. Sie suchte verzweifelt nach einer Ausrede für ihren Schwächeanfall.

»Teufel noch, was ist mit dir los?«, fuhr Joel sie an, seine Augen zu stechend schmalen Schlitzen verengt. Skip trat hinter ihn.

»Nichts«, stammelte Kendra. »Ich hab mich wahrscheinlich bloß zu schnell aus dem Sattel geschwungen und …«

»Sie hat ein bisschen Probleme mit dem Rücken«, sagte Billie hastig. »Sie hatte vor Kurzem einen Unfall und gelegentlich immer noch Schmerzen. Soll ich dir schnell deine Pillen holen?«

»Pillen?« Skips Stimme klang eisig, seine grauen Augen blitzten empört auf.

O Himmel, das war so ziemlich das Blödeste, was Billie als Ausrede hätte einfallen können. Sie hatte es zwar gut gemeint, um Joel auf eine falsche Fährte zu locken – sonst hätte er womöglich treffend auf eine Schwangerschaft getippt –, aber stattdessen hatte sie genau das ausgeplaudert, was Kendra unbedingt vor Skip verheimlichen wollte!

»Was denn für Pillen, Kendra?«, schob Skip gefährlich sanft nach.

»Darvocet-N«, antwortete sie mit einem resignierten Seufzen. »Einhundert Milligramm.« Sie hielt seinem Blick stand. »Aber ich hab hier in Sedikhan erst eine genommen. An dem Tag, als ich mir auf dem Abhang den Rücken geprellt hatte. Und da hatte ich am nächsten Tag frei. Ich kenne Ihre Einstellung zu dem Thema, Skip.«

»Dann wissen Sie auch, dass ich keine Schmerzmittel am Set dulde. Höchstens mal ein Aspirin, wenn jemand in meinem Team Kopfschmerzen hat«, versetzte Skip ungehalten. »Und Sie wissen, dass ich niemanden engagiere, der körperlich so schlecht drauf ist, dass er Medikamente nehmen muss. So was beeinflusst Ihre Reflexe, das kann Sie umbringen. In diesem Job können Sekundenbruchteile den kleinen Unterschied zwischen Leben oder Tod ausmachen.«

»Eine Tablette, einmal!«, japste Kendra genervt.

»Sie haben selbst gesagt, dass ich einen extrem guten Job mache. Glauben Sie, ich könnte das, wenn ich mit Pillen zugedröhnt wäre, oder was?«

»Verdammt, hat vielleicht mal jemand die Freundlichkeit, mir zu erklären, was Darvocet-N ist?«, bemerkte Joel zähneknirschend.

»Ein starkes Schmerzmittel«, antwortete Skip mechanisch und schüttelte verständnislos den Kopf. »Ich hatte zwar gehört, dass Sie nach Ihrem Unfall sehr schnell wieder im Studio waren, hab das Gerede aber nicht ernst genommen. Ich hätte nie von Ihnen gedacht, dass Sie so nachlässig mit Ihrer Gesundheit umspringen, Ken.«

»Das war es auch nicht, ich brauchte den Job«, antwortete sie gepresst. »Zur Hölle, Sie wissen doch, dass ich unter Druck stehe.«

»Wegen Casey?« Skips Stimme war ohne jedes Mitgefühl. »Meinen Sie, es hilft ihm, wenn Sie sich selbst umbringen? Das Argument lasse ich nicht gelten, und das wissen Sie auch.«

»Sie tun grad so, als wäre Kendra irgendein Pillen-Junkie«, warf Billie ärgerlich ein. »Sie hat das Zeug verschrieben bekommen, klar?«

»Das Ergebnis ist im Endeffekt dasselbe«, antwortete Skip. »Meinen Sie, ich wüsste nicht, wie das ist? Mann, ich glaub, als ich Mitte dreißig war, hatte ich mir so ziemlich sämtliche Knochen gebrochen. Egal wie sehr man aufpasst, Unfälle sind nie ganz auszuschließen. Das Spiel gehört zum Leben. Trotzdem bleibe ich dabei, keine Pillen, keine Drogen, kein Alkohol bei der Arbeit!« Dann merkte Skip, dass der Pferdetrainer noch bei ihnen stand und ihn abwartend musterte. »Sie haben einen Superjob hingelegt, Jim. Ich engagier Sie demnächst beide wieder.« Als der Mann unschlüssig den Hengst wegführte, wandte Skip sich abermals an Kendra. »Ich bin mir nicht sicher, ob ich dasselbe von Ihnen behaupten kann, Ken. Zumal ich es auf den Tod nicht leiden kann, wenn man meine Regeln bricht.«

»Jetzt nochmal langsam zum Mitschreiben für mich.« In Joels Stimme schwang eine leise Drohung. »Du behauptest also, dass Kendra während der gesamten Dreharbeiten zu *Venture* so starke Schmerzen hatte, dass sie Medikamente nehmen musste?«

»Nein! Ich hab eben gesagt, dass ich bloß *einmal* was eingenommen hab«, protestierte Kendra. »Ich bin fast wieder fit.«

»Fast«, wiederholte Joel, seine grünen Augen brannten sich in ihre. »Du lässt dich geschlagene zwei Wochen lang von mir anblaffen und triezen, und verlierst kein Sterbenswort darüber, dass du höllische Schmerzen hast? Du musst echt was Masochistisches an dir haben. Wieso zum Henker machst du so was Idiotisches?«

»Die Frage erübrigt sich fast«, sagte Skip mit leicht gereizter Stimme und stellte sich damit gewissermaßen schützend vor Kendra – er ließ sein Team in Konfliktsituationen nie im Regen stehen. »Es weiß schließlich jeder, dass Kendra Geldsorgen hat, seit ihr Bruder vor vier Jahren bei den Stunts zu *Death Race* einen schweren Unfall hatte und sie seine Krankenhausrechnungen finanzieren muss. Er machte den folgenschweren Fehler, der Produktionsgesellschaft eine Erklärung zu unterschreiben, dass er auf eine entsprechende Krankenversicherung verzichtet. Und Kendra muss den Schlamassel ausbaden.« Er grinste missmutig. »In der Branche wirst du keinen Profi finden, der mit dieser Gesellschaft noch zusammenarbeiten würde. Aber für Casey und Ken kam jede Einsicht zu spät.«

»Ich hab es aber nicht gewusst«, räumte Joel ärgerlich ein. »Sie hielt es anscheinend nicht für nötig, mich zu informieren, wieso sie sich unbedingt den Hals brechen muss.«

»Wieso sollte ich?«, gab Kendra trotzig zurück. »Hätte das irgendwas geändert? Die Stunts müssen gemacht werden, und damit basta.«

»Es gibt da einen kleinen, feinen Unterschied«, knirschte Joel. »Verdammt, das weißt du ganz genau. Ich muss mit dir reden, Ken. Sofort.«

»Es ist nicht dein Bier, Joel«, sagte Kendra knapp. »Das ist eine Sache zwischen Skip und mir. Halt dich da gefälligst raus.«

»Einen Teufel werde ich tun!«

Kendra ignorierte Joel, der sich wütend vor ihr aufbaute, und trat näher zu Skip. Sie war erleichtert, als sie merkte, dass das Schwindelgefühl nachgelassen hatte. »Okay, ich war nicht ganz ehrlich zu Ihnen«, sagte sie ernst. »Sie haben selbst gesagt, dass Sie mit meiner Arbeit zufrieden sind. Und Sie wissen, dass ich mir den Arsch aufgerissen hab, weil ich Ihnen einen echt professionellen Job abliefern wollte. Ich hab mir diesen Stunt redlich verdient, Skip. Das wissen Sie sehr genau.«

Sie vernahm einen kurzen gereizten Fluch von Joel, den sie aber überhörte. Sie musste nur Skip davon überzeugen, dass er ihr den Jeep-Stunt gab. Nachdem sie schwanger war und nur noch ein paar Monate als Stuntfrau würde arbeiten können, brauchte sie diesen Extrajob umso dringender. »Ich bitte Sie nicht um einen Gefallen. Ich hab bewiesen, dass ich es kann, Skip.«

»Mal angenommen, ich gebe Ihnen den Job. Dann wird sich doch so ziemlich jeder im Business fragen, ob ich meine eigenen Grundsätze nicht ernst nehme, von wegen Drogen bei der Arbeit und so, oder?«, meinte Skip übertrieben hart. »Das sieht dann so aus, als würde ich Sie auch noch dafür belohnen, dass Sie gegen meine Regeln verstoßen haben. Wie soll ich das plausibel vertreten?«

»Das kannst du gar nicht«, erklärte Joel. »Und Kendra wird diesen Job auch nicht machen.«

»Nicht können?«, meinte Skip gefährlich leise. »Was ich kann oder nicht kann, überlass gefälligst mir, Joel. Misch dich nicht in meine Angelegenheiten. Ich mische mich auch nicht in deine.«

»Irrtum. Es ist *meine* Angelegenheit«, versetzte Joel. »Es war unverantwortlich von dir, sie für den Stunt zu engagieren, nachdem sie vor Kurzem einen Unfall hatte. Und es ist absolut nicht zu verantworten, nachdem du mittlerweile weißt, dass Kendra unter Medikamenteneinfluss steht. Du hast selber betont, dass davon Leben oder Tod abhängen können.«

»Aber sie sagte doch bereits, dass sie bloß eine Tablette eingenommen hat, und noch dazu an ihrem freien Tag«, meinte Skip sachlich. »Und wenn ich mich recht entsinne, warst du daran nicht ganz unschuldig. Du hast sie schließlich dauernd den Abhang runtergejagt.«

Joel verzog missmutig das Gesicht. »Meinst du, ich wüsste das nicht, Skip? Meinst du, ich würde mir nicht im Nachhinein Vorwürfe machen, dass ich mich ihr gegenüber wie ein Menschenschinder benommen habe?«

»Was du persönlich mit Kendra hast, interessiert mich nicht. Solange es meine Pläne nicht durchkreuzt.« Er wandte sich Kendra zu. »Sie haben Recht. Sie haben sich den Stunt verdient.« Er presste die Lippen zu einer dünnen Linie aufeinander. »Sollte vonseiten meines Teams Kritik kommen, werde ich damit locker fertig. Verdammt, ich lass mir doch nicht meine Autorität untergraben!«

»Heißt das, Sie geben mir den Stunt?« Kendras Miene hellte sich auf.

Skip nickte knapp. »Der Job gehört Ihnen.« Er wandte sich zum Gehen. »Kommen Sie, ich nehm Sie in meinem Wagen mit. Wir setzen uns erst mal in meinem Trailer zusammen und gehen die einzelnen Sequenzen des Stunts durch, und nachher setzen Sie sich in den Jeep und probieren das Ganze mal in echt aus.«

»Scher dich zum Teufel, Skip.« Joels Stimme überschlug sich fast vor Wut, und Kendra riss schockiert die Augen auf. »Wenn ihr morgen in dem Canyon auch nur ein Haar gekrümmt wird, bring ich dich mit bloßen Händen um.«

»Wird schon schiefgehen«, meinte Skip. »Ich geb auf meine Leute Acht. Ich warte im Wagen auf Sie, Ken.« Mit diesen Worten verschwand er.

Kendra wollte ihm folgen, doch Joel umklammerte ihre Handgelenke mit eisernem Griff und hielt sie fest. »Schon vergessen? Ich muss mit dir reden, Kendra. Daran hat sich nichts geändert.« Sein Blick auf Kendras Gesicht geheftet, sagte er: »Du entschuldigst uns, Billie?«

Billie warf Kendra einen fragenden Blick zu, bevor sie hilflos mit den Schultern zuckte und zum Jeep lief. »Wenn Sie mich brauchen, rufen Sie mich, Kendra.«

»Meint sie etwa, ich würde dich verprügeln oder was?«, fragte Joel erbittert. »Obwohl … die Idee hat was. Momentan ist mir allerdings mehr daran gelegen, dich von einem glatten Selbstmord abzuhalten. Ich denke mal, Billie würde das genauso sehen.«

»Stimmt«, sagte Kendra unsicher. »In manchen Dingen ist sie übervorsichtig. Dabei ist sie sonst so erfrischend unkonventionell.«

»Sie sollte besser versuchen, dich vor dir selbst zu schützen und nicht vor mir.« Seine Hände schlossen sich fester um ihre Handgelenke. »Damals, in der Nacht auf Rainbow Keep, hattest du gar nicht so viel getrunken, wie du getan hast. Es waren die Scheißtabletten, die du intus hattest, nicht wahr?«

»Ich weiß es ehrlich gesagt nicht«, antwortete sie schulterzuckend. »Vermutlich war es die Kombination aus beidem.«

»Na, super«, bemerkte Joel ironisch. »Bist du eigentlich nur beschränkt? Tabletten *und* Alkohol? Du kannst von Glück sagen, dass dich die Mischung nicht umgebracht hat!«

»Sorry, war nicht besonders clever von mir. Musst du eigentlich immer wieder auf diesem Thema herumhacken? Okay, okay, ich hab einen Fehler gemacht, der aber Gott sei Dank ohne Folgen geblieben ist.«

»Ach ja?« Um seine Lippen zuckte es bitter. »Das sehe ich anders.« Zwei grimmige Falten kerbten sich um seine Mundwinkel. »Wieso hast du mir das mit deinem Bruder nicht erzählt? Ich hätte dir so viel Geld geben können, wie du brauchst – ohne dass du dich in irgendeiner Form verpflichtet fühlen müsstest. Oder hast du etwa gedacht, ich würde mir irgendwas davon versprechen, wenn ich dir helfe? Dass ich dich sexuell unter Druck setzen würde? Nein, das ist mir zu billig, Ken.« Er schaute sie gequält an.

Sie schlug die Augen nieder. »Und, was hätte ich deiner Meinung nach machen sollen? Dich auf Knien um Verständnis bitten für das arme geknechtete Stuntgirl, das seinen schwer verletzten Bruder unterstützen muss? Das ist doch hirnrissig. Ich kümmere mich seit dem Unfall um Casey und komme für seine Behandlung auf, da brauche ich jetzt auch keine finanzielle Hilfe mehr. Ich regle das auf meine Weise, Joel.«

»Indem du deine Gesundheit ruinierst? Dein Leben aufs Spiel setzt, verdammt?«

»Es ist mein Leben«, flachste sie, wurde dann aber wieder ernst. Nein, Irrtum, es war nicht mehr nur ihr Leben – sie trug inzwischen auch die Verantwortung für das ungeborene Kind. Lieber Gott, betete sie im Stillen, mach, dass der Jeep-Stunt morgen einwandfrei klappt.

»Du musst immer das letzte Wort haben, nicht?«, schnaubte er halb ärgerlich, halb betroffen. Plötzlich verhärteten sich seine Züge, erstarrten zu einer Maske aus Stein. »Du meinst vielleicht, dass ich kein Recht hab, mich in dein Leben einzumischen. Ich bin mir auch bewusst, dass ich für dich nur eine Nebenrolle spiele, aber so einfach lasse ich mich nicht abwimmeln, Kendra. Ich setze dir ein Ultimatum, und wenn du clever bist, hältst du dich daran.«

»Ein Ultimatum?«

»Ich möchte, dass du den morgigen Stunt absagst. Dafür gebe ich dir das Geld, das du für deinen Bruder brauchst, und ich finanziere dir meinetwegen die Schauspielschule oder eine Ausbildung in irgendeinem anderen Beruf, der dich interessiert. Einfach so, ohne jede weitere Verpflichtung. Wenn du nicht möchtest, brauchst du mich nicht mal mehr wiederzusehen.«

Als sie den Kopf schüttelte, fuhr er ungehalten fort: »Ich bin noch nicht fertig. Jetzt kommen wir zu meinem Ultimatum. Wenn du den Stunt morgen trotzdem machst, werde ich dafür sorgen, dass dein Name auf die schwarze Liste kommt. Dann bist du für die Filmwelt gestorben. Dir ist sicher klar, dass ich den nötigen Einfluss habe, um das durchzusetzen. Ich werde überall verbreiten lassen, dass du unkooperativ und unzuverlässig bist, und die Tablettengeschichte setzt noch eins drauf. Zwing mich nicht dazu, es so weit kommen zu lassen. Dann kannst du dir deine Unabhängigkeit abschminken. Dann brauchst du nämlich einen Aufpasser, jemanden, der gut für dich sorgt. Folglich werde ich dir die Pistole auf die Brust setzen und dich zu meiner Geliebten machen.«

»Das würdest du nicht bringen«, wisperte Kendra.

»Wetten doch?«, versetzte er, ein triumphierendes Grinsen auf dem Gesicht. »Ich tu, was ich für richtig halte. Und mit dem größten Vergnügen, das darfst du mir glauben. Es ist zwar nicht die Rolle, die ich eigentlich für dich vorgesehen hatte, aber wer weiß? Könnte mir vorstellen, dass es mir gar nicht schwerfällt, den Scheich für meine Zwangsgeliebte zu spielen. Klingt nach einer verdammt guten Story. Lässt sich vielleicht sogar irgendwann verfilmen.«

»Ich glaube nicht, dass das dein Stil ist.« Kendra schob trotzig ihr Kinn vor. »Du bist nicht der Typ, der so eine Situation für sich ausschlachtet.«

»Du wirst dich noch umgucken, was für ein Typ ich sein kann. Und, wie hast du dich entschieden?«

Sie riss sich von ihm los. »Tu, was du nicht lassen kannst.« Ohne ihn noch eines weiteren Blickes zu würdigen, stapfte sie durch den Sand zu dem Jeep, wo Skip auf sie wartete. »Das tu ich schließlich auch. Pah, ich lass mir doch von dir nichts vorschreiben!«

9

Joel stand etwas abseits von der Location für die aktuellen Dreharbeiten, seine hochgewachsene schlanke Silhouette in das zunehmend aufhellende Grau des jungen Morgens getaucht. Der schneidende Wüstenwind zerrte an seinen Kleidern, fegte durch seine dunklen Locken. Er wirkte irgendwie verloren und frustriert, fand Billie. Sie lief zu ihm.

»Ron hat mir gesagt, dass du schon seit zwei Stunden hier draußen bist«, meinte sie sanft, als sie sich zu ihm gesellte. »Und dass du die ganze Nacht auf warst, um alles abzuchecken. Ich soll dir von ihm ausrichten, dass sie unten im Tal stehen. Du sollst ihm ein Zeichen geben, wenn du bereit bist.«

Er nickte, ohne jedoch den Blick von der Schlucht zu lösen, die vor ihnen gähnte. »Wusstest du, dass es hier fast dreihundert Meter tief runtergeht, Billie? Ich hatte die Crew für die Spezialeffekte vor ein paar Tagen losgeschickt, um die Location zu checken. Sie sollten eine Stelle aussuchen, wo die Filmszene nachher besonders dramatisch rüberkommt.«

»Dafür ist dieses Setting hier goldrichtig«, versetzte

Billie. Sie schauderte, als sie in das tief in die ausgezackten Felsen eingeschnittene, dunkel gähnende Tal blickte. »Mir wird schon beim bloßen Runtergucken ganz schwindlig.«

»O ja, ich hab ein Händchen für dramatische Effekte.« Seine Lippen formten sich zu einem zynisch bitteren Lächeln. »Die Schlucht musste breit genug sein, damit die Kinobesucher vor Verblüffung die Luft anhalten, wenn meine verrückte kleine Stuntfrau auf wundersame Weise sicher auf der anderen Seite landet. Ich hab Stunden an dem Storyboard herumgefeilt und will die Szene exakt in dem Moment abdrehen, wenn die Sonne hinter dem Canyon aufgeht. Der dunkle Jeep, der in voller Fahrt durch das abschüssige Gelände brettert, kontrastiert mit dem orangeglühenden Horizont – ich garantier dir, das wird eine atemberaubende Filmkulisse. Und mein Meisterwerk.« Er stopfte die Hände in die Taschen seiner Outdoorjacke. »Soll ich dir mal was verraten, Billie? Ich hab dabei nicht eine Sekunde lang an die Person gedacht, die den Stunt machen wird. Komisch, was?« Er lachte freudlos. »Nicht eine Sekunde lang.«

»Das ist auch nicht dein Job«, versetzte Billie, ihren Blick bestürzt auf Joels Gesicht gerichtet. Er wirkte gestresst, unter seinen Augen malten sich dunkle Ringe. »Du entwickelst lediglich das Konzept und überlässt es kompetenten und erfahrenen Leuten, es umzusetzen.«

»In diesem Fall Kendra Michaels.«

»Sie ist gut, Joel. Sie ist die Beste in dem Business,

sonst wäre sie nicht für einen Blockbuster wie *Venture* engagiert worden. Sie schafft das.«

»Ist dir eigentlich bewusst, wie viele Stuntleute in den letzten zehn Jahren bei Dreharbeiten getötet oder lebensgefährlich verletzt wurden?«, fragte Joel. Seine Augen klebten an der schartigen Felslandschaft, die steil ins Tal abfiel. »Ich hab mich in den vergangenen zwei Wochen intensiv mit der Materie beschäftigt und kenne sämtliche Statistiken wie meine Brieftasche.«

»Schau mal, Kendra hat kein bisschen Muffe davor«, versuchte Billie einzulenken. »Sie war bis weit nach Mitternacht mit Skip zusammen. Die beiden haben jeden Aspekt, jede kleine Einzelheit des Stunts durchgesprochen, und sie ist nicht die Spur aufgeregt.«

»Weil sie denkt, dass sie Supergirl und Catwoman zusammen ist«, knirschte Joel. »Die meisten Unfälle passieren im Übrigen aufgrund mangelnder Erfahrung oder schlechten Timings. Menschliches oder technisches Versagen ist die Hauptursache. Sie könnte die beste Fahrerin auf der ganzen Welt sein, trotzdem hat sie null Chance, wenn der Jeep nicht die Power hat, dass er es von der präparierenden Piste bis über den Canyon schafft.«

»Das wird schon nicht passieren«, versicherte Billie leicht geknickt. »Kendra hat vollstes Vertrauen zu Skip. Bevor er sein Okay zu dem Stunt gibt, hat er den Jeep mindestens dreimal komplett durchchecken lassen. Sie wird es schaffen, Joel. Du musst nur daran glauben.«

»Ja, das muss ich wohl«, sagte Joel dumpf. Sonst könnte er den Albtraum, den er selbst choreografiert hatte, vermutlich nicht durchstehen. »Weißt du, als Kind hatte ich immer Schiss, an irgendwas zu glauben. Zumal sich alles, woran ich glaubte, früher oder später als Schwindel entpuppte. Ob Weihnachtsmann oder tiefe mütterliche Zuneigung – alles Ammenmärchen. Ich mochte an nichts mehr glauben, weil nichts real war. In meinem Leben war nichts wirklich real, bis … bis ich Kendra kennen lernte.« Er tat einen tiefen Atemzug. »Wie heißt es doch so passend, der Glaube kann Berge versetzen, nicht wahr?« Die ersten zarten Strahlen der aufgehenden Sonne tasteten sich über den Himmel, erhellten sein Gesicht, und Billie schluckte unwillkürlich, als sie die Zerrissenheit bemerkte, die seine Züge verschattete. »Gott, ich muss einfach glauben, dass sie es schafft.«

»Joel.« Billie umschloss mit einer Hand impulsiv seinen Arm. »Du darfst nicht …«

»Los, komm«, sagte Joel abrupt. Er schnellte herum und setzte die Felsenpiste hinunter, wo die übrige Crew am Fuß der Klippen stand. »Wir haben schätzungsweise noch eine Viertelstunde, dann muss der Stunt im Kasten sein.« Sein Gesicht maskenhaft starr, fasste er sie am Ellbogen und half ihr den Weg hinunter. »Das Kamerateam im Hubschrauber hat die Order, auf mein Signal hin abzuheben, aber vorher muss ich die Positionen der Leute rechts und links vom Canyon und auf der Klippe über der Schlucht nochmal genau checken.« Er grinste schief. »Schließlich möchte ich keine Sekunde von diesem fantastischen Sonnenaufgang als Hintergrundkulisse verplempern, nicht?«

»Nein, das wäre wirklich schade«, meinte Billie geistesabwesend, während sie über loses Gestein stolperte, um mit Joels langen Schritten mitzuhalten. »Joel, Kendra hat zwar null Problem mit dem Stunt, gestern ist ihr im Gespräch jedoch zufällig herausgerutscht, dass sie Sorge hat, die Stoßdämpfer des Jeeps könnten nicht entsprechend präpariert sein. Sie war ein bisschen nervös, weil das wohl eminent wichtig sei. Was würde denn passieren, wenn mit den Stoßdämpfern irgendwas nicht stimmte?«

Die Finger, mit denen Joel ihren Ellbogen umklammerte, verkrampften sich unwillkürlich, bohrten sich schmerzhaft in Billies Haut. Er starrte demonstrativ geradeaus, sein Blick auf die vielen Techniker gerichtet, die ein paar hundert Meter vor ihnen letzte Hand an die Location anlegten. Dann sah er den Jeep und Kendra. Sie stand neben dem Wagen und hing wie gebannt an Skips Lippen, der ihr eben letzte Anweisungen gab. »Was passieren würde? Sie würde mit einer Wahnsinnsgeschwindigkeit über die Schlucht setzen und auf der anderen Seite mit unvorstellbarer Wucht aufkommen. Wenn die Stoßdämpfer das nicht aushalten und zu Bruch gehen, statt die Wucht aufzufangen und Kendra wie geplant weich abzufedern, hätte das denselben Effekt wie der Sprung von einem zehnstöckigen Hochhaus.« Er machte eine Kunstpause. »Sie würde sich sämtliche Knochen brechen.«

Noch ein paar Minuten und dann war es soweit. Einer ihrer Stuntkollegen nahm sie freundschaftlich in den Arm, drückte Kendra kurz und flüsterte ihr dabei ins Ohr: »Hals- und Beinbruch, Ken.« Es war vor einem spektakulären Dreh in ihrem Business üblich, sich gegenseitig Mut zu machen, trotzdem war sie jedes Mal aufs Neue gerührt. Saß sie erst mal auf dem Fahrersitz des Jeeps, wären sämtliche Emotionen ausgeblendet, sogar die Anspannung vor dem eisigen Thrill der Gefahr. Die Umarmung und die Motivation durch die Kollegen lenkten immerhin von der gruseligen Einsamkeit ab, die sie gleich empfinden würde. Das half ihr über das Schlimmste hinweg, und Kendra konnte heute jede Unterstützung gebrauchen.

Joels bittere Vorwürfe hatten ihr mehr zugesetzt, als sie es sich selbst eingestehen mochte. Nur mit Mühe hatte sie dem Impuls widerstehen können, seinem Drängen nachzugeben und aus der Stuntgeschichte vorzeitig auszusteigen. Schließlich hatte ihr Stolz gesiegt: Sie war nicht bereit, ihre Unabhängigkeit für eine vorübergehende Liaison aufzugeben. Joel begehrte sie, klar. Und sie liebte ihn mit jeder Faser ihres Herzens. Aber was war in einem Jahr, in zwei Jahren? Was war, wenn seine Gefühle nicht so tief gingen wie ihre und er sie irgendwann wieder verließ? Das würde sie niemals verwinden können, seufzte Kendra. Aber welche Chance hatte sie bei einem Mann, dem Misstrauen und Zynismus in die Wiege gelegt worden waren?

Es fiel ihr verdammt schwer, ihm die kalte Schulter zu zeigen. Zumal sie sich am liebsten wie ein kleines Mädchen in seine Arme gekuschelt hätte. Seitdem er von jenem Abhang herabgestiegen war wie Moses mit den in Stein gehauenen zehn Geboten, ignorierte er sie, als wäre sie Luft für ihn. Kein Blick, kein Wort mehr. Hatte sie etwas anderes erwartet, nachdem sie kein bisschen eingelenkt hatte? Es tat weh, verdammt weh. Aber daran durfte sie jetzt nicht denken. Sie beobachtete, wie er geschäftig von einem Crewmitglied zum anderen hechtete und den Leuten gezielte Anweisungen für den Dreh erteilte, seine Miene unbewegt, unnahbar. Währenddessen versuchte sie, sich mental auf den Stunt zu konzentrieren.

»Ken.« Sie riss den Blick von Joel los. Skip war neben sie getreten. »Die Mechaniker und ich haben eben den Jeep nochmal komplett durchgecheckt. Alles tipptopp. Die Karre läuft wie geschmiert. Sie werden wie auf Wolken fliegen.«

»Logo«, versetzte Kendra flapsig. »Bei Ihnen bin ich mir hundertprozentig sicher, dass die Sache fluppt. Die Karre würde sich gar nicht trauen, aufzumucken.«

»Da haben Sie verdammt Recht«, meinte Skip gedehnt. »Denken Sie dran, wenn Sie über der Schlucht schweben. Keine Experimente und keine Unachtsamkeit, ja? Sie wollen mir doch nicht meinen Ruf ruinieren, indem Sie volles Rohr gegen die Felsen krachen, oder?« Er grinste matt. »Spaß beiseite, Ken. Ich erwarte nicht bloß, dass Sie einen Superstunt hinlegen, sondern auch, dass Sie den gegenwärtigen Rekord brechen. Meinen Sie, dass Sie das packen?«

»Klar, warum nicht?« Sie kannte Skip inzwischen recht gut und wusste, dass ihm Rekorde vollkommen egal waren, auch wenn andere Stuntleute einen Wahnsinnsehrgeiz darin entwickelten, irgendwelche spektakulären Leistungen zu überbieten. Ihm ging es allein darum, sie in den letzten Minuten vor dem Start zu motivieren. »Ich flieg über den Canyon, als wären mir Flügel gewachsen.«

»Tun Sie das.« Skip umarmte sie kurz. »Man sieht sich auf der anderen Seite, Kleines.« Darauf entfernte er sich mit großen Schritten.

Auf der anderen Seite. Die Doppeldeutigkeit, die in diesem Satz steckte, ließ sich so oder so interpretieren. Sie wiegte leicht konsterniert den Kopf. Liebe Güte, war sie auf einmal morbide. Vielleicht wurde es wirklich Zeit, dass sie sich aus diesem heiklen Business zurückzog.

»Die Kamerawagen werden in ein paar Minuten losfahren«, meinte Joel, der plötzlich neben ihr auftauchte, seine Stimme unnahbar wie der ganze Mann. »Der Helicopter hebt eben ab, und ich möchte, dass alles in Position ist, bevor du das Verfolgungsrennen startest. Ron informiert dich über Handy, wenn es für dich losgeht. Ich stehe mit der Kameracrew auf der anderen Seite, an der Böschung, wo du gleich landen wirst. Versuch, exakt in dem Moment loszufahren, wo er dich anbimmelt. Ich hab mir fest vorgenommen, diesen Wahnsinnssonnenuntergang als Hintergrundmotiv auszukosten, klar?«

»Ich bin bereit«, sagte sie und bemühte sich um

ein unverkrampftes Lächeln. »Ich will dich schließlich nicht enttäuschen, indem ich dir die dramatischste Szene im ganzen Film vermassle. Außerdem finde ich es traumhaft, in einen strahlenden Sonnenaufgang zu brausen. Das ist mal was anderes als die üblichen Verfolgungsaktionen bei Nacht und Nebel.« Ich plappere dummes Zeug, um mich abzulenken, sann sie. Konnte er nicht einfach verschwinden? Stattdessen stand er hier rum und funkelte sie mordlustig an, jeder Muskel in seinem Gesicht arbeitete. »Meine beiden letzten Filme waren Western, da musste ich dauernd ...«

»Sei still.« Joels Hände sanken beschwörend schwer auf ihre Schultern. »Mann, halt endlich die Klappe. Nachdem dich die halbe Crew abgeknutscht hat, als hättest du die Hauptrolle auf einer irischen Beerdigung, kann ich auf deine flippigen Kommentare gut verzichten.«

Er wirkte plötzlich niedergeschlagen, sein Gesicht von Kummer verschattet. Kendra spürte ein Engegefühl in der Kehle, das Sprechen bereitete ihr Mühe. »Tsts, von wegen Beerdigung und so. Meine Kollegen wissen, was in diesen Momenten in einem vorgeht. Folglich haben sie bloß versucht, mir Mut zu machen und mich ein bisschen abzulenken. Bedaure, wenn dich so was stört.«

»Von Stören war nie die Rede.« Seine Stimme klang rau, seine Augen blitzten im trüb verhangenen Morgenlicht auf. »Ich bin bloß tierisch eifersüchtig, wenn du mit anderen Leuten rummachst. Ich möchte der Einzige sein, von dem du Trost und Hilfe annimmst.«

Er zog sie behutsam an sich, als wäre Kendra aus Glas und könnte in seinen Armen zerbrechen. Seine Wange presste sich kühl an ihre, seine Wimpern waren indes warm und feucht. Feucht?

»Wende dich vertrauensvoll an mich, Regenbogenlady, wenn du Hilfe brauchst, mmh? Ich würde dich bestimmt niemals enttäuschen. Ich möchte dir die Power und die Coolness vermitteln, die du brauchst, um heil über diesen Canyon zu kommen.« Er wiegte sie ungeahnt zärtlich in seinen Armen. »Großer Gott, ich wünschte, ich könnte dich über diesen Canyon heben, allein mit der bloßen Kraft meines Willens. Ich will, dass du das weißt, Kendra. Du sollst wissen, dass ich in Gedanken ganz bei dir bin und mit dir fiebere, wenn du mit dem Jeep über diese verfluchte Schlucht setzt.« Er küsste sie, wild und geradezu verzweifelt. »Du musst es schaffen, verdammt nochmal!« Dann ließ er sie los und lief eilends zu dem Kamerawagen. Ohne sie noch eines Blickes zu würdigen, sprang er auf den Truck und rief »Los geht's« zu dem Fahrer.

Kendra atmete tief durch. Ihr wurde leicht mulmig zumute, als sie dem Kamerawagen nachblickte, der dem Straßenverlauf in die Schlucht folgte. Halb benommen, halb aufgepeitscht von dem Adrenalinschub, der ihre Nervenenden warm durchflutete, das eisige Gänsehautgefühl ausblendete und die Ängste, die sie sich letztlich nicht eingestehen mochte. Vielleicht war Joel tatsächlich ein Magier, wie sie es in jener ersten Nacht empfunden hatte. Sie glaubte fast schon, dass er sie kraft seines Willens über den Canvon heben könnte. Kraft seines Willens – oder war da noch etwas anderes? Kendra schöpfte neue Hoffnung, ihr Herz klopfte wie wild. Nein, daran durfte sie jetzt nicht denken. He, konzentrier dich lieber auf den Job, den du gleich machen musst, wies sie sich mental zurecht.

Sie schwenkte zu dem Jeep herum und schwang sich auf den Fahrersitz, legte den speziell für Stunts entwickelten Sicherheitsgurt an. Dann lehnte sie sich zurück und schloss die Augen. Sie blendete alles aus, was sie von dem Stunt ablenkte, ging mental die Fahrstrecke durch und konzentrierte sich auf den Punkt, wo sie Vollgas geben musste, um wenig später mit Höchstgeschwindigkeit über den Canyon setzen zu können. Sie zwang sich zu einigen kurzen Lockerungsübungen, die ihre verkrampfte Nacken- und Schultermuskulatur entspannen sollten.

Kopf hoch, Ken. Immer schön fröhlich bleiben, Mädel. In ein paar Minuten bist du auf der anderen Seite der Schlucht, und die Sache ist geritzt. Da bist du nicht mehr allein. Sie würde Joel und die Filmcrew schon während ihrer Höllenfahrt sehen, als ob diese blitzschnell auf *sie* zurasten – und nicht umgekehrt. Sie würde Joel auf dem Kamerawagen sitzen sehen und wissen, dass er sie mit seiner ganz besonderen Magie verzaubern würde, damit sie zu ihm käme. Dann würde sie auf der anderen Seite des Canyons landen, wo Joel wartete. Wo die Liebe wartete.

Sie vernahm den Klingelton ihres Handys – das war Ron aus dem Helicopter, der ihr das Signal zum Start gab. Sie öffnete die Augen und ließ den Motor des Jeeps an. Dann griff sie gefasst nach dem Handy, ihre Hand zitterte nicht die Spur, als sie Ron bestätigte, dass sie bereit sei.

Die Filmsequenz, worin der Jeep über den Canyon flog, brachte der Kameracrew, die aus dem Helicopter gefilmt hatte, eine Oscarnominierung ein. Die Szene war unvergesslich: ein schlanker schwarzer Wagen, der sich vor einem orangeglühenden Sonnenaufgang abhob. Die dramatische Action mit dem kleinen Jeep und der zierlichen Frau am Steuer, die pfeilschnell über eine breit gähnende Kluft setzt, sorgte dafür, dass der Herzschlag des Publikums sich beschleunigte, und garantierte Nervenkitzel total. Es war allerdings nicht nur die atemberaubende Spannung, sondern es waren auch das ästhetisch ansprechende Konzept, die atmosphärischen Bilder, die die Zuschauer begeisterten.

Joel, der Kendra auf ihrem Flug ins Ungewisse beobachtete, hatte das Gefühl, dass der Jeep endlos lange durch die Luft schwebte und nicht bloß ein paar Sekunden, ehe er zur Landung ansetzte. Dann verfolgte er fast wie in Trance, wie der Wagen im Flug über die Klippe zur sicheren Landung ansetzte. Die Stille wurde von einem lauten Krachen durchbrochen, Erdklumpen wirbelten auf, als die Reifen des Jeeps mit einem markerschütternden Geräusch aufsetzten und scheinbar ungebremst weiterschlitterten, bis der Jeep wenige Meter vor dem Kamerateam zum Stehen kam.

Wie durch watteweichen Nebel hindurch vernahm er das Johlen der Crew, er spürte, dass Billie seinen Arm fasste und freudig erleichtert drückte. Er hatte jedoch nur Augen für die schlanke, zierliche Frau auf dem Fahrersitz, die Locken ihrer Perücke kupferrot schimmernd im Sonnenlicht, als sie sich nach vorn neigte. Worauf starrte sie da eigentlich so intensiv? Dann realisierte er ihren seltsam zusammengesunkenen Körper.

»O Gott, nein«, betete er leise zum Himmel. Dann stürzte er zu dem Jeep. Dass die Kameras liefen, war ihm dabei völlig egal. »*Nein!*«

Ihre langen Wimpern malten dunkle Schatten auf ihre Wangen, ihre Lippen waren leicht geöffnet wie die eines schlafenden Kindes. Sie war ganz still, unnatürlich still. Atmete sie überhaupt noch? Eisige Panik nahm von Joel Besitz, er nestelte hektisch an dem Sicherheitsgurt, in dem sie festsaß. Plötzlich packte ihn jemand an der Schulter und riss ihn zurück.

»Um Himmels willen, fass sie bloß nicht an!«, knurrte Skip Lowden neben ihm. »Hast du sie noch alle, Damon? Ich hab schon unser Sanitätsteam informiert. Die Sanitäter werden in ein paar Minuten hier sein.«

»Sie ist verletzt!« Joel schnellte herum und funkelte seinen Mitarbeiter vernichtend an. »Und ich dachte, du kümmerst dich um *deine* Leute. Dass du alles zig Mal checkst, bevor du dein Okay gibst. Sie hat dir vertraut. Verdammt, und jetzt hast du sie womöglich umgebracht!«

»Sie ist nicht tot.« Skip legte einen Finger auf Kendras Halspuls. »Aber sie ist bewusstlos, und das bedeutet, dass sie sich irgendwie verletzt hat. Wir dürfen sie nicht bewegen, bis wir genau wissen, was genau sie hat. Ich überprüf inzwischen die Stoßdämpfer und die Federung des Sitzes, ob es vielleicht daran gelegen hat.« Er untersuchte den Fahrersitz mit Argusaugen. »Nichts. Er hätte sie sanft wie ein Kissen abfedern müssen.« Er legte die Stirn in tiefe Falten. »Mist, was kann es bloß gewesen sein?«

»Deine technischen Probleme interessieren mich höchstens am Rande«, stieß Joel zwischen zusammengebissenen Kiefern hervor. »Hat sie sich das Rückgrat gebrochen oder nicht?«

»Nein, es besteht absolut kein Grund zu der Annahme, dass sie sich bei dem Aufprall irgendwas gebrochen haben könnte«, meinte Skip abwesend. »Kopfverletzung schließe ich ebenfalls aus. Puh, ich bin im Moment echt ratlos, was es sein könnte.«

»Ist es denn die Möglichkeit? Hey, ihr zwei, ihr wollt sie doch nicht weiter in der heißen, staubigen Karre hocken lassen, während ihr versucht, eine Diagnose zu stellen, oder?«, rief Billie wutschäumend. Sie schob sich energisch zwischen den beiden Männern hindurch und beugte sich über Kendra. »Los, wir holen sie mit vereinten Kräften da raus. Wenn sie sich nichts gebrochen hat, können wir damit nichts verkehrt machen. Ich tippe eher darauf, dass sie einen Schwächeanfall hatte. Und dann ist sie bestimmt ohnmächtig geworden.«

Skip zog die Brauen hoch. »Schwächeanfall? Ich weiß nicht, ob …«

»Es ist bestimmt nichts Dramatisches«, fiel Billie ihm ins Wort. »Sie hat das Bewusstsein verloren, das ist alles.«

»Wenn sie ohnmächtig geworden ist, muss es dafür einen Grund geben«, versetzte Skip hartnäckig. »Bleibt abzuwarten, was das Sanitätsteam anhand der Röntgenaufnahmen diagnostiziert. Im Sanitätszelt steht ein mobiles Gerät.«

»Röntgenaufnahmen!« Billies Augen weiteten sich erschrocken. »Das geht nicht. Ich hab doch gesagt, dass ihr nichts weiter fehlt.«

»Ob das stimmt, werden die Mediziner mit letzter Sicherheit feststellen«, gab Skip schulterzuckend zurück. »Wir dürfen kein Risiko eingehen.«

»Die Leute dürfen Kendra auf gar keinen Fall röntgen!«, unterbrach Billie ihn hektisch. »Röntgenstrahlen schaden dem Baby!«

Sie bemerkte die fassungslosen Gesichter der beiden Männer und schloss die Augen. »O Gott, jetzt ist es raus. Und das, obwohl ich Kendra hoch und heilig versprochen habe, dass ich schweige wie ein Grab und kein Sterbenswort darüber verlieren würde, dass sie schwanger ist.«

»Schwanger«, wiederholte Joel völlig baff. Er schüttelte verdutzt den Kopf. Kendra war schwanger? Kendra bekam ein Kind von ihm? Das war zu viel auf einmal nach der ganzen Aufregung von vorhin. »Bist du dir sicher, Billie?«

»Ganz sicher«, sagte sie dumpf. »Kendra wollte nicht, dass es jemand erfährt. Vermutlich macht sie mich dafür einen Kopf kürzer.« Sie biss entschlossen die Zähne aufeinander. »So, jetzt wisst ihr, was mit ihr los ist. Kann mir mal bitte jemand helfen, sie ins Sanitätszelt zu tragen? Hoffentlich war der harte Aufprall nicht kritisch für sie und das Baby.«

Eiskalte Panik erfasste Joel. Er schüttelte den Kopf. »Nein, wir warten auf die Sanitäter. Ich mag kein Risiko eingehen für ihre und die Gesundheit des Kindes.« Sie war weiterhin bewusstlos, dachte er nervös, und Billie vermutete zu Recht, dass der Aufprall Folgen haben könnte. Himmel, in puncto Schwangerschaft hatte er null Ahnung. Trotzdem leuchtete ihm ein, dass der verdammte Stunt für eine Schwangere viel zu gefährlich gewesen war. Vielleicht hatte sie innere Blutungen oder so etwas.

»Ruf umgehend in Marasef an«, wies er Skip an. »Ich möchte, dass sie den besten Arzt bekommt, der in der Stadt praktiziert. Er soll sich schleunigst auf die Socken machen und im Sanitätszelt auf uns warten. Dorthin bringen wir sie jetzt.«

Ihm fiel ein tonnenschwerer Stein vom Herzen, als er in einiger Entfernung das Sanitätsfahrzeug entdeckte, das über die staubige Straße in ihre Richtung gebraust kam. Er lief den Leuten entgegen, Billie folgte dicht hinter ihm.

10

Im Schlafzimmer war es dunkel, bis auf einen schmalen Streifen Licht, der sich durch den Perlenvorhang stahl. Kendra schlug die Augen auf. Einen Herzschlag lang war es wie jedes Mal, wenn sie wach wurde. Sie spitzte die Ohren, lauschte auf leise Gitarrenmusik und Billies schöne Stimme, die für gewöhnlich aus dem Wohnraum zu ihr schwebte. Aber nichts dergleichen. Stattdessen vernahm sie tiefe, gleichmäßige Atemzüge. Jemand lag auf der Couch, die an der anderen Wand stand. Billie?, dachte sie schläfrig, während ihr Blick zu dem Sofa wanderte. Sobald sie sich an das schwache Dämmerlicht gewöhnt hatte, konnte sie einen Kopf auf dem Kissen ausmachen. Aber der war schwarz- und nicht rothaarig, und die breitschultrige Silhouette definitiv männlich. Joel!

Die Erkenntnis war derart schockierend, dass Kendra schlagartig hellwach war und sich ruckartig im Bett aufsetzte. Sofort stürmte eine Flut von Erinnerungen und Emotionen auf sie ein. Der Jeep-Stunt, jener Moment himmlischen Triumphs, als sie sicher auf der anderen Seite gelandet war, dann das plötzliche Schwindelgefühl und die gruselige Dunkelheit. Sie hatte es gerade noch geschafft, den Motor abzustellen, dann war ihr schwarz vor Augen geworden. Klarer Fall von Filmriss, seufzte sie. Inzwischen war es offenbar Nacht, aber wieso schlief Joel auf der anderen Liege und nicht Billie?

Das Baby? Hatte der harte Aufprall dem Baby geschadet? Nein, sie hatte keine Unterleibsschmerzen, ihr wurde bloß schon wieder schwindlig, genau wie vorhin. Dem Baby fehlte nichts, Gott sei Dank. Sie nahm sich vor, sich künftig mehr zu schonen. Keine wilden Verfolgungsjagden, keine halsbrecherischen Auto-Stunts von Brücken oder Klippen, solange sie das Kind unter dem Herzen trug.

Sie hörte, wie Joel sich auf dem Sofa herumwälzte, und war hellwach. Der himmlisch schöne Moment in Joels Armen hatte ihr neue Hoffnung gegeben und die nötige Energie, um den unmittelbar bevorstehenden Stunt zu bewältigen. Rückblickend betrachtet war ihr die Euphorie, die sie empfunden hatte, jedoch schleierhaft. Falls Joel wirklich in sie verliebt war, machte es die Sache bloß komplizierter. Kendra mochte niemanden damit belasten, dass sie hohe finanzielle Verpflichtungen hatte und eine große Verantwortung für ihren Bruder trug, und erst recht nicht Joel, den sie von ganzem Herzen liebte. Aber wie sollte sie ihm das schonend beibringen? Sie hatte ihm schon einmal eine schmerzhafte Abfuhr erteilt, und es hatte ihr fast das Herz zerrissen. Ein zweites Mal würde sie es gewiss nicht packen, sondern heulend zusammenbrechen. Um einer Konfrontation mit ihm auszuweichen, blieb ihr folglich nichts anderes übrig, als zu verschwinden.

Sie setzte leise die Füße auf den Boden und stand auf. Schlich sich mit katzenhafter Geschmeidigkeit durch den Raum zum Schrank. Schob behutsam die Perlenschnüre beiseite, dass sie nicht aneinanderklickten, schnappte sich Jeans, ein beigefarbenes Shirt, Turnschuhe und ihre Handtasche. Dann glitt sie zur Tür. Noch ein blöder klimpernder Perlenvorhang, seufzte sie. Billies Vorliebe für traditionellen Lifestyle war zwar eine tolle Sache, aber bei Fluchtaktionen ganz schön nervig. Joel schlief bestimmt tief und fest, denn er rührte sich nicht, als sie durch den Trennvorhang glitt.

Yusef lag nicht auf seiner Schlafmatte, registrierte sie, als sie ihr Kleiderbündel auf einen der Holzstühle legte, die in der Küche standen. Und wo war Billie? Hmm, auch egal, darüber konnte sie sich später Gedanken machen. Erst mal schnell anziehen und weg, bevor Joel wach wurde. Das mit dem Anziehen war gar nicht so einfach, denn sie war müde und wacklig auf den Beinen.

Sie hätte es fast geschafft. Sie hatte ihre Schuhe zugebunden, war aufgestanden und griff nach der Schultertasche, die auf dem Tisch lag, als sie plötzlich Joel hörte. Seine Stimme troff vor Sarkasmus. »Wohin willst du denn so früh? Planst du noch einen weiteren Stunt vor Sonnenaufgang, oder verkrümelst du dich häufiger zu nachtschlafender Zeit?«

Sie erstarrte und atmete tief durch, bevor sie zu ihm herumwirbelte. Er lehnte im Türrahmen, lässig in schwarzer Jeans und einem schwarzen Hemd, die Ärmel bis zu den Ellbogen hochgerollt. Seine Haare waren zerwühlt vom Schlaf, die hohen, dunkel verschatteten Wangenknochen hatten etwas sündhaft Verwegenes. »Ich war wach, da bin ich halt aufgestanden«, strahlte sie. »Obwohl ich ziemlich groggy gewesen sein muss, sonst hätte es mich bei meinem Stunt bestimmt nicht so umgehauen.« Sie befeuchtete sich nervös die Lippen. »Ehrlich gesagt bin ich sonst nicht der Typ, der den ganzen Tag verschläft und erst bei Sonnenuntergang munter wird. War der Dreh heute Morgen okay?«

»Ich hab nicht die leiseste Ahnung«, antwortete Joel. Er löste sich von der Tür. »Ich hab dich nach dem Stunt hierher gebracht und bin bei dir geblieben.« Er machte eine Pause. »Im Übrigen ist es erheblich später als Sonnenuntergang. Es ist gleich zwei Uhr morgens.«

»Zwei!«, wiederholte sie und fasste sich an den Kopf. Himmel, hatte sie den ganzen Tag verschlafen? »Das kann nicht sein. So müde kann ich gar nicht gewesen sein.«

»Anscheinend doch.« Er trat zu ihr, seine Miene grimmig. »Der Arzt, der dich untersucht hat, meinte, du seist völlig überarbeitet, von wegen Burn-out-Syndrom und so. Im Übrigen hat er bei dir eine leichte Anämie diagnostiziert. Und dass du mit deinem Rücken dein ganzes Leben lang Probleme haben wirst, wenn du dich künftig nicht mehr schonst. Kein Wunder, dass du am Set zusammengebrochen bist.«

»Du hast einen Arzt kommen lassen?« Panik ergriff sie. »Du hattest kein Recht, mich ohne meine Zustimmung untersuchen zu lassen.«

»Und die hättest du mir nie gegeben, nicht wahr?« Eine Armlänge von ihr entfernt blieb er stehen. Er wirkte müde, tiefe Linien zeichneten sich um seinen Mund, bläulich dunkle Ringe unter seinen Augen. »Weil du wusstest, was der Arzt sonst noch feststellen würde, und das wolltest du auf jeden Fall verhindern. Du wolltest nicht, dass ich das mit meinem Baby erfahre, nicht?«

Sie zog scharf den Atem ein, ihre Knie waren mit einem Mal weich wie Wackelpudding. »Dein Baby?«, wiederholte sie mit trotzig vorgeschobenem Kinn. »Es ist nicht dein Baby, es ist meins, Joel. Ich übernehme die Verantwortung für dieses Kind und hab nicht vor, sie mit dir zu teilen. Was du sagst, stimmt im Übrigen haargenau. Ich hätte es dir nicht erzählt, weil es meine Sache ist. Und dich absolut nichts angeht.«

»Es geht mich nichts an?« Er schüttelte ungläubig den Kopf. »Teufel noch, was redest du da für einen Scheiß? *Ich* hab mit dir geschlafen und es gezeugt, folglich ist es auch *mein* Kind, das in dir heranwächst.«

Er streckte eine Hand aus, legte sie behutsam auf Kendras Bauch. Streichelte ihn zärtlich, und sie fühlte die tröstliche Wärme durch ihre Jeans hindurch. »Da drin ist mein Baby, und wir beide haben es zusammen gemacht. Du willst doch nicht ernsthaft behaupten, dass ich daran nicht beteiligt war, oder?« Seine Augen wurden schmal. »Oder bin ich etwa nicht der Vater?« Er schüttelte den Kopf. »Nein, Süße, das kauf ich dir nicht ab.«

»Mmh, es ist dein Kind«, gestand sie matt. »Aber das ändert nichts an der Situation. Es muss in der Nacht passiert sein, als wir im *Illusion de L'Arc en Ciel* waren, und du hast mich zu nichts gezwungen. Ich hab freiwillig mitgemacht, du hast dir also nichts vorzuwerfen. Wir hatten Sex, und ich hab die Pille nicht genommen. So einfach ist das.« Sie presste eigensinnig die Lippen aufeinander. »Mach dir deswegen keinen Kopf, Joel. Es war mein Fehler, und ich trage die Konsequenzen. Bild dir nicht ein, dass ich irgendwas von dir erwarte.«

»Das ist mir schon klar.« Seine Stimme klang heftig. »Du erwartest nichts und würdest auch nichts von mir annehmen. Du bist so verflucht selbstständig, dass du es eher in Kauf nehmen würdest, dass dem Baby etwas zustieße, als dir von mir helfen zu lassen.«

»Nein, das stimmt nicht«, japste sie. »Dem Baby passiert schon nichts, dafür sorge ich. Ich werde mich mehr schonen und Eisentabletten nehmen und …«

»Kendra, verdammt nochmal, hör auf damit. Ich kann es nicht mehr hören.« Er legte seine Arme auf ihre Schultern und senkte seinen Blick in ihren, seine grünen Augen voller Betroffenheit. »Ist dir eigentlich bewusst, wie du mit mir umspringst? Wie kann man bloß so egoistisch sein?«

»Egoistisch?«, echote Kendra entrüstet. »Ich will doch gar nichts von dir!«

»Genau das ist ja der Punkt«, versetzte Joel. »Du ahnst nicht, wie viel ich dir geben möchte. Ich hab mich immer danach gesehnt, einen Teil von mir herzuschenken, aber ich hatte auch Angst.« Seine Hände streichelten über ihre Schultern. »Jetzt hab ich keine Angst mehr, Kendra. Es ist mir egal, wenn du nicht so tief empfindest wie ich. Bleib bei mir, Ken. Ich schenke dir mein Herz und meine ganze Liebe. Ich gehöre dir.« Er zog sie in eine zärtliche Umarmung. »Ich schenk dir ein Leben voller Liebe. Lass mich nie mehr allein, Liebes.«

Sie vergrub den Kopf an seiner Schulter, klammerte eine Hand unbewusst in den Stoff seines Hemds. »Es ist nicht fair«, flüsterte sie, ihre Kehle wie zugeschnürt. Sie kämpfte mit den Tränen. »Du hast dich mal sehr negativ über Vaterschaft und dergleichen geäußert. Ich möchte mir nicht vorwerfen lassen, ich hätte dich in die Beziehungsfalle gelockt, wie du es abfällig nennst.«

Sein Brustkorb begann unvermittelt zu vibrieren – er kicherte. »Damit hab ich nicht mich persönlich gemeint, das galt für ein paar Bekannte von mir. Ich freue mich wahnsinnig auf dieses Kind, Liebling. In den letzten achtzehn Stunden, die du friedlich verpennt hast, hab ich eine Menge nachgedacht.« Er hauchte ihr einen Kuss auf die Schläfe. »Ich hab überhaupt kein Problem damit, dass du schwanger bist. Im Gegenteil, ich bin ganz verrückt auf den kleinen Racker.«

»Aber ... aber in der Nacht im Hotel hast du mir gesagt ...«

»Was ich gesagt und was ich getan habe, sind zwei Paar Schuhe«, fiel er ihr sanft ins Wort. »Ist dir schon mal der Gedanke gekommen, warum ich kein Kondom benutzt habe, hm? Weil ich es bewusst auf eine Schwangerschaft angelegt hatte, darum! Du bist so naiv, Schätzchen, und ich fühlte mich grottenschlecht, weil ich deine Naivität schamlos ausgenutzt hatte.« Er schloss sie besitzergreifend in seine Arme. »Um mein schlechtes Gewissen zu beruhigen, nahm ich mir fest vor, das nächste Mal besser aufzupassen und zu verhüten, aber daraus wäre bestimmt nichts geworden. Ich war so verzweifelt, dass ich jeden miesen Trick versucht hätte, damit du schwanger wirst.«

»Du hast es bewusst darauf angelegt, dass ich schwanger werde?« Sie lehnte sich in seinen Armen zurück und schaute ihn verblüfft an.

»Und wie! Ich wollte dich ganz für mich haben«, raunte er leise. »Ich liebe dich, Kendra, so wie ich noch keine Frau geliebt habe und außer dir auch keine lieben werde. Ich weiß, was Einsamkeit bedeutet. Erst die Liebe macht das Leben lebenswert. Ich mag nie mehr ohne dich sein, Ken.« Er neigte sich vor und küsste sie sanft auf die Stirn. »Nie mehr, Regenbogenlady.«

»Joel.« Er brach ihr das Herz in tausend Stücke. Wieso fragte er sie nicht einfach, ob sie ihn auch liebte? Stattdessen setzte er schlicht voraus, dass sie seine Gefühle nicht erwiderte. So verbittert und vorsichtig wird man bestimmt, wenn man jahrelang enttäuscht und zurückgewiesen worden ist, dachte sie. Trotzdem war er willens, ihr seine Liebe zu schenken, ganz selbstlos und ohne Erwartungen an sie zu stellen. Zwei Tränen lösten sich aus ihren Augenwinkeln und rollten über ihre Wangen. »Joel, kapier doch endlich, ich fände es nicht okay, wenn ich dir meine Probleme aufhalsen würde. Du hast keine Veranlassung, dich um Casey zu kümmern, du kennst ihn nicht mal! Bei deinem Kind mag das etwas anders sein, das sehe ich ein.« Sie hielt seinem Blick stand. »Ich darf meine Verantwortung für Casey nicht vernachlässigen. Er braucht mich. Und das sicher noch für eine ganze Weile.«

Sein Blick bohrte sich in ihren. »Meine Regenbogenlady würde niemanden im Stich lassen, der sie braucht, das weiß ich inzwischen«, sagte er weich. »Und ich wünsche mir sehnsüchtig, dass sie in ihrem Herzen auch einen Platz für mich findet. Niemand braucht dich mehr als ich.«

»Aber Casey …«

»Casey ist dein Bruder, und wenn du ihn liebst, liebe ich ihn auch«, sagte er. »In Sachen Emotionen musst du mir halt ein bisschen Nachhilfe geben. Ich bin leider sehr unerfahren auf dem Gebiet.« Er senkte die Stimme. »Verlass mich nicht, Ken. Wenn du willst, liebe ich die ganze verrückte Welt, aber bleib bei mir, ja?«

Seine wundervolle Liebeserklärung brachte ihr Herz zum Schwingen. In diesem Moment hätte sie die ganze verrückte Welt umarmen mögen. Sie wollte Joel ihre Liebe schenken, ihr Herz, ihre Gefühle, ihre Gedanken, rundum alles, in diesem und in jedem weiteren Leben.

»Na, wer ist hier egoistisch?«, fragte sie zärtlich. Ihre Augen blitzten schelmisch auf. »Du erzählst mir, wie wichtig du es findest, dass du mich mit Liebe überschüttest, und erschlägst mich buchstäblich mit deiner Selbstlosigkeit. Meinst du nicht, du könntest mir eine klitzekleine Chance geben, mich zu revanchieren?«

Er schluckte. »Ich hab dir schon mal gesagt, dass ich keine Rücksicht kenne und mir nehme, was ich bekommen kann«, sagte er leise. »Was möchtest du mir schenken, Kendra?«

Sie zeichnete mit ihrem Zeigefinger zärtlich den Schwung seiner Wangenknochen nach. »Mmmh, mal sehen, also erst mal meinen Körper, denn ich hab wahnsinnig Lust auf dich.« Sie lächelte ihn verliebt an, dass ihm der Atem stockte. »Mit Leidenschaft, Hingabe, Lachen und allem Drum und Dran. Obendrauf schenke ich dir so viel Liebe, dass es dich erdrücken wird. Meinst du, das packst du, Joel? Darf ich dir das schenken, mein ganzes Leben lang?«

»O ja, das pack ich locker.« Seine Augen strahlten vor Glück. Er senkte den Kopf, sein warmer Atemhauch streifte Kendras Lippen. »Bist du dir auch sicher, Ken? Du brauchst nicht zu schwindeln und mir etwas vorzumachen, was du nicht empfindest. Es genügt mir zu wissen, dass du bei mir bleibst. Ich finde, wir sollten von Anfang an ehrlich miteinander umgehen. Zumal ich es bestimmt nicht verkraften könnte, wenn ich irgendwann feststellen müsste, dass du mich belogen hast.«

»Ich bin mir ganz sicher.« Tränen liefen über ihre Wangen, und sie konnte die Flut nicht stoppen. Vermutlich würde sie Jahre brauchen, um ihn davon zu überzeugen, dass er geliebt wurde und dass diese Liebe keine Illusion war, wie so vieles in seinem Leben. Aber das war nicht wirklich wichtig. Sie hatten noch das ganze Leben vor sich und viel, viel Zeit füreinander. Und mit der Zeit würden die Wunden vernarben. Sie öffnete ihm ihre Lippen zu einem hingebungsvollen Kuss. »Gib mir eine Chance, und ich zeig dir, dass es mir ehrlich ist.«

Er umarmte sie so stürmisch, dass es ihr den Atem raubte. »Ich lass dir jede Chance, die du brauchst«, sagte er rau. »Solange du nicht auf dumme Ideen kommst und mich verlassen willst. Ich würde dich niemals gehen lassen. Ich kann nicht mehr ohne dich leben.«

Sie lachte unsicher. »Du spinnst wohl?« Um die emotionsgeladene Atmosphäre ein bisschen zu entspannen, zog sie ihn auf: »Das merkt man deinem Klammergriff an. Ich mag's zwar gern stürmisch, mir bleibt jedoch allmählich die Puste weg.«

»O Gott, tu ich dir weh?« Er ließ sie schlagartig los, und beinahe wäre sie gestürzt. »Entschuldige, ich hab nicht mehr an deine Rückenschmerzen gedacht.« Seine Miene verdunkelte sich. »Du musst dich schonen,

Ken. Wieso bist du nicht im Bett geblieben und hast dich ausgeruht? Der Arzt hat darauf gedrängt, dass du Ruhe brauchst und mindestens eine Woche im Bett bleiben sollst, auch wegen der Schwangerschaft.« Er setzte sich auf einen der Holzstühle und zog sie auf seinen Schoß. »R-u-h-e, Ken! Kapiert?«

»Ja, Sir«, sagte sie kleinlaut und kuschelte sich wohlig seufzend in seine Arme. »Ich tue alles, was du sagst. Ich versuche so gut wie möglich, mit meinen Regisseuren kooperativ zusammenzuarbeiten.«

Sie fühlte, wie er erstarrte. »Ja, ich hab gemerkt, wie kooperativ du bist.« In seinem Ton lag ein Hauch von Bitterkeit. »Du springst aus Flugzeugen und setzt über Schluchten und zuckst dabei mit keiner Wimper.« Als ihr Blick vorwurfsvoll zu seinem Gesicht flog, räusperte er sich betreten. »Sorry. Ich wollte nicht mehr davon anfangen. Das ist die andere Sache, die mir, als du geschlafen hast, durch den Kopf gegangen ist. Wenn du unbedingt willst, kannst du nach der Geburt des Kindes meinetwegen wieder Stunts machen.«

»Ist das dein Ernst?«

»Mein voller Ernst. Es macht mich zwar jedes Mal fertig, aber ich muss lernen, damit zu leben.«

»Das ist sehr selbstlos von dir.« Ob sie in einer vergleichbaren Situation ähnlich selbstlos reagiert hätte? Vermutlich nicht. Sie hätte es bestimmt nicht ausgehalten, dabeizustehen und zuzusehen, wie Joel tödliche Risiken auf sich nahm. So etwas wäre ein lebender Albtraum. Bei der bloßen Vorstellung schauderte es Kendra.

»Ich bin nicht selbstlos. Ich bin verdammt eigennützig.« Um seine Lippen zuckte es. »Wenn es für dich wichtig ist, bleibt mir gar nichts anderes übrig. Ich will auf gar keinen Fall, dass du unglücklich bist mit mir. Nachher verlässt du mich noch.«

»Du bist mir wichtig«, sagte sie weich. »Das mit den Stunts ist ein Job für mich. Ich hab nichts anderes gelernt, aber es ist kein Beruf, an dem mein Herz hängt.« Ihre Augen blickten nachdenklich. »Andererseits brauche ich irgendwas, das mich ausfüllt. Ich kann nicht ohne Arbeit sein. Also erwarte nicht, dass ich zufrieden zu Hause herumsitze und nichts mache.«

Sie sah förmlich, wie die Anspannung aus seinen Muskeln wich, und er strahlte, als wollte er einen Gletscher zum Schmelzen bringen. »Du lieber Himmel, Schätzchen, du kannst meinetwegen Wrestlerin werden oder Gehirnchirurgin, alles, solange du dabei keine haarsträubenden Stunts machen musst.«

Sie grinste hintergründig. »Ich glaub zwar nicht, dass eins davon für mich infrage kommt, aber ich behalt's im Hinterkopf. Für beides brauche ich eine gute körperliche Verfassung, und die hab ich durch mein Training.« Sie kuschelte ihren Kopf an seine Schulter. »Nein, meine Überlegungen gehen mehr in Richtung Kameraarbeit oder künstlerische Gestaltung, damit ich immer ein Auge auf dich haben kann.« Ihre Lippen streiften die bläulich pulsierende Ader an seinem Hals. »Ich möchte an deinem Leben teilhaben, Joel. In jeder Situation, mit allen Höhen und Tiefen. Ich lass mich nicht wie Dornröschen im *Illusion de l'Arc en Ciel* einsperren, ich will bei dir sein, in der realen Welt. Ich hab dir schon mal erzählt, dass ich eine sehr pragmatische Lady bin.«

»Das hast du.« Mit seiner Hand umschlang er ihre Haare und zog zärtlich ihren Kopf zurück. Er küsste sie mit leidenschaftlicher Hingabe, bis beide japsend nach Atem rangen. »Hab ich dir schon mal erzählt, dass mir pragmatische Ladys fast genauso lieb sind wie Regenbogenladys?« Er hauchte ihr einen Kuss auf die Nasenspitze. »Und jetzt zeig ich dir mal, wie pragmatisch ich sein kann. Husch, ab ins Bett mit dir.« Seine Augen verengten sich nachdenklich zu Schlitzen. »Ich ruf Jake an und bitte ihn, die *Sea Breeze* umgehend nach Athen zu steuern. Sie liegt derzeit in Miami vor Anker, das heißt, hmmm ... lass mal überlegen ... sie könnte nächste Woche in Griechenland sein. Bis dahin hab ich sämtliche Filmaufnahmen abgeschlossen, und du kannst die ganze Woche das Bett hüten, wie der Onkel Doktor es befohlen hat.«

»Von wegen, ich bleib nicht die ganze Woche im Bett«, versetzte Kendra aufmüpfig. »Ich bin morgen wieder topfit. Du tust gerade so, als wäre ich zerbrechlich.«

»Auch noch frech werden, was?« Um seine Lippen zuckte es verräterisch. »Du bleibst die ganze Woche im Bett – und damit basta. Und wenn ich dich an Händen und Füßen festbinden muss.« In seinen Augen blitzte der Schalk. »Äh ... womöglich wäre das keine so gute Idee. Zumal mir unwillkürlich sehr reizvolle Bilder durch den Kopf schwirren. Ich bezweifle, ob du viel Ruhe bekommen würdest, wenn wir meine ausschweifenden Fantasien ausleben würden.«

»Dann begleite ich dich besser zum Set, was meinst du?«, fragte Kendra prompt. »Keine Angst, ich steh dir nicht im Weg rum.« In ihren Augen formte sich eine stumme Bitte, ihre Unterlippe zitterte kaum merklich. »Es sei denn, du willst mich nicht mitnehmen.«

»Red keinen Mist, Kendra«, stöhnte Joel. »Du weißt, dass es nicht so ist. Schau, ich muss unbedingt den Film fertig bekommen. Und wenn ich weiß, dass du dich schonst, hab ich mehr Ruhe und kann mich besser auf meine Arbeit konzentrieren. Wenn du dabei bist, lenkst du mich bloß ab.«

»Soll ich das als Kompliment auffassen oder was?«, meinte sie dumpf. »Okay, schätze mal, ich finde mich damit ab, dass ich in der nächsten Woche die Rolle der Faulenzer-Lady spielen darf. Ich find schon *irgendwas,* womit ich mich beschäftigen kann.« Sie legte nachdenklich die Stirn in Falten. »Mal sehen, ob ich Billie bitte, mir Gitarrenunterricht zu geben.« Ihr Blick flog zu seinem Gesicht. »Wo sind Billie und Yusef überhaupt?«

»In diesem Moment campen die beiden vermutlich irgendwo in der Wildnis«, antwortete Joel. »Sie ist bloß noch so lange geblieben, bis sie wusste, dass dir nichts passiert war, dann hat sie sich den Jeep geschnappt und ist mit Yusef in die Wüste abgerauscht.« Er schüttelte den Kopf. »Ich hab versucht, es ihnen auszureden, aber die beiden hatten die Ohren auf Durchzug gestellt.« Er griff in die Gesäßtasche seiner Jeans und zog einen ziemlich zerknüllten Umschlag heraus. »Sie gab mir eine Nachricht für dich.«

Die Nachricht war typisch Billie.

Kendra,
ich glaube, Sie täuschen sich in Joel und bin mir megasicher, dass Sie das bald selbst feststellen werden. Wenn Sie sich entschließen, mit ihm zusammenzubleiben, wünsche ich Ihnen beiden, dass Sie sehr, sehr glücklich werden. Wenn nicht, probieren Sie ruhig mal was anderes aus. Die Welt ist groß und schön und wartet bloß darauf, von Ihnen entdeckt zu werden.
Wie dem auch sei, ich dachte, Sie würden sich besser fühlen, wenn Sie sich Ihre Unabhängigkeit bewahren können, deshalb hab ich dafür gesorgt, dass die Wahnsinnsgage, die Joel mir für *Venture* zahlt, an das Sanatorium überwiesen wird, wo Ihr Bruder zurzeit untergebracht ist. Das sollte reichen, um die fälligen Rechnungen zu begleichen und sein Studium zu finanzieren, das Sie mal erwähnten. Keine Widerrede! Was soll ich denn mit so viel Geld machen? Es würde mich bloß belasten.
Ich muss das mit Yusef regeln, bevor ich Sedikhan verlasse, denn ich glaube nicht, dass er in Marasef besonders glücklich ist. Nach meiner Einschätzung hat er Heimweh nach dem kleinen Wüsten-

dorf und ist total desillusioniert über die große weite Welt. Ich muss mir ernsthaft was überlegen, wie ich ihm klarmachen kann, dass er nicht mein Bodyguard ist und dass er zu dem Leben zurückkehren soll, das er gewohnt ist und das zu ihm passt. Im Übrigen hat er mir gesteckt, dass sein Dorf in der Nähe einer geheimnisvollen Wüstenstadt liegt – Zalandan heißt sie. Und das bedeutet Horizont. Horizont! Da kann eine Abenteurerin wie ich nicht Nein sagen. Dieses Zalandan muss ich mir unbedingt mal genauer anschauen.
In Liebe
Billie

Kendra reichte Joel das Blatt zum Lesen. Dabei blinzelte sie hastig die Tränen weg. Die süße, verrückte Billie wollte mal wieder die ganze Welt retten. »Ich kann das natürlich nicht annehmen, trotzdem ist es eine supernette, großzügige Geste.«

»Da kennst du Billie aber schlecht. Dir wird nichts anderes übrig bleiben, als das Geld anzunehmen.« Er überflog den Zettel und blickte grinsend auf. »Sie hat bestimmt ein Treuhandkonto oder so was Ähnliches eingerichtet, wo du nichts zu melden hast. Billie kann bemerkenswert entschlossen handeln, wenn sie sich etwas in den Kopf gesetzt hat. Wir schauen mal. Morgen ist auch noch ein Tag.« Er warf die Notiz auf den Tisch. »Erst mal stopf ich dich wieder ins Bett, damit du noch ein bisschen Schlaf bekommst.«

»Himmel noch, ich hab den ganzen Tag geschlafen

wie eine Tote. Jetzt bin ich hellwach. Kannst du mir mal verraten, wie ich wieder einschlafen soll?«

»Okay«, räumte Joel ein. Er stand auf und zog sie zärtlich hoch. »Wir müssen uns was einfallen lassen, damit du wieder müde wirst, hm? Was hältst du davon?« Er trug sie ins Schlafzimmer und betrachtete sie gespielt ernst, woraufhin sie losgiggelte. »Hey, bild dir bloß nicht ein, du könntest mich um den Finger wickeln und schamlos verführen, du lustvolles Weib. Das kommt gar nicht in die Tüte.« Er fluchte leise, als er sich durch den Perlenvorhang kämpfen musste, und sie giggelte von Neuem los. »Das ist nicht wirklich lustig. Ich hätte mich an diesen verdammten Perlen strangulieren können. Morgen früh ziehst du als Erstes in meinen Trailer um.« Er schob sie behutsam auf das Bett, dann streckte er sich neben ihr aus und zog sie abermals in seine Arme. »Außerdem sind diese komischen Liegen viel zu schmal für zwei.«

Sie kuschelte sich in seine tröstliche Wärme, vergrub ihre Wange an seiner Schulter. »Irrtum, so ist es viel kuscheliger. Und da du sowieso nicht willst, dass ich dich verführe …«

»Ich werd's mir noch mal durch den Kopf gehen lassen.« Er hauchte ihr einen zarten Kuss auf den Scheitel. »Vermutlich dauert es ohnehin nicht lange, bis ich schwach werde und deinen Verführungskünsten verfalle. Ich kenn mich inzwischen ganz gut und weiß, dass ich dir bestimmt nicht widerstehen kann.«

»Was schwebte dir denn so vor, was wir machen können?«

Seine Stimme drang dunkel kehlig an ihr Ohr. »Ich dachte, ich halte dich die ganze Nacht in meinen Armen und erzähle dir von Träumen, goldenen Einhörnern und Regenbögen.« Er umschlang sie inniger. »Dann sprechen wir von der Liebe und vom Heiraten und wie unser Kind in dir heranwächst. Ich möchte Illusion und Realität miteinander verweben, dass sie eins werden, nur für uns beide. Okay, Regenbogenlady?«

Realität und Illusion. Ja, es war wichtig, dass diese gegensätzlichen Elemente, die ihrer beider Leben bestimmten, miteinander verschmolzen, eins wurden, wie sie es mit Joel werden wollte, dachte Kendra. »Das ist eine wundervolle Idee«, murmelte sie weich. Ihr Herz floss über vor Liebe, und ihr Geist war voller Träume, ein Geschenk dieser Liebe. »O ja, super, komm, wir fangen mit der Geschichte des Regenbogens an.«

Sie kuschelte sich enger an den Magier, den Mann, der sie verzaubert hatte, ihren geliebten Mann, der die Fäden für eine glückliche Zukunft zog.

ISBN 978-3-442-37451-9